수수꽃다리 사랑

수수꽃다리 사랑

초판 1쇄 인쇄 2009년 11월 10일
초판 1쇄 발행 2009년 11월 20일

지은이 | 백종현
펴낸이 | 손형국
펴낸곳 | (주)에세이퍼블리싱
출판등록 | 2004. 12. 1(제315-2008-022호)
주소 | 157-857 서울특별시 강서구 방화3동 822-1 화이트하우스 2층
홈페이지 | www.essay.co.kr
전화번호 | (02)3159-9638~40
팩스 | (02)3159-9637

ISBN 978-89-6023-297-6 03810

이 책의 판권은 지은이와 (주)에세이퍼블리싱에 있습니다.
내용의 일부와 전부를 무단 전재하거나 복제를 금합니다.

| 책을 내면서 |

　금지된 사랑을 이어가면서 난치병을 치료한 사람들의 꾸밈없는 이야기이다. 받는 사랑에만 익숙한 보통의 사람들도 행복감을 느끼겠지만 삶의 절박한 시기에 사랑을 하는, 주는 사랑이 가져다 주는 행복감이란 체험하지 못한 사람은 상상할 수 없으리라. 그 사랑의 호르몬이 병든 이에게는 낫게 하는 약이 되고 삶이 지루한 사람에게는 활력이 되며 생활에 지치고 낙담한 자에게는 용기와 삶의 동기를 부여할 수 있다.

　더불어 전염병에 대한 무지와 소홀이 한 사람의 생명에만 국한된 게 아니라 전염으로 인한 사회 문제가 될 수 있음을 인식하는 계기가 되었으면 하는 바람이다. 전 국민의 60%이상이 결핵균을 가진 잠재된 결핵 환자임을 안다면 나는 예외라는 생각은 하지 못할 것이다. 저자도 한 때 난치성 결핵으로 삶을 포기하고 전국을 떠돌며 방황하기도 했었다.

　요즈음 신종 인플루엔자가 온 세상에 두려움을 주고 있다. 그것이 무서운 이유는 강한 전염력을 가진 병이기 때문이다. 타미플루라는 특효약이 있다지만 재발했을 때는 그 약이 효험을 발휘할 수 있을까? 기존의 약에 내성을 지닌 변종의 바이러스가 생겨 치료가 되지 않는 경우가 벌써 발생했다고 한다.

  대부분 흘러간 병이라고 치부하는 결핵도 공기를 통한 강한 전염력에서 신종 인플루엔자와 공통점을 가지고 있고 과거 그리고 현재에도 많은 희생자를 내고 있다. 결핵이 아직도 무서운 이유는 기존 약제에 내성을 가진 새로운 변종 바이러스가 계속 발생한다는 점인데 슈퍼 결핵균이 바로 그렇다. 사람에 따라 수개월에서 수십 년 동안 투병기간도 다양하고 치료가 장기화 됨에 따라 환자 자신은 물론 가족이나 주변사람들이 겪어야 할 정신적 고통은 환자의 육체적인 고통보다 훨씬 심각하다.

  투병하는 분들 모두에게 지금보다 조금만 더 세심한 배려와 관심을 보내 주기를 간절히 바라면서 글을 시작했다.

  그리고 나에게 충만한 새 삶을 주고 글을 쓰게 된 동기를 준 아내에게 이 책을 선물한다.

| 차례 |

영혼결혼식 _ 9
스쳐간 운명 _ 18
죽지 못해 사는 사람들 _ 22
소사회 _ 27
위로받아야 하는 영혼 _ 39
새장 속 사람들 _ 43
여자 병동 _ 51
인경 _ 57
면회 _ 109
일탈 _ 115
임 간호사 _ 123
미혜 _ 127
2박 3일의 외박 _ 147
운명의 만남 _ 161
연적(戀敵) _ 179
별이 된 사람들 _ 188
터널 끝자락에 빛이 보이다 _ 193
서울에서 _ 196
그들의 슬픔 _ 203
그해 겨울 그리고 봄 _ 205
이별 선언 _ 218
객혈 _ 223
별빛은 구름 속으로 _ 226
사랑하는 것은 사랑받는 것보다 행복하고 위대하다 _ 230
인경의 행복을 빌며 _ 235
기적 _ 240
진호의 사랑 _ 247
그나별을 찾아서 _ 251
그녀와의 인연은…… _ 254

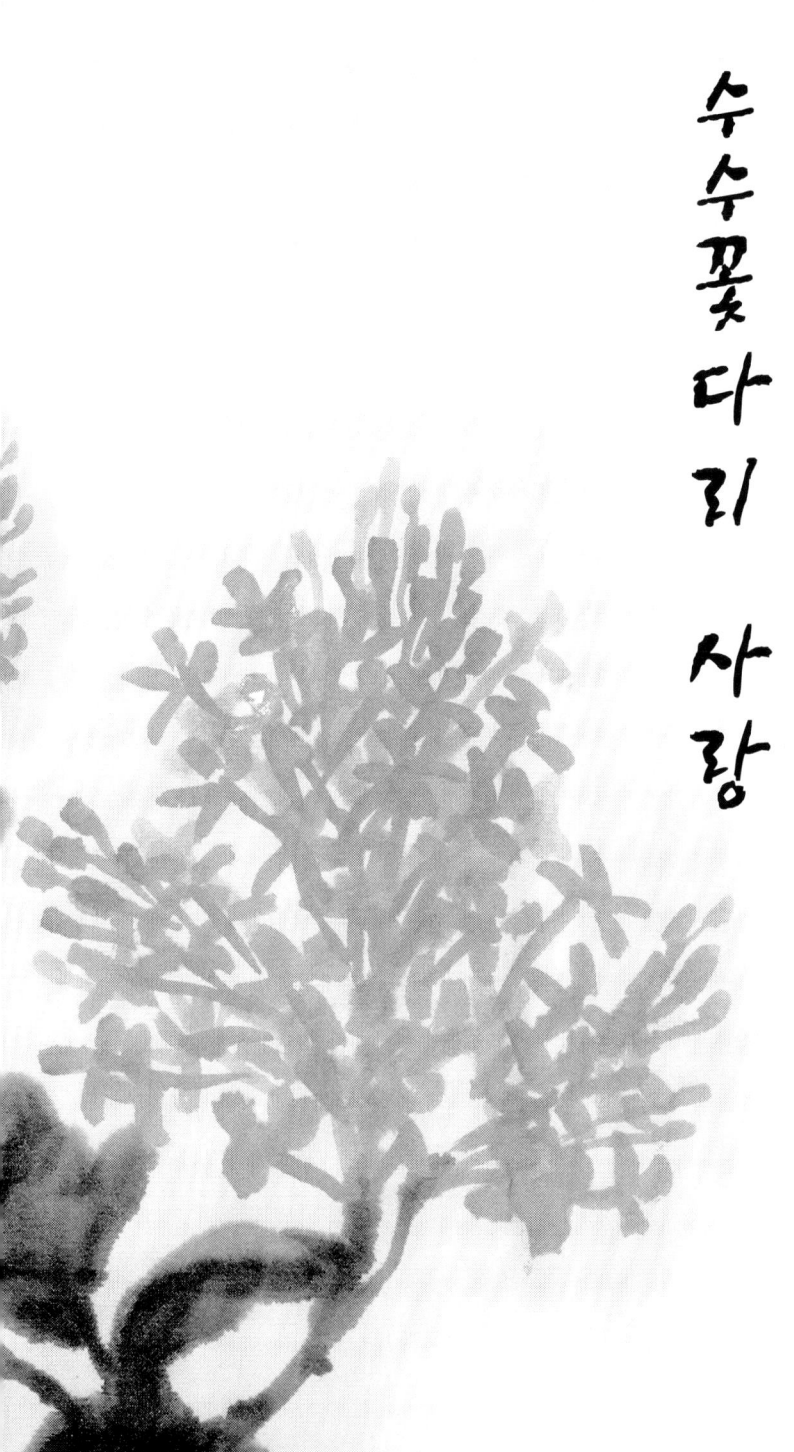

수수꽃다리 사랑

영혼결혼식

　1991년 초가을 오후, 공주시를 가르는 금강의 북쪽에는 구획된 아파트 단지가 잘 갈무리되어 있었고 오른쪽의 산언저리에는 공주대학교의 캠퍼스가 낭만을 품은 채 도시를 내려다 보고 있었다. 바로 그 공주대학교 아래쪽에 흰색의 5층 병원 건물이 하얀 궁전처럼 세상과 담을 쌓고 묵묵히 서 있었다. 가을 하늘은 차가운 푸른색으로 휑하니 뚫려 있었고 몇 조각의 조각구름이 쓸쓸한 모양으로 두둥실 떠있었다. 그 구름 아래로, 병원에서 마련해 준 건물의 뒤쪽에 위치한 조그만 성당에서는 의식이 한창 진행 되고 있었다. 젊은 남녀의 흉상 사진이 결혼식의 두 주인공이었다. 참관인은 양가의 친지인 열 두세 명이 전부였고 엄숙하고 슬픈 기운이 장내에 흐르고 있었다. 사진 속 신랑인 광태의 여동생이 두 손으로 얼굴을 감싸고 속울음을 삼키고 있었다. 신부는 그의 애인 선숙이었다.

　죽은 두 사람은 3년 전 마산의 결핵병원에서 만났다. 광태가 처음 마산 병원에 입원을 하던 날이었다. 본관에서 수속을 마친 광태는 매점에서 세면도구 등을 사고 배정받은 별관으로 가던 중이었다. 별관은 차도를 건너 반대편 언덕 위에 있었다. 본관에서 별관까지는 도로의 밑을 뚫어 터널로 연결하고 있었다. 1월의 매서운 바람이 터널로 쏟아져 허리를 굽혀야 할 정도로 거세서 광태는 터널 중간에서 잠시 걸음을 멈추었다. 터널을 처음 통과하던 광태의 머릿속에는 순간 많은 생각이 스쳐 지나났다. 터널 안의 어둠과 거센 찬바람은 현재 자신의 삶의 모습이라 생각했

다. 형사에 쫓기던 생활과 병든 육체에 이르기까지 암울한 현실 자체가 그러했다.

'혼자서 통과해야 할 삶의 한 토막일 뿐이다. 어쩌면 이 어둠의 터널은 끝이 없을 수도 있다. 그렇지만 이겨내야 하는 숙명이다.'

빨리 걸으면 1분도 채 걸리지 않는 터널이었지만 그 안에서 광태는 많은 생각을 했다. 그때 걸음을 멈추고 서 있던 광태의 뒤에서 한 여자가 다가왔다.

"어디 불편하세요?"

"아니요. 바람이 많이 불어서……."

"제 뒤에 따라 오세요. 훨씬 나을 거예요."

광태는 남자가 여자의 바람막이 뒤에 따른다는 것이 쑥스럽기도 했지만 앞서가는 선숙을 따라 쉽게 터널을 빠져 나왔다. 그래도 둘이 걷게 되니 매서운 찬바람을 어렵지 않게 통과할 수 있었다. 광태와 선숙은 그렇게 첫 날의 우연한 만남으로 쉽게 친해질 수 있었다.

마산병원에는 교사, 변호사, 고위직 공무원, 대학생, 고등학생, 막노동자, 스님 등 다양한 신분의 사람들이 입원하고 있었다. 그들은 마치 자신의 영역을 날다가 날개를 다쳐 땅에 내려앉은 새들처럼 병원에 함께 모였다. 그곳은 신분과 나이 그리고 성별을 떠나 동병상련을 나눌 수 있는 곳이었다. 별관 앞 등나무 아래의 벤치에서는 젊은 남녀 환자들은 가끔씩 모여 이야기를 나누었는데 병에 대한 정보도 나누었고 때로는 시국에 대한 토론을 하기도 했었다. 그럴 때면 토론의 사회자는 늘 광태였는데 그는 5 · 18 광주항쟁이 터지던 1980년에 서울의 K대 2학년이었다. 당시 광주민주항쟁의 진실을 알리는 학생 운동에 참가하면서 그는 음지의 인생을 시작하게 되었다. 계엄당국의 수배자 명단에 올라 도피 생활을 하던 중에 그는 폐병까지 얻게 되었고, 대학 생활을 제대로 해보지도 못하고 불타는 청춘을 보상 없는 '정의'라는 가치에 바친 청년이었다. 마산병원에서 '솔아 솔아 푸르른 솔아'가 불리게 한 사람도 광태였다.

　광태는 결핵이라는 병이 자신의 젊음과 미래뿐만 아니라 인생 전부를 송두리째 빼앗아 갔다는 생각에 괴로운 나날을 보내고 있었고, 그때 선숙을 만났다. 그가 발병한 때가 운동권 학생으로 지명수배자가 되어 불안에 떨며 숨어 지내던 시기였기에, 한때는 학생운동에 참여 했던 자신이 후회스럽기도 했었다. 잡히면 끝장이라는 생각에 한시도 편한 마음으로 잠을 잔 기억이 없었다. 혹시나 하는 마음에 병원에도 친구 이름으로 입원했었다. 차라리 경찰에 잡혀 고문을 당하고 감옥에서 몇 개월 지내고 나왔더라면 자신의 인생이 바뀌었을지도 몰랐다. 돌이킬 수 없는 지난 한 시절은 아쉬움과 함께 묻혀 버렸다.

　의식을 잃기 몇 시간 전, 산소 호흡기에 의지해 조금이라도 더 많은 공기를 흡입하는 것보다 그에게 더 소중한 것은 없었다. 재생되지 않는 폐세포는 거의 망가져서 산소를 얻을 수 없을 것이고 급기야 의식을 잃고 말 것이었다. 광태는 자신의 죽음이 가까워지고 있는 것을 예감하며 선숙에게 말했다.

　"선숙아, 나 만난 것을 후회하지 않니?"

　"아뇨, 우리의 운명이라고 생각해요. 그래도 오빠와 함께 한 지난날들이 화려한 삶은 아니었어도 저에게 가장 소중한 시간들이었어요."

　"끝까지 곁에 있어준 네가 정말 고맙고 사랑한다. 내 곁에 네가 없었더라면 이렇게 편한 마음으로 죽을 수는 없을 거야. 우리 저 세상에서 꼭 다시 만나자."

　"오빠, 저는 정말 행복했어요. 오빠를 만나지 않았다면 저는 비참하게 살았을 거예요. 삼년이란 시간이 남들의 삼십 년처럼 길었고 귀중한 날

들이었어요. 정말 후회 없어요. 오빠 다음 세상에서 만나면 지금보다 더 사랑할게요."

광태는 의식을 잃은 지 몇 시간 만에 산소 호흡기를 떼고 편한 세상으로 떠났다. 선숙도 광태가 떠난 뒤 급속히 상태가 악화되더니 일주일 후 사랑하는 사람의 뒤를 따랐다.

두 사람은 병원과 요양소를 전전하다가 영월의 한 시골 마을에 집을 얻어 같이 동반의 생활을 해 왔고, 다음 세상으로 떠나는 정거장에 잠시 머물듯 공주병원에 입원했었다. 두 사람은 이곳 병원에서 마지막으로 영원을 기약한 것이며, 그때 광태가 서른셋이고 선숙은 스물아홉의 꽃다운 나이였다.

밖에서 그들의 슬픈 결혼식을 지켜보며 내가 죽으면 저렇게 울어 줄 사람도 없을 거라는 생각을 하며 스스로를 더욱 비참한 처지로 자학하고 있었다.

하늘을 올려다보았다. 두 조각의 구름은 흡사 오늘 결혼식을 올리는 두 사람이 맞절을 하는 형상을 하고 있었다. 맞절을 마친 신랑신부가 닿을 듯 말 듯 동쪽 하늘로 날아가면서 그들의 신혼여행은 시작되고 있었다. 아마도 세상에서 가장 멋있고 아름다운 신혼여행일 것이다. 나 혼자 상상을 하고 있는 동안 성당 문이 열리고 양가 가족들이 나오고 있었다. 그들의 얼굴에서는 약간의 흡족함도 엿보였다. 병원 내에서 결혼식을 한다는 것도 생소한 일이었지만 평범한 사람들의 행복을 상징하는 결혼식도 아닌 죽은 사람들의 결혼식은 더욱이 생경한 일이었다. 생전에 두 사람이 천주교 신자였기에 가족들 임의대로 절이나 무당집에서 식을 올려 준다는 것도 가당한 일은 아니어서 큰 분란 없이 성당에서의 결혼식이 이루어지게 되었다.

영혼결혼식의 명분이야 불쌍하고 억울하게 죽은 젊은 영혼을 위로해 주는 것이지만, 사실은 살아 있는 사람이 위로받고자 하는 행위 아닌가! 그렇게라도 해야 홀연히 마음속에서 죽은 사람을 떠나보낼 수 있을 테니. 나는 입원 하루 만에 그들의 영혼결혼식을 보았고 이곳 병원이 지금까지 살아온 금생에서 구천으로 가는 중간의 세간과도 같다는 생각이 들었다. 마치 이 병원이 하늘 세상으로 떠나기 전에 잠시 머물다가는 곳처럼 느껴졌다.

하루 전, 나는 간단한 수위 아저씨의 확인이 끝난 후 건물로 향하다 정문 쪽을 뒤돌아보았다. 갑자기 병원의 울타리 안에 갇힌 듯한 느낌이었다. 군 생활을 하던 이등병 시절에 울타리 사이로 보이는 민간인들을 훔쳐보며 별개의 세계인 양 평범한 사람들의 일상생활을 동경하곤 했었다. 그때야 시간이 흐르면 돌아 갈 수 있는 곳이었기에 다시 용기를 가지고 뒤돌아 설 수 있었다. 그러나 지금은 다시는 나갈 수 없는 세상 일지도 모른다는 생각에 울컥거리는 마음이 솟구쳐 올랐다. 옷가지가 든 초록색 큰 여행 가방을 어깨에서 내리고 잔디밭 구석에 있는 넓적한 큰 돌 위에 걸터앉았다. 가방에는 공부하던 두꺼운 회계학 서적이 두어 권 들어 있어 여행 가방이 축 늘어져 있었다. 내가 병원에 책을 가져온 이유는 삶의 희망을 완전히 저버리지는 못했던 삶의 미련과 같은 것이었다.

불과 몇 달 전만 해도 나는 공인회계사가 되기 위한 꿈을 가지고 열심히 공부하는 건강한 청년이었다. 학교 강의가 끝나면 아르바이트 과외 교습을 하러 왕복 두 시간이나 걸리는 신도림까지 다녔고, 일주일에 4일은 종로에 있는 회계 학원으로 수업을 받으러 다니다 보면 하루 24시간이 턱없이 부족한 바쁜 대학 생활이었다. 그런데 이렇게 한가로이 잔디밭에 앉아 퍼런 하늘의 떠도는 조각구름을 바라보고 큰 숨만 연거푸 내

쉬고 있었다. 나의 인생은 여기까지였나 라는 생각에, 이제 체념만이 마음을 다스릴 수 있는 유일한 수단임을 잘 알고 있었다.

내가 이 병원에 오게 된 것은 사실 병을 치료하려는 마음보다 도피에 가까웠다. 이미 나의 병에 대해 너무 잘 알고 있었고 의사에게 난치를 넘어 불치에 가까운 상태임을 설명 들었었다. 말라 비틀어 죽어가는 모습을 부모님께 보이기 싫어 멀리 떠나온 곳이 이곳 공주 병원이었다. 나는 큰 형님이 두 해 전에 이 병원에 입원해 있을 때 면회도 몇 번 왔었던 터라 낯설지 않은 곳이기도 했다. 나는 분명 가족에게 전염 되었다고 확신하고 있었다.

내가 군 입대를 하기 전, 나의 형수는 친정인 전북 장수에서 요양을 하고 있었는데 어머니와 함께 장수에까지 찾아간 적이 있었다. 높은 산의 옆구리로 둘러 난 길을 한참이나 올라갔던 기억이 생생했다. 고지대 마을인 친정집에서 몇 백여 미터나 떨어진 외딴집에 혼자 기거하고 있던 형수의 모습이 그렇게 처량해 보였었다. 형수는 처녀시절에도 폐결핵을 앓았었고 결혼 생활을 하면서 재발했다. 예전에는 폐병이라 하여 흔하기도 하였지만 가급적 숨기고 싶은 병이었다. 그래서 형수는 남편에게도 숨겼고 몰래 부엌의 찬장 그릇 속에 약을 감춰 놓고 먹으면서 정상인과 같이 결혼생활을 지속했다. 안정과 휴식을 취하며 치료를 했어야 함에도 불구하고 병에 대한 무지함 때문에 병을 더욱 키워갔고 결국은 큰 형님까지 감염이 되었다.

나는 가방을 메고 다시 일어섰다. 바로 옆에 키 작은 활엽수 한 그루를 무심코 바라보았다. 초록색의 이파리 하나는 벌레가 먹어 구멍이 나 있었다. 손으로 잎줄기를 만져 보았지만 다른 부분은 생생하였다. 그 옆의 잎사귀는 이미 절반쯤 변색되었고 머지않아 나무에게서 버림받을 만큼 야위어 있었다. 벌레 먹은 저 잎사귀도 서서히 색이 바래고 수분이 빠지면 말라서 생명이 끊어지겠지. 그 벌레 먹은 잎사귀는 지금 나와 같은 처지에 있다고 생각했다.

상념에 빠져 걷다보니 어느새 건물 본관 앞 계단에 이르렀다. 고개를 들어 계단 위쪽을 올려다보니 하얀 색에 파란 줄무늬의 환의를 입은 사람들이 삼삼오오 모여 아직은 따뜻하게 느껴지는 햇볕을 쬐고 있었다. 왼쪽에는 중년의 남녀들이 대리석 난간에 말없이 걸터앉아 올라오는 나를 물끄러미 바라보고 있었고, 오른쪽에는 젊은 남녀들이 나를 흘낏 쳐다보는 것이 반갑지 않은 손님을 맞는 표정들이었다.

예전에 내가 형의 면회를 올 때는 건강한 자신이 으쓱한 기분까지 들어 많은 사람들 앞을 자신 있게 걸어갔었다. 그러나 왠지 부끄러운 마음과 조금은 창피한 기분에 양쪽 어금니에 힘을 주며 조심스럽게 걷고 있었다.

현관의 유리문을 밀고 안으로 들어가 원무과라고 쓰여 있는 창구에 다가갔다.

"어떻게 오셨어요?"

40대의 원무과 남자 직원이 물었다.

"예, 어제 전화 상담하고 오늘 입원하기로 한 정지석입니다."

"이쪽으로 들어오세요."

원무과 안에 오른쪽으로 커튼 문을 밀치고 들어가니 약간 어두운 방에 진료실과 엑스레이 기계가 눈에 들어왔다. 잠시 뒤 30대 후반의 여 간호사가 들어와 차트를 펼치고 질문을 시작했다.

"병을 알게 된 것은 언제부터 인가요?"

"약 10개월 정도 됐습니다."

"어떻게 병을 알게 되었나요?"

"친구가 유학을 떠난다 해서 술을 좀 많이 마셨는데 이튿날부터 3일간

몸져누워 일어나지를 못했습니다. 저는 감기 한 번 걸리지 않고 살았는데 감기 몸살인 줄 알고 병원에 갔더니 의사 선생님이 엑스레이를 찍어보자고 해서 알게 되었습니다."

"그 동안 어디에서 치료하셨나요?"

"가까운 내과에서 처방 받아 약 먹으며 집에서 쉬었습니다."

"지금 드시고 있는 약은 뭐지요?"

"2차 약에 타리비드 추가해서 먹고 있습니다. 여기 약 봉지 있습니다."

"우리 병원은 결핵 전문병원입니다. 일단 객담 검사를 하는데 약제 내성 검사가 8주정도 걸립니다. 그 뒤에 정지석 씨에게 맞는 약을 처방할 겁니다."

"저도 이미 내성 검사를 받았습니다. 거의 모든 약에 내성이 있는 걸로 나왔습니다."

"그래도 검사는 처음부터 다시 진행합니다."

"그런데 저는 처음 발병한 건데 왜 모든 약이 듣지를 않는 거죠?"

"혹시 가족 중에 결핵을 앓은 사람이 있나요?"

"예, 저의 형수가 결핵으로 돌아 가셨고 형님도 이 병원에 입원 했었습니다."

"정지석 씨는 결핵 치료가 처음이시지만 감염된 세균이 내성균이라는 것은 결핵을 오래 앓은 사람에게서 전염된 것이기 때문이지요. 전염자가 두 번 이상의 재 발병한 사람이지요. 보통의 경우 첫 발병한 사람은 요즘 약이 좋기 때문에 1차 약으로 6내지 8개월이면 완치됩니다. 몸 관리를 잘 못하면 재발되는데 이때는 1차 치료에 썼던 약들이 잘 듣지를 않아요. 그래서 2차 약을 씁니다. 1차 약은 살균제인 반면에 2차 약은 균의 활동을 정지시키는 정균제 입니다. 투약기간도 2차 약은 1년 6개월 이상 드셔야 합니다."

"사실 병원에서 설명 들었습니다. 저는 치료약이 없는 슈퍼 결핵이라고 하더군요."

"결핵은 약만 가지고 치료하는 병이 아닙니다. 옛날에는 결핵 약 없이도 치료를 해서 나은 사람이 많았다고 합니다. 어떻게 치료했을까요? 첫째는 마음의 안정입니다. 그리고 둘째는 충분한 영양 섭취와 운동을 통해 육체의 면역력을 키워 내 자신이 병균을 이기도록 하는 겁니다. 셋째가 약물 치료 입니다. 이 삼 박자가 고루 갖춰질 때 치료가 순조롭게 됩니다. 결핵은 반드시 약으로만 치료할 수 있는 병이 아니에요. 어떤 환자는 1차 약도 잘 듣는 초기 환자인데도 낫지 않는 사람이 있어요. 마음의 안정이 안 되고 영양 섭취도 부족해 약발이 안 받는 것이지요. 결핵균이 몸속에 침투했다고 해서 모든 사람이 발병하는 것은 아닙니다. 몸속에 잠재해 있다가 면역력이 떨어지는 약한 상태가 되면 병균이 활동을 하기 시작하는 것입니다. 그게 다른 세균과 다른 결핵균의 특징이고요. 우리나라 사람들은 60% 이상이 결핵균 보균자라고 합니다. 그들 중 면역력이 약해진 일부 만에 발병하는 겁니다. 포기하지 마시고 잘 치료하세요."

이 간호사가 수간호사라는 것을 나중에야 알았다. 수간호사의 말에 나는 적지 않게 놀라고 있었다.

"여러 병원을 가 보았지만 이렇게 희망적인 말을 들은 것은 처음입니다. 저한테도 아직 희망은 있는 거군요."

"무엇보다도 병을 이기려는 본인 마음의 의지가 가장 중요합니다. 그리고 이 병원에는 일반 병원과는 달리 규칙이 많습니다. 술 담배는 절대 해서는 안 되며, 이성 교재도 금합니다. 그리고 외출 외박도 통제되며 오전 오후 안정 시간은 돌아다니지 못합니다. 기타의 다른 규칙들이 여기 적혀있으니 보시고 사인하세요. 만약 여기 사항들을 위반할 시는 강제 퇴원 조치됩니다."

스쳐간 운명

나는 면담이 끝나고 간호사가 알려준 509호 병실로 향했다. 엘리베이터의 문이 열리자 두 명의 젊은 아가씨가 눈에 들어왔다. 한 명은 하얀 피부에 매우 야위어 허리가 약간 굽어보였고 오른쪽 아가씨는 선량하면서도 강렬한 눈빛의 예쁜 눈의 소유자였다. 반사적으로 길을 비켜 주었다. 얼굴이 하얀 아가씨는 젊은 동료가 와서 재미있다는 듯한 표정을 지으며 뒤를 힐끗 돌아보며 지나갔다. 나는 엘리베이터에 올라타자 메스꺼운 소독약 비슷한 냄새에 손으로 코를 막으며 다시 내려 버렸다. 엘리베이터 안에는 병균이 득실대는 느낌에 숨을 쉴 수가 없었다. 뒤를 돌아보니 비상계단이 보였다.

4층까지 올라가는 동안 엘리베이터 앞에서 만났던 오른쪽의 아가씨를 생각했다. 선량하고 예쁜 큰 눈은 내 마음 속을 들여다보는 듯했고 그 순간 나의 심장은 잠시 긴장감에 소리를 내지 못했다. 처음 보는 얼굴인데 낯이 익었고 오랜만에 다시 만난 사람을 보는 것처럼 묘한 느낌이 전해왔다. 비상계단에서 복도로 나오자 왼쪽에 간호사실이 있었다. 간호사실 앞에 서자 젊은 간호사가 혈압을 측정하는 기구와 의료함을 챙기고 있는 모습이 보였다.

"저어 509호 입원하러 왔습니다."

나의 차림새가 너무 말끔한지라 면회객으로 알았던 임 간호사는 믿기지 않는다는 듯 바라보며 환의와 담요를 꺼내 들며 말했다.

"따라 오세요."

간호사실에서 동쪽으로 화장실이 있었고 옆의 탕비실로 보이는 곳에는 양은 냄비에서 음식이 한창 끓고 있었다. 입맛 없는 환자들이 사식을 요리하고 있었다. 결핵에 좋다고 집에서 보내온 개고기를 끓이는 사람, 생닭을 삶는 사람, 얼큰하게 찌개를 끓이는 사람, 이제는 남자들이 손수 음식을 하는 것이 제법 익숙해 보였다. 서너 개의 병실을 지나 복도 끝에 다다르니 왼쪽에 509호실이 있었다. 나무색 문을 안쪽으로 밀고 들어가는 간호사의 뒤를 따라 들어갔다. 병실 안에는 금속침대 6개가 하늘색 담요로 덮여 있었다. 오른쪽 왼쪽으로 각각 3개의 침대가 가로로 놓여 있었다. 오른쪽 끝에 사십 대의 아저씨가 쌍꺼풀진 눈으로 나를 바라보고 있었고 왼쪽 창가 쪽에도 사십대로 보이는 막노동자 타입의 아저씨가 침대와 창 벽 사이의 사물함에서 무엇인가 찾고 있었다.

"정지석 씨께서는 여기를 쓰세요."

임 간호사는 환의와 담요를 오른쪽 가운데 침대 위에 올려놓았다. 그리고는 체온계를 주며 겨드랑에 끼고 있으라고 했다. 잠시 후 다시 온 임 간호사는 체온을 체크하고 혈압 측정기를 나의 왼쪽 팔에 둘러 채운 뒤바람을 넣어 피익 하는 소리가 날 때까지 고무주머니를 반복해서 주입했다.

"미열이 조금 있네요. 오전 7시 반, 오후 12시 반, 저녁 5시 반이 식사시간이고 오전 9시부터 11시, 오후 2시부터 4시까지는 안정시간입니다. 안정 시간에는 밖에 나올 수 없습니다. 그리고 취침 소등은 9시 반에 합니다."

임 간호사가 나가자 오른쪽 옆 자리의 사십대 중반의 아저씨가 스스럼없이 말을 건넸다.

"몇 살이여?"

"스물여덟입니다."

"젊은 사람이 생생 하구만. 치료 잘 받고 빨리 나가야 혀. 칫솔이랑 세

면도구는 가져 왔남?"
"매점에서 사려고요."
"나 허고 같이 가."
청색 줄무늬의 환의를 갈아입고 황 씨 아저씨를 따라 일어섰다. 팔에 늘어지는 소매가 거북해 팔목까지 걷어 올리니 한결 가뿐한 느낌이었다. 나는 말없이 복도를 따라 계단으로 내려갔다. 아저씨는 165센티 정도의 작은 키에 세로형의 미남 얼굴이었다. 가무잡잡한 얼굴은 시골사람 티가 났다. 마주치는 사람마다 나를 한번 씩 흘겨보았고 그때마다 눈을 아래로 내려 시선을 피했다.
"아저씨는 집이 어디세요?"
"전북 이리여."
"병원에 오신지는 얼마나 되셨어요?"
"나도 온 지 두어 달 밖에 안 되여."
매점에 들어서니 주인인 대머리 할아버지가 낯이 익은 얼굴이었다. 내가 예전에 형의 면회를 와 매점에 들렀을 때 보았기 때문이었다. 아마 매점 할아버지도 결핵을 앓았었다고 들었던 기억이 났다. 필요한 물건들을 사고는 파란색 플라스틱 의자에 앉았다.
"아저씨 뭐 좀 드실래요?"
"베지밀이나 하나 먹지이?"
"아저씨 베지밀 두 개 주세요."
두 사람은 별다른 말없이 앉아 그저 따뜻한 베지밀 병만 만지고 있었다. 두 사람은 어색함 없이 오래 알고 지낸 사람처럼 서로를 편하게 대하고 있었다.
"조금 있으면 저녁 시간여. 가서 먹어야 살지?"
"예."

지하에 있는 식당은 매우 넓었고 30여명이 이미 줄을 서서 기다리고 있었다.
저녁 식사를 한 후 간단히 산책을 마친 나는 사물함을 정리하고 침대에 누워 팔베개를 하고 누웠다. 병실에는 처음 왔을 때 없었던 두 사람이 더 있었다. 전혀 말이 없어 보이고 키가 큰 오십 가까워 보이는 사람이 나의 맞은편에 조용히 누워 있었고 그 왼쪽에는 키가 작은 할아버지 한 분이 있었는데 비교적 건강해 보였다. 모두들 창가에 있는 낡은 텔레비전만 표정 없이 바라보고 있었다. 아마도 눈은 텔레비전을 향하고 있지만 마음은 다들 집 생각을 하고 있으리라 생각했다. 지그시 눈을 감고 나도 가족들을 생각했다. 가방을 둘러메고 병원에 간다고 나왔는데 어머니의 모습이 도무지 생각나지 않았다. 평소 같으면 얼마라도 쥐어 주시며 안타깝게 배웅 하셨을 어머니셨다. 그런데 그날 도대체 어머니를 기억할 수가 없었다. 아차 하는 생각이 들었다. 어머니는 아들이 떠나는 모습을 차마 볼 수가 없어 아예 방에서 나오시지도 않았던 것이다. 2층 계단에서 안타깝게 내려다보던 작은 형수의 모습과, 자신이 고개를 돌리는 순간 눈물이 흘렀고 고개 숙인 채 전철역을 향해 걷던 모습 등, 이런저런 생각을 하며 새로운 곳에서의 첫 밤을 보냈다.

죽지 못해 사는 사람들

 "아이 씨팔 이게 뭐 하는 짓이여! 여기 혼자만 살어? 누구는 죽기 싫어 이러고 사는 줄 알어! 여기 있는 사람들 전부 사는 게 고통이여! 그래도 살아야지. 끝까지 열심히 살아야 다음 세상에서라도 좋게 태어나지!"
 새벽부터 복도에 고함치는 소리가 울려 퍼졌다. 나는 자리에서 벌떡 일어나 복도로 나갔다. 복도에는 벌써 여러 사람이 모여 들고 있었다. 내가 있는 병실의 바로 앞 병실에서 간밤에 무슨 일이 일어난 것이었다. 까치머리에 짜리몽땅한 체구의 젊은 청년 성만이 소리치고 있었다. 성만도 서른의 젊은 나이에도 몇 년째 병을 앓고 있었고 그 역시 가족에게 전염되어 이미 양쪽 폐가 많이 망가져 약이 잘 듣지 않는 난치성 환자였다. 성만은 젊은 나이치고 털털한 성격과 밝고 배짱이 두둑해 보였다. 그는 마대걸레로 몽롱하게 누워있는 아저씨의 침대 밑을 여기저기 닦고 있었다. 바닥엔 선홍색의 피가 얼룩져 있었다. 그 아저씨가 무디고 네모난 사각의 면도날로 자기 손목의 동맥을 그었던 것이다. 다행이었는지는 모르지만 젊은 성만이 일찍 발견해 자살은 미수로 그쳤다. 다른 사람들은 그저 성만이 소리 지르며 하는 동태만 바라 볼 뿐이었다. 침대에 누워 있는 아저씨는 거의 살가죽만 남아 피골이 상접해 있었다. 움푹 팬 큰 눈을 가늘게 뜨고 숨쉬기조차 힘들어하는 모습이었다.
 그 젊은 청년이 퍼붓는 욕설 섞인 말들은 마치 세상에 대고 외치는 것 같았다.
 "벌써 몇 달째 마누라도 발길을 끊었어. 죽고 싶어도 그것도 쉽지 않네

그려."

같은 병실을 쓰는 사십 대의 종석이 능청스레 바닥에 쭈그리고 앉아서 주위를 둘러보며 능글맞고 굵은 목소리로 말을 이어갔다.

"세상에서 버림받고 결국은 자신마저도 버리게 되는 겨. 이놈의 병이 그래서 드럽다는 겨. 죽을 거면 빨리나 죽어져야지. 주변 사람 다 지치게 하고 폐 끼쳐놓은 뒤에 피 토하다 바닥에 엎드려 죽는 겨, 씨부럴."

넉살스런 그 남자의 말이 상스럽게 느껴졌지만 숙연한 마음으로 돌아섰다. 어떤 이는 삶을 의무라고 한다지만 인간이 삶을 포기할 권리는 없는 것인가! 자신의 삶이 견딜 수 없는 지경에 이르러 삶을 포기하는 것도 인간적일 수 있지 않을까?

인간이 육체적 고통 때문에 자살하고 싶은 충동을 느끼기도 하겠지만, 실제 자살로 이어지는 경우는 많지 않다. 인간의 육체적 고통에 대한 인내심은 생각보다 강하기 때문일 것이다. 정신적인 고통과 심적인 우울 그리고 자기를 학대하며 절망과 좌절의 끝자락에서 자살의 충동을 이기지 못한다. 때로는 자살은 비겁한 자가 마지막으로 선택하는 가식의 용기이기도 하다. 사실 사람들 모두가 조금씩 죽음을 향해 걷고 있는 게 아닌가. 결국 누구나 한 번은 치러야 할 장례식을 예약해 놓고 살아간다. 올 때도 혼자 왔지만 떠날 때에도 외롭게 홀로 가야 한다. 태어날 때는 기뻐서 울고 나왔지만 죽을 때는 남은 사람들에게 슬픔을 주고 간다. 인간도 지구상의 생물들처럼 이 땅에서 잠시 머물다 가는 방문객이다. 죽음이란 잉태하기 전 어머니의 품인 영혼의 세계로 되돌아가는 것이기에 생이 힘들고 고통스러울 땐 어머니를 찾듯이 때로는 그곳을 갈망하는지도 모른다.

입원 후 첫날 아침부터 한 인간의 비애를 지켜 본 나는 착잡한 심정으

로 건물을 내려와 매점 쪽으로 가는 뒤쪽으로 걸어갔다. 약간 언덕 위에 빨간 벽돌로 지은 건물 앞에 하얀 성모 마리아상이 서 있었다. 잠시 멈칫하고 서 있는 동안 성당으로 보이는 건물의 왼쪽 건물에서 불경 소리가 들렸다. 법당과 성당이 양쪽으로 위치해 있었다. 자연스럽게 법당 쪽으로 향했다. 불교 신자는 아니었지만 어렸을 적 어머니를 따라 초파일이면 절에 가곤 했기 때문에 성당보다는 절이 더 친근감이 있었다. 법당 안에는 이미 몇몇 사람이 기도를 올리고 있었다. 발꿈치를 들고 조용히 뒷자리에 정좌를 틀고 앉았다. 카세트 녹음기에서는 반야심경이 낭송되고 있었다. 누군가에 의해 끌려오듯 나는 법당에까지 와서 앉아 있었다.

한참 동안 명상을 마치니 들어올 때보다는 한결 마음이 가벼워져 있었다.

나는 식사를 마치고 지하 계단을 올라오고 있었다.
"아침엔 워디 갔었어?"
옆 자리의 황 씨 아저씨였다.
"예, 마음이 착잡해서 법당에 갔다 왔습니다."
"왜 아침에 앞방 일 땜시? 여기서는 가끔 있는 일인 게 신경 쓰지 말어. 자 밥 먹었응께 산책이나 하게 따라 와."

앞서 걸어가는 아저씨의 뒤를 따르다 왼쪽으로 다가서 보조를 맞추어 같이 산책을 시작했다. 현관 정문 앞 계단 아래로 잔디밭이 펼쳐져 있고 외곽으로는 콘크리트로 된 산책로가 넓게 이어져 있었다. 정말 잘 꾸며진 넓은 정원이었다. 정문 쪽으로부터 시계 반대 방향으로 돌기 시작했다. 정문 쪽에서 코너를 돌면 테니스장이 있고 강변도로를 따라 마름모 모양의 녹색 칠사로 엮은 철조망이 쳐져 있었다 철조망 뒤로는 유유히 금강이 흐르고 있었지만 나무들로 가려져 밖은 잘 보이지 않았다. 장미 넝쿨이 철조망을 타고 있는 모습은 애절해 보였고 그 위에서 활짝 핀 붉은 장미는 너무 아름다워 슬퍼 보였다. 초행길이 멀게 느껴지듯이 처음 걷는 길이라서 산책로가 꽤 길게 느껴졌다. 그래도 한 바퀴 돌면 7분은 소요되는 거리였고 강변이라 아침 안개가 연기처럼 드리워져 있었다.

"새벽에는 마스크를 쓰고 산책해야 혀. 찬 공기가 폐에 갑자기 들어가면 감기 들려. 이 병은 감기 들면 치명적이어."

이미 두 사람은 친한 사이가 되어 두 바퀴나 더 돌고 나서야 현관으로 올라섰다.

"아저씨 차 한 잔 하실래요?"

"내한테 100원짜리 있어."

"저한테 동전 있습니다."

"그려도 오늘은 내가 살턴게 어서 눌러."

두 사람은 다시 현관 밖으로 나와 아직 산책 돌고 있는 사람들을 바라보며 뜨거운 김이 나는 종이컵의 차를 한 모금씩 마셨다.

"저 어기, 저 사람 둘이 애인이랴."

약간 길고 가지런히 잘 나있는 치아를 내보이며 웃는 황 씨 아저씨의 턱은 산책하고 있는 두 남녀를 가리켰다. 남자는 안경을 끼고 키가 훤칠한 사십 대 중반쯤 되어 보이고 여자는 깔끔한 퍼머 머리에 통통한 몸매의 귀티가 나는 여성이었다. 두 사람 모두 도회지에서 온 듯 외모가 세련돼 보였다. 나는 웃으면서 가리키는 두 사람을 바라보았다.

"여기서는 이성 교재 하면 강제 퇴원 된다면서요?"

"그려도 둘러대면 뭐라고 할 것이여. 작 것들이 병 고치라고 병원 데려다 놓은 깨 허 짓거리나 헌당께. 마누라는 집에서 혼자 애들 키우느라고 얼마나 고생이 많것어?"

아저씨는 이렇게 말하고 나서 금세 큰 눈에서 눈물을 글썽 거렸다. 나는 황 씨 아저씨의 눈에는 보이지 않는 애환이 서려 있음을 느꼈다.

"올라가서 약 먹고 안정 허야지."

황 씨는 애써 눈물을 참으려는 듯 발길을 재촉했다.

젊은 남녀의 영혼결혼식과 앞 병실 아저씨의 자살 시도를 보는 것으로 나의 결핵병원 입원 신고식은 희망보다는 상처의 재확인이었다.

소사회

내가 입원한지도 벌써 보름이나 지났다. 이곳도 하나의 소사회였다. 환자의 상당수가 나와 비슷한 난치병을 앓고 있다는 사실에 새삼 놀라웠고 나 자신만이 힘든 상황이라고 비관하던 마음의 굴레에서도 조금씩 벗어나고 있었다. 밤이고 낮이고 항상 죽음을 생각하며 남들처럼 늙어 죽는 것이 소원이었었다. 이십 대의 청춘에 발병이 많은 병이 폐병이라 병원에는 젊은 사람들이 많았다. 남녀노소 대부분 환자들은 도살장에 끌려온 소나 다름없는 군상들이었다. 숨이 차서 잘 걷지도 못하고 말할 때조자 기관지에서 드륵드륵 소리를 내는 사람들도 많았다. 이곳에서 나보다 더 힘든 환자들을 바라보며 상대적인 위안도 조금 느낄 수 있었다.

"김 형! 우리는 다른 사람들이 벌어 놓은 것을 그저 얻어만 먹고 지내는 무위 도식자가 아닌가요? 젊은 이 청춘에."

"우리가 빨리 나아서 보답해야죠."

506호실처럼 나의 병실 복도 반대편 병실들은 남향이라 햇빛이 잘 들어왔고, 금강의 푸른 줄기가 도심과 어우러져 한 폭의 그림 같았다. 며칠 전 506호에 새로 입원한 김형주와는 이미 "김 형! 정 형!" 하며 서로 말벗이 되어 있었다. 사실 형주가 나보다 두 살 위였는데 형주는 나에게 굳이 정 형이라 부르며 존칭을 써주는 터라 말투에서부터 서로 존중하는 친구가 되었다. 다소 왜소한 몸집에 검정색 금속 테두리의 안경을 낀 형주의 지적인 스타일에 처음부터 호감을 느꼈고 친구 중에서도 마음이 잘 통하는 학창 시절 단짝 같은 존재가 되어 있었다. 형주는 약골의 체질로 결핵

이 처음 자체 발병한 초기 환자였다. 몸이 약하고 독자여서 6개월 방위로 병역을 마친 형주는 신문방송학을 전공했고 삼 년 만에 들어 간 청주의 잡지사에 1년 여 다니다 병을 얻어 여기까지 오게 되었다.

"김 형, 내가 어떤 의사가 쓴 책을 읽었던 기억이 있는데요, 결핵은 마음에서 시작된다고 주장하더군요. 마음대로 일이 잘 되지 않을 때 현실에서 도피할 수 있는 구실을 찾는데 그때 사람은 마음속으로 병이나 났으면 좋겠다는 생각을 하는 경우가 있답니다. 마음의 병과 더불어 육체의 면역도 떨어지게 되고 인체의 기(氣)와 관련된 폐가 약해진다는 거지요."

"병은 마음에서부터 온다는 말이 있잖아요. 맞는 말인 것 같네요."

"김 형! 그런데 나는 진짜 열심히 살았는데 왜 이런 불행이 나한테 왔는지, 세상이 정말 불공평한 것 같아요."

"역으로 한 번 생각 해봐요. 길이 아닌 곳을 가는 정형에게 길을 인도하기 위한 하나님의 뜻일 수도 있잖아요?"

"교회 다니세요?"

"대학 때 성경 동아리에 들었다가 다녔는데 꾸준히 다니지는 못했죠."

"그런데 나는 왜 그렇게 교회가 싫은지 모르겠습니다. 교회도 싫지만 교회에 다니는 한국 사람들이 더 못마땅합니다. 만약에 예수가 백인이 아닌 흑인이었더라도 우리나라에 기독교가 이렇게 꽃 피울 수 있었을까 하는 생각이 들어요. 기독교를 믿으면 마치 자신이 잘난 서구인이 되는 것처럼 착각을 하는 것은 아닐까요?"

"진짜 그런 부류의 사람들이 있는 것은 사실이지만 그렇다고 전부를 다 그런 편견을 가지고 보면 안 되겠죠?"

"요즘은 정말 교회가 너무 상업적인 단체처럼 보입니다. 목사는 하나의 직업이 되었고 생계 수단이자 목적이 되고 있는 것은 아닐까 해요. 따지고 보면 신도들에게 유독 한국의 교회에서나 성행하고 있는 십일조나 헌금으로 땀의 대가를 바치라고 반 강요하면서 정작 성직자는 평생 땀 한 방울 흘리지 않고 베짱이처럼 얻어먹고 사는 사회의 기생적인 존재는 아닐는지, 내가 너무 심하게 말했나요?"

"그건 좀 지나친 악평이고요. 성직자들은 세상 사람들을 바른 길로 인도한다는 신념을 가지고 살아가고 있습니다. 비록 성직자로서의 자격이 함량미달인 사람도 더러 있겠지만요. 어떤 목사는 모금된 헌금으로 자식들을 호화 유학시킨다는 말도 들었습니다만, 성직자가 모두 다 타락한 것은 아닙니다. 먹고 사는 문제에 대부분의 인생을 소비하는 보통 사람들에게, 아니 그것이 소비가 아니라 신성한 일이지만요, 신앙생활을 하는 성직자는 그들에게 삶의 의미와 가치를 제시하는 등대와 같고 사회의 소금 같이 중요한 사람들입니다."

"같은 교인들끼리는 아주 형제처럼 서로 위하고 잘 지내는 것 같아요. 그런데 기독교의 타 종교에 대한 배타적 태도의 영향인지 타인들에게는 보통의 사람들보다 훨씬 이기적인 태도를 보입니다. 내 주위의 기독교인들에게서 정말 많이 느꼈습니다."

"정형, 성경을 읽어 보세요. 십계명에 나 이외의 다른 신을 섬기지 말라는 계율이 있기 때문입니다. 진리는 오직 하나뿐이기 때문이죠. 기독교에서도 타 종교를 인정하지만 신앙과 종교는 별개로 보지요. 타 종교는 단지 종교로 보는 것이지요. 몇 번이고 읽은 후에는 기독교에 대한 편견이 바뀔 수 있을 겁니다. 우리나라에 기독교가 이웃 일본보다도 훨씬 전파가 잘 된 이유는, 과거에 의식주도 해결하기 힘들 때 기독교인들이 문명과 경제력을 같이 가지고 왔기 때문이라고 생각해요. 앞선 서구 문명과 문화 그리고 경제력은 가난했던 사람들이 교회에 관심을 갖게 해주었고 쉽게 성경을 전파할 수 있었지요."

"사실 과거 우리나라에 기독교가 쉽게 전파될 수 있었던 것이 그들의

문명 문화와 경제력 때문만은 아니었으리라 생각해요. 당시 불교는 교리 전파에 약했고 소망이나 소원을 비는 기복신앙에서 벗어나지 못했어요. 우리나라에는 뚜렷하게 사람들의 마음을 사로잡는 신앙이 부재했기 때문에 그리스도의 교리가 쉽게 전파된 부분은 인정합니다. 그러나 요즘의 교회는 정말 너무 타락한 것 아닌가요? 마치 교회 건물의 높이가 올라 갈 수록 예수님과 가까워지는 지는 걸로 착각하고 목사는 성금을 많이 하는 부자들을 찾아다니기에 혈안이 되어 있습니다. 성금만 많이 하면 권사나 집사는 쉽게 얻을 수 있는 벼슬이 되었고 신도들은 조금만 비위가 틀려도 철새처럼 교회를 옮겨 다닙니다. 정작 그리스도의 메시지는 공허한 교회당의 메아리로 울릴 뿐입니다."

"정형의 기독교에 대한 안 좋은 감정 때문에 기독교를 너무 비판적으로 보고 있네요. 정형 꼭 한번 성경을 읽어 보세요. 그리고 다시 이야기 해봅시다."

그때 복도를 통해 옆방에서 싸우는 듯한 소리가 들려왔다. 사복을 입은 사람이 앞 방 환자인 사십 대의 종석에게 욕설을 퍼붓고 있었다.

"이 사기꾼 같은 놈아! 사기 칠 사람이 없어 불쌍한 환자한테 사기를 쳐!"

"이 사람아, 나는 모르는 일이야. 내가 약을 팔았어? 돈을 받았어?"

"네가 그 약 먹고 다 죽다 살아났다면서? 그게 사기지 뭐가 사기여, 이 나쁜 놈아!"

사복 입은 사람을 잘 알고 있는 듯한 옆의 환자 한 사람이 영문을 물었다.

"무슨 일 때문에 그려?"

"내가 지난달에 퇴원하기 전에 나를 붙잡고는 아주 심각하게 얘기를 하더라고, 저 인간이. 얼굴도 멀쩡하게 생기고 교회까지 다닌다기에 저 놈 말을 믿었지."

"무슨 말을?"

"자기가 옛 날에 폐기종까지 생겼었는데, 어린 딸이 두루마기 화장지로 몇 미터씩이나 입에서 죽은 폐를 끄집어 내 줬다나 하면서 말을 시작하더라고."

"그런데?"

"아니, 쓸데없는 거짓말을 하겠느냐 싶어 계속 들었지. 말도 그럴싸하게 하더라니까. 그 정도까지 자기 병이 심각했는데 한약을 먹고 나서부터 병이 낫기 시작했다는 겨. 그래서 나도 퇴원하면 한 번 먹어 보려고 전화번호를 알려 달라고 했지. 약을 구해서 먹어봤는데 아무래도 이상하더라고. 그 작자가 진맥도 없이 한약을 지어 준다는 것도 그렇고, 맛이 이상하게 지린내 같은 냄새가 나기도 하고 말여. 그래서 그 약을 가지고 한의원에 가서 물어봤더니 그게 염소 똥이라는 겨. 하도 기가 막혀서 여기까지 찾아왔네. 안 그러면 다른 사람한테 또 사기칠 거 아녀? 에이 나쁜 놈아! 네가 얼마나 받아먹었는지 몰라도 네 인생이 불쌍해서 내가 그냥 간다. 세상 그렇게 추하기 살지 말어!"

지푸라기라도 잡는 심정으로 낫기만 한다면 개똥이라도 먹을 수밖에 없는 삶에 절박한 사람들의 심리를 이용해서 등쳐먹고 사는 사람도 있었다. 밤부터 겨울을 재촉하는 가을비가 오전 내내 이어지고 있었다. 나는 침대를 45도 각도로 비스듬히 세우고 누워 창밖을 한량없이 바라보았다.

"왜, 집 생각 허니?"

옆 자리의 황 씨가 눈을 흘기며 특유의 코맹맹이 소리로 한마디 던졌다.

"아뇨, 불현듯 내가 여기서 왜 이러고 있나 하는 생각이 들어요."

"왜 있긴 왜 있어! 병 고치러 왔지."

"특별히 어디가 고통스럽게 아프지도 않고 기침도 별로 없고, 진짜 내가 환자인가 싶네요."

"그거야 여기 와서 치료 잘 허니께 그런 거지. 안 아프다고 밖에 나가 봐라. 그때는 정말 환자가 돼서 올 틴게."

그날따라 비가 오는 탓인지 마음이 축 가라앉아 있었다. 감색 캐주얼 점퍼를 걸치고 슬며시 병실을 빠져 나갔다. 간호사실에서 조그만 반원의 유리 창구에 얼굴을 대고 이 간호사가 혼내듯이 소리쳤다.

"정지석 씨! 안정 시간인데 어디 가세요?"

"법당에 가서 명상 좀 하려고요."

"정말 딴 데 가는 거 아니죠?"

"비 오는 데 갈 데가 어디 있겠습니까?"

수긍한다는 듯 이간호사도 더 이상의 제재하지는 않았다. 나는 다소 비겁한 미소를 보이며 계단을 내려가 법당 쪽으로 뛰었다.

법당 안은 가을비 내리는 날씨 탓에 어두컴컴하였다. 안에는 약간 긴 단발 생머리를 한 여자가 혼자서 열심히 기도를 하고 있었다. 그녀는 관세음보살 앞에서 기도를 했다. 그녀는 나처럼 명상하는 것이 아니라 관세음보살들에게 소원을 빌고 있는 것 같았다. 방해가 될 까 싶어 조심스럽게 방석을 가져와 정좌를 틀었다. 한참 동안 고요한 침묵이 흐르고 충분하게 기도와 명상을 마쳤다.

"안녕하세요? 새로 오셨나 봐요?"

"안녕하세요? 예, 법당엔 두어 번 들렀습니다."

"아니, 병원에……."

"10월 초에 입원했습니다."

"그 쪽은?"

"저는……. 오래 됐어요."

머뭇거리며 말하는 그녀를 보며 나는 그녀가 오랫동안 투병 생활을 하고 있다는 것을 짐작할 수 있었다.

"젊으신 것 같은데……."

"스물일곱이에요. 어머! 내 정신 좀 봐. 차 한 잔 하시겠어요?"

"아, 예."

"이쪽에 법우들이 쉬는 방이 있어요. 초파일이나 행사가 있으면 여기서 준비도 하고 법회 끝나면 모여서 밥도 지어 먹고 그래요. 병원 밥 오래 먹으면 먹기 싫을 때가 많아요. 사실 법당에서 고기 먹으면 안 되는데 가끔 삼겹살도 구워 먹어요. 우리는 고기를 많이 먹어야 한다니까 부처님도 이해하시겠죠?"

이곳은 병원이 아닌 민가 같았다. 갑자기 나도 집에 온 것처럼 마음이 편해졌다.

"커피는 없고 녹차가 몸에 좋으니까 녹차를 드세요."

말하면서 그녀는 남쪽 창문의 커튼을 닫아 젖혔다. 창문 너머로 병원의 건물에서 훤히 들여다보여서였다.

"안정시간에 간호사들 눈에 띄면 좋을 것 없어요."

다시 반대편 입구 문 쪽으로 가서 문을 조금 열어 놓는 것도 잊지 않았다. 그리고 나서야 조그만 나무 찻상을 가져와 찻잔을 올려놓았다.

"참, 성함이 어떻게 되세요?"

"정지석입니다."

"저는 이미혜예요. 실례지만 나이 물어도 괜찮을까요?"

"여덟입니다."

"지석 씨는 아주 건강해 보여요. 병을 앓은 지 얼마 안 되셨죠?"

"예, 몇 개월 안 되었습니다. 겉만 멀쩡하지 속엔 아주 독한 놈이 들어와 있다네요."

"의사 선생님이 내성균이래요?"

"예, 내성균 중에서도 제일 독한 내성균이랍니다. 듣는 약이 거의 없다

고 해요."

"저도 그런 걸요. 이제는 약이란 약은 다 써보고 더 쓸 약이 없어요. 고등학교 2학년 때 처음 병이 났었는데 대학 2학년 때 또 재발했어요."

"미혜 씨는 전공이 무엇이었습니까?"

"H대 국문학과에 다녔어요."

"서울요?"

"예."

"집도 서울이세요?"

"집은 성남이에요. 이제 여기 병원이 제 집이나 다름없어요. 집에 가봐야 반기는 사람도 없고 아버지는 이제 저를 보면 짜증이 나시나 봐요."

"설마 그러시겠어요? 성격이 급한 남자들 중에는 안타까움이나 속상함을 그런 식으로 표현해서 오해를 많이 사죠. 아버님도 성격이 급하시죠?"

"그렇긴 해요. 하여튼 제가 집에 가서 반기는 사람이 없다는 것은 확실해요."

"하기야 어느 집에선들 이 병을 반기겠습니까? 미혜 씨를 반기지 않는 것이 아니고 병을 싫어하는 것이겠지요."

"정지석 씨는 아직 얼마 되지 않아 그렇게 논리적으로 말할 수 있지만, 저처럼 오랫동안 병을 앓다 보면 가족들에게 얼마나 배신감을 느끼는지 몰라요. 이제 거의 면회도 오지 않아요. 어쩌다 용돈 좀 부쳐달라고 하면 병원에서 밥 나오고 약주고 다 하는데 무슨 돈이 필요하냐고 그런다니까요. 저는 식욕이 없어 여기서도 자주 시켜 먹거든요. 잘 먹어야 된다니까 통닭도 시켜 먹고 고기도 사다 구워 먹고 그러다 보면 용돈이 좀 필요해요. 처음에는 거의 매일 사골 국에, 이 병에 좋다는 개소주에, 정말 잘 해주셨어요. 이제는 저를 귀찮은 존재로 생각하는 것 같아요."

"사실 누구보다도 병을 앓고 있는 사람이 제일 힘들고 사회적으로도 소외되어 사람 구실 못하는 것이 더 큰 고통이지요. 그렇지만 주위의 가족들도 환자 못지않은 아픔과 고통이 따를 겁니다. 더욱이 병이 장기간 지속되면 긴 병에 효자 없다고 가족도 사람인지라 집안의 골치 거리로 생각될 수도 있을 거라는 생각이 들어요. 이를 악물고 병을 이겨 내야죠."

"이제는 정말 살고 싶은 생각도 의지도 없어요. 저는 제가 나을 수 있을 거라는 생각은 안 해요. 얼마나 더 살 수 있을지는 몰라도 그 동안 가족들에게 따뜻한 사랑을 받으면서 그렇게 행복하게 죽고 싶어요."

"미혜 씨! 용기를 내세요. 의지가 약하면 살아남기 힘듭니다."

"차라리 암 같은 병처럼 주위에서도 진짜 환자 취급 받다가 수술이라도 받아 보고 그래도 안 되어 빨리 죽기라도 한다면, 이 병처럼 오래오래 고통스럽지는 않을 텐데……."

나는 어느덧 미혜에게 동정과 애틋한 동료의식 같은 감정을 느끼고 있었다. 미혜는 환의와 어울리지 않는 윤기 나는 갈색 생머리가 목 부근에서 일정하게 잘려져 있어 제법 생기가 있어 보였고, 안색도 밝은 데다 피부도 하얗고 매끈하게 고왔다. 속 쌍꺼풀 진 이지적인 눈매와 윤곽 있는 콧대, 얇은 입술이 깔끔한 이미지를 연출하고 있었다.

밖은 아직도 가느다란 빗줄기가 그칠 줄 모르고 있어서 두 사람에게 분위기를 맞춰 주고 있었다. 나는 잠시 감상에 빠져 들고 있었다.

'어쩌면 미혜와 나는 이곳에서 운명적으로 만나게 되어 있었는지 모른다. 미혜가 느끼고 있는 외로움과 고통들이 나와 똑 같지 않은가? 이 여자와 나는 같은 운명의 배를 탄 것이다.'

"미혜 씨 우리 친구 합시다. 제가 얼마나 도움이 될 지는 모르겠지만 서로 마음의 의지가 되는 사람이 옆에 있다면 외로움과 고통을 나눌 수 있지 않을까요?"

"그러지 마세요. 저는 저대로 혼자 살아갈 겁니다. 친구라는 단어도 잊

어버렸어요. 아니 제가 그런 것들을 버렸어요."

미혜의 말을 듣자 자신의 마음이 아파오는 것을 느꼈다. 나도 사실 친구라는 단어를 잊고 있었다. 병을 알고부터 아무에게도 연락을 하지 않았고 스스로 혼자가 되었다. 어쩌면 자신을 고독 속에 몰아넣고 더욱 힘들게 지냈는지도 몰랐다.

"저도 지금까지 혼자라고 생각하고 살아 왔습니다. 내가 죽어야 한다고 생각하니 어머니마저 위로가 되지 않더라고요. 교수형 선고 받은 사형수처럼 늘 마음이 불안하고 갑갑해서 하늘이 무너질 것만 같은 기분의 연속이었어요. 시기가 다를 뿐 누구나 결국은 죽게 됩니다. 사람이 죽음 자체가 두렵다기보다는 자신의 죽음이 다가옴을 알게 될 때 가장 큰 공포를 느끼게 되는 것 같아요. 이제 우리 그렇게 살아가지 말아요. 까짓 죽을 때 죽더라도 당당하게 받아들이고 마음이나 편하게 지내자 구요. 그러다 보면 병이 자신도 모르게 나을 수도 있을 것 같아요."

"지석 씨 말을 들으니 마음이 좀 편해지는 것 같아요. 저는 여자라서 그런지 하루에도 몇 번씩 희망과 절망이 교차해요."

"여자뿐만 아니라 확신이나 자신이 없어 질 때 다들 그래요. 그래서 의지가 필요한 거고 스스로 나을 수 있다는 말을 되새기면서 강해져야죠."

"참, 어저께 언니가 외출했다가 사온 귤이 있는데 좀 드실래요?"

"벌써 귤이 나오나요?"

"귤은 껍질을 벗기면 이렇게 실 같은 섬유가 나오는데 사람들은 이걸 전부 떼어 내고 먹어요. 그런데 이게 몸에 좋은 거래요."

"그래요?"

모처럼 오누이같이 즐거운 한 때를 보냈다.

"지석 씨도 법회에 나오세요."

"법회가 언제 있는데요?"

"일요일마다 오전 10시에 있어요. 공주시내에서 한의원을 하시는 해월 스님도 오십니다."
"알았습니다."

그 날 이후 한 겨울의 들판처럼 황량하기만 하던 가슴에서 꺼진 모닥불의 불씨가 살아나듯 훈훈한 기운이 돌기 시작했다. 8주간에 걸친 나의 약제 내성검사 결과가 나왔다. 오전 9시 반 회진이 끝나고 간호사실에 담당 의사에게 면담을 신청했다.
"똑똑."
"이쪽으로 앉으세요."
간호사실로 들어가 왼쪽으로 있는 진료실에는 등 바지 없는 원형 의자가 있고 정면 벽에는 흰색 아크릴로 된 엑스레이 판독 판이 설치되어 있었다. 나의 담당 의사인 김재홍 의사는 이곳 국립 공주병원에서 6년째 근무하고 있는 호흡기내과 전문의이었다. 전형적인 사십 대의 얼굴에 큰 키가 시원시원해 보이는 풍채였고, 환자들과 농담도 잘해서 환자들을 즐겁게 해 주었다. 김재홍 의사가 엑스레이 판독 판의 옆에 달린 형광등 스위치를 올리자 아크릴판 안에서 불빛이 껌벅거리며 점멸 되더니 환하게 형광등이 켜졌다.
"정지석 씨는 여기 좌측 상엽의 이 부분이 병변인데 이렇게 조그만 공동이 생겼네요. 공동이란 폐의 안쪽에 원형의 홈이 파여 있는 곳을 말해요. 약을 먹으면 흡수되어 모세혈관을 타고 병변에 전달되어 세균을 죽여야 하는데, 공동에는 혈관이 끊겨져 약 기운이 전달되지 못해서 치료가 더디고 힘들어져요."
"선생님, 공동은 왜 생기는 겁니까?"
"약이 잘 들어서 신속히 세균이 잡혀야 되는데, 약발이 잘 받지 않으니

까 세균이 집중적으로 폐 세포를 해치게 되는 거죠. 정지석 씨는 알다시피 내성검사 결과가 잘 듣는 약이 거의 없어요. 그러나 약을 서너 가지 조합해서 쓰면 효과가 전혀 없는 것은 아니니까 급속히 진행 되지는 않을 겁니다. 듣지 않는다고 아예 약을 먹지 않으면 1년도 버티지 못하고 폐는 다 망가져 버립니다. 현재로서는 좋은 약이 개발될 때까지 몸 자체의 저항력을 키워 버텨야 합니다. 우리 병원에는 TB1이라는 약이 있는데 간에 부작용이 심각해서 지금은 생산도 되지 않지만 쓰지도 않아요. 정지석 씨처럼 병변이 넓지 않고 젊은 사람에게 극히 드물게 처방 해 보는 거니까 특별한 부작용 같은 이상이 생기면 즉시 이야기하세요."

그 날부터 나의 약에는 TB1이 추가되었고 가나마이신을 주사 맞았다. 서울에서 치료할 때는 스트렙토마이신을 맞았는데 입술이 얼얼하게 마비되는 부작용이 발생 했었다. 카나마이신은 2차 약인데 특별한 부작용은 없었다. 나는 다시 참담한 기분으로 병실에 들어와 신발을 벗고 침대에 올라가 누웠다.

"균은 잡혔댜?"

누워서 왼쪽으로 고개를 돌려 바라보던 황 씨가 몸을 일으키며 물었다.

"아직 이오. 아저씨는요?"

"나는 거의 나오지 않는댜. 그래도 확실히 치료 허고 나가야지. 오늘 점심때는 식당에 가지 말어. 괴기나 구워 먹게."

어제 황 씨의 가족이 면회를 와서 잰 고기와 반찬 등을 놓고 갔었다. 황 씨는 얼굴에는 희색이 넘쳤고 병실 사람들에게 재차 점심을 같이 먹자고 당부했다.

병원 규정에는 병실에서 고기를 굽거나 사식을 금지하고 있지만 먹는 것만큼은 관대했다.

위로받아야 하는 영혼

　밖에서 여자의 비명소리가 울렸고 이어 웅성거리는 소리에 나는 4층 창밖을 내려다보았다. 한 여자 환자가 두 손으로 얼굴을 가린 채 울고 있었다. 그 옆에는 머리 부분에 많은 피가 흐른 여자가 부서진 마네킹처럼 뉘여 있었다. 나도 갑자기 뛰기 시작하는 심장을 억제하지 못하고 무의식적으로 아래로 뛰어 내려갔다. 어느새 사람들이 모여들었고 누군가가 담요를 가져와 사체를 덮었다.
　"옥상에서 투신한 것 같어."
　구경하던 한 나이든 환자가 말했다.
　"언니! 어어어엉. 어제 저녁밥까지 같이 먹고 이게 웬 일이이에요. 어어어엉."
　자리에서 꼼짝 못하고 쭈그리고 앉아 덜덜 떨기만 하던 미혜가 사체가 가려지자 겨우 울음보를 터트렸다.
　"어제 왔던 그 분 맞죠?"
　법당의 총무를 맡고 있던 상준이었다. 미혜는 흐느끼며 고개를 끄덕였다.
　"어제 가지 않으셨어요?"
　"법당 사랑방에서 하루 자고 간다고 했는데 …… 엉엉엉."
　사람들은 여기저기 흩어져 있는 종이비행기에 눈길을 돌리기 시작했다. 옥상에서 날린 것으로 보이는 종이비행기는 얼추 삼백 개는 되었고 나도 한 개의 종이비행기를 주어 펴 보았다. 일기장을 반듯하게 오려 만든 것으로 고스란히 하루의 일기가 적혀 있었다. 내용의 대부분이 한 남

자를 사랑하고 있는 마음이 가득한 글이었다. 다른 종이비행기의 내용도 모두가 사랑의 일기였다.

　전날 밤, 환자들이 모두 취침에 들기 위해 병동으로 올라가자 정순은 법당의 사랑방에서 준비를 하고 있었다. 다른 세상으로 갈 준비였다. 그녀의 마음은 이미 이 세상을 떠나 있었다. 연약한 한 여자에게 있어서 사랑이란 것은 세상과도 바꿀 수 있는 삶의 전부일 수도 있었다. 서로가 아픈 상황에서 피어난 가장 진실한 사랑이라고 믿었었다. 더 이상 새로운 세상에 마음을 열 수가 없었다. 마지막까지 버리지 못한 일기장을 모두 꺼냈다. 그리고 반듯하게 오려 종이비행기를 접기 시작했다. 자신의 사랑만큼은 정말 진실이었음을 알리고 싶었다. 떠난 희석에게 알리고 싶었다. 누군가에게 전해 듣고 희석도 자신을 생각하며 눈물을 흘릴 것이다. 정순의 마음속엔 오직 그 생각뿐이었다. 종이비행기 하나를 접을 때마다 일기장에 기록된 당시의 마음을 회상하며 행복감에 빠져 있었다. 새벽 네 시가 되어 사랑을 적은 일기장은 자신과 함께 비상 할 비행기가 되어 있었다.
　병동의 비상계단을 따라 옥상 입구에 이르자 예상대로 굳게 자물쇠가 닫혀 있었다. 정순은 준비한 쇠톱으로 천천히 자물쇠를 자르기 시작했다. 그녀에게는 영원의 세계로 가는 의례같이 경건한 순간들이었다. 새벽의 옥상은 추웠다. 정순은 밤새 접은 종이비행기를 하나씩 날리면서 내내 희석을 생각했다. 그에게 다시 편지를 보내는 마음이었다. 예전에 희석이 자신에게 정말 예쁘게 잘 어울린다던 분홍색 치마를 올려 얼굴을 감쌌다. 새벽 6시. 그녀는 자신의 사랑이 머물고 있는 병원의 옥상에서 영원한 사랑을 기약하며 새로운 세상에 몸을 던졌다.

얼마 후 법당으로 사람들이 모였다. 법당의 총무인 상준은 종이 박스에 종이비행기들로 가득 채워 왔다. 미혜가 법당 식구들에게 부탁해서였다. 미혜는 서너 명의 환자들과 사랑방에 앉아 종이비행기를 하나씩 펴기 시작했다. 그리고는 이야기를 시작했다. 투신한 정순은 이 병원에서 거의 1년여 동안 치료를 하고 완치되어 퇴원한 지 몇 달도 되지 않은 여자였다

"언니가 어제 저녁 먹으면서 그랬어요. 희석 씨가 떠났대요. 희석 씨 집에서 두 사람의 관계를 무지하게 반대했나 봐요. 희석 씨는 언니하고 둘이서 살겠다고 호언도 했었는데 결국은 말없이 사라졌답니다. 두 사람은 정말 아낌없이 사랑 했어요. 거의 1년 이상을 병원에서 열심히 치료했고 모범적인 불교 신자들이었어요. 하루도 빠짐없이 새벽 5시에 일어나 법당에 나와 기도를 했고 몸에 좋다는 음식이나 건강 보조 식품을 정말 많이 먹었어요. 그 만큼 두 사람은 살기 위해서 할 수 있는 것은 다 했다고 했어요. 언니는 그 남자를 의지하며 남편도 잊었고 마음의 상처도 아물 수 있었고요. 언니는 자신의 병을 치료해 건강한 사람이 되기 위해 온 정열을 다했고 눈물겨운 한 해를 보냈어요."

"그분 결혼했었어요?"

상준이 눈을 크게 뜨며 물었다.

"아이가 하나 있는 걸로 알고 있어요. 결혼 전에 결핵을 앓았었는데 아이를 낳고 재발 했대요. 병원에서는 2차 약으로 장기간 치료를 받아야 하니 면역이 약한 아이에게 감염될 수도 있으니까 병원으로 갈 것을 추천을 했고요. 그래서 공주병원에 입원을 했답니다. 그런데 신랑이 언니가 과거에 병을 앓았다는 사실을 숨겼다고 중매를 선 사람에게 가서 따지고 시끄럽게 했나 봐요. 결국 언니 신랑은 언니를 병원에 보내 놓고 한 번도 면회를 오지 않았어요. 하여튼 병원 사람들에게 박수를 받으며 두 사람은 동시에 퇴원을 했어요. 그리고 나서 한 번은 둘이서 면회도 왔었어요.

그때까지만 해도 두 사람 모두 좋아 보였고 행복해 보였어요."

"어제 평소와 다른 이상한 말은 없었나요?"

"예전에 여기서 병 치료할 때가 언니의 인생에서 가장 행복한 시기였다고 하더군요. 아플 때는 낫기 위해서 그렇게 강하게 살았는데, 건강을 되찾고는 실연의 아픔 하나 이기지 못했어요. 사람의 마음은 강하면서도 참 나약한 것 같아요. 언니에게는 물론 단순한 실연이 아니었겠죠. 병이 나고 결혼마저 파국을 맞은 힘든 상태에서 새로운 삶과 사랑을 찾았다고 생각했는데 그마저 어긋나니 살아 갈 의미를 잃었을 거예요. 이제는 세상이 싫다고 말했던 그 표정을 잊을 수가 없어요. 그래도 이렇게까지 할 줄은……."

그 날은 종일 상념에서 벗어날 수 없었다. 인간이 죽고 나면 지상에 남는 것은 무엇일까? 어떤 형태로든 죽은 자의 영혼은 지상위에 향기가 되어 스며있지는 않을까? 아니면, 우주의 수많은 별이 되어 빛나거나 빛도 없이 우주의 암흑 속에서 떨고 있지는 않을까?

신(神)이 있다고 믿는 사람에게는 분명 신이 존재하고 신은 애당초 없다며 믿지 않는 자에게는 정말 신이 없듯이, 영혼도 마찬가지일 것이다. 신이 인간에게 길을 인도한다면 영혼은 사람에게 가치를 부여한다. 길을 잃은 인간이 있다면 신에게 데려다 주어야 하고, 지상에서 가치를 부여받지 못한 영혼이 있다면 그 영혼을 위로해 주어야 할 것이다.

새장 속 사람들

　이튿날, 산책을 마치고 법당으로 향했다. 사람들은 절박한 상황에 처하거나 몸이 아프고 마음이 괴로울 때 신에게 의지하고 싶어 한다. 평상시에는 신을 모독하는 사람들까지도 죽을병에 걸리면 신앙을 찾고 간절히 기도한다. 그래서 많은 환자들은 신에게 의지하게 되며, 때로는 자신을 버린 그 신을 원망하기도 하고 자신을 구원해 줄 또 다른 신을 찾아보기도 한다. 다시 몸이 낫게 되면 의지했던 그 신을 잊기가 일쑤이지만 그래도 신은 그를 미워하지 않고 다시 찾아도 언제든 포용해 준다.
　법당 앞엔 승용차가 한대 와있었고 스님 한 분이 자동차 뒤 트렁크를 열고 여러 가지 물건들을 내리고 있었다. 스님은 온화한 미소로 사람들과 웃으면서 인사를 나누고 있었다. 175센티 정도의 키에 듬직한 몸과 얼굴엔 기름기가 흐르는 잘 생긴 남자 스님이었다. 나이는 서른다섯을 갓 넘어 보였다. 너무 의외였다. 남 보기에 부족할 것 없어 보이는 외모의 젊은 한의사라면 그런대로 상류층의 품위를 유지하는 삶을 누리면서 넉넉한 인생을 살 수 있을 텐데, 무슨 사연이 있어 승복을 입고 구도의 삶을 사는 것일까? 나 역시도 불가의 스님이라면 어떤 깊은 사연이 있을 것이라는 그릇된 선입관을 갖고 있었다.
　미혜로부터 한의사 스님이라는 말은 들었지만 이렇게 젊은 스님일 줄은 몰랐다. 법당에는 삼십 명 정도의 환자 신도들이 모여 들었고 사오십 대의 신도 몇 명을 제외하고는 대부분 이삼십 대의 젊은 남녀들이었다. 법회는 총무를 보는 상진의 진행에 따라 이어 졌고 해월스님의 목탁소리

와 함께 비교적 지루하지 않게 진행 되었다. 해월스님은 불교 법전을 해석해서 이야기로 설명하였고 줄곧 미소를 잃지 않는 스님 자태는 환자들에게 마음의 안정과 평화를 주었다.

법회를 마친 후 나이든 환자들은 바로 병동으로 돌아갔고 나머지 법우들은 법당에 머물며 담소를 나누었다. 앞마당에서는 삼십 대의 성진과 윤태가 기다란 나무의자 위에 바둑판을 펼치고 바둑을 두고 있었다. 나도 바둑을 좋아했기 때문에 옆에 서서 구경하고 있었다.

"안녕하세요? 오늘 법회에 처음 나오신 거죠?"

법당 총무를 맡고 있는 상진이 활짝 웃으면서 나에게 다가와 인사를 했다.

"예, 오늘 처음입니다."

바둑을 두고 있던 성진과 윤태도 고개를 들어 나를 올려다보았다. 나는 두 사람에게도 가볍게 목례를 하며 웃어 보였다.

"앞으로도 계속 법회에 참석하시고 심심하시면 오셔서 편하게 쉬다 가세요. 그래도 여기 오면 병원 생활이 재미있어요. 젊은 사람들이 많아서 같이 공도 차고 고기도 구워 먹고 그래요."

바둑을 두다가 나를 올려다보는 성진은 삼십 대 중반의 안정감을 느끼게 하는 용모와 이지적인 눈매를 가졌다. 두둑한 몸집이 걸쳐 입은 환의만 아니면 전혀 환자처럼 보이지 않았다. 그러나 그도 슈퍼 결핵균을 가진 만성 결핵 환자였다. 결핵으로 공주병원과 마산병원 그리고 목포병원 등 결핵 병원을 전전하며 벌써 5년 째 투병 중이었다. 갈색의 부드러운 머리칼과 하얀 피부가 한 눈에 특징을 알아볼 수 있는 외모였다. 오랜 시간 열심히 치료하고는 있지만 좀처럼 균이 잡히지 않고 있었다. 그나마 자기 관리가 철저한 덕택에 급격하게 폐가 나빠지지는 않고 있었다. 성진도 이미 답답한 병원 생활에 지쳐가고 있었다. 성진과 같이 결혼도 못하고 청춘을 병과 함께 보내는 만성 결핵 환자가 우리나라에는 상당수 있었다. 희생을 모르는 이기심과 지나친 자기 사랑 때문에 결혼을 늦추거나 아예 하지 않으려는 젊은 사람들도 있지만 그들에게는 결혼이 꿈이고 소망일 수 있었다.

 법당 총무인 상진은 스물 세 살의 건장한 청년이었다. 병원에는 환자같지 않은 좋은 체구를 가진 몇 안 되는 젊은 환자 중의 한 명 이였다. 전문대를 졸업 했고 항상 활기에 차있어 환자들 간의 매개 역할을 하는 활동적인 성격이었다. 그러나 그는 때때로 활동적인 성격과는 정반대의 극심한 우울증을 가지고 있었다. 상진의 아버지는 하남에 많은 땅을 가지고 있는 지주였고 농사를 짓는 대신 여러 채의 창고를 지어 임대업을 하고 있었다. 시골에서 농사만 짓다가 이재에 눈을 뜬 사람이었다. 창고 한 채의 임대료가 일반 직장인의 몇 달 수입은 되어서 도시에 나가 돈을 물 쓰듯 하며 살아가고 있었다. 그럼에도 상진의 어머니는 시골집에서 전형적인 시골 아낙네의 삶을 벗어나지 못하고 있었다. 모든 경제권을 가지고 있는 상진의 아버지는 여자도 여럿 있었고 독선적이며 이기적인 사람이었다. 그래서 그의 가족들은 남들이 보기에 꿔다 놓은 보릿자루처럼 보였고 아버지와 부(富)에서 소외된 채 살고 있었다. 상진이 그런 아버지에게 반항하기 시작할 무렵 그는 병이 나서 이곳에 오게 되었다.

 "들어가셔서 차 한 잔 하시면서 인사들 나누시죠?"
 "예."
 좀 어색했던 나는 상진의 호의적인 태도에 끌려 다시 법당 안으로 들어갔다.
 "여기 새로 오신 분이 계셔요. 인사들 나누세요. 저기 성함이……."
 "반갑습니다. 정지석이라고 합니다. 앞으로 잘 부탁드립니다."
 여기는 누구 저기는 누구하며 상진은 일일이 나에게 모두를 소개 시키

며 인사를 나누게 했다.
"참, 저는 법당에서 총무를 맡고 있는 전상진이라고 합니다. 편하게 상진이라고 불러 주세요. 나이도 어리니까."
그때 법당 문을 열고 들어오는 미혜가 보였다.
"어디 갔다 오세요?"
상진이 큰 소리로 웃으면서 미혜에게 말했다.
"예, 스님 가시는데 배웅하고 오는 길이예요."
"인사 하세요. 여기는 오늘 처음 오신 정지석 씨에요."
상진은 미혜에게 나를 소개 시켰다. 웃으면서 미혜를 바라보았다. 미혜가 먼저 나에게 가벼운 목례와 함께 인사했다.
"나오셨네요?"
"예."
상진은 두 사람을 번갈아 보며 말했다.
"두 분 아는 사이세요?"
"어저께 법당에 잠깐 들렀다가 뵈었어요."
"아예, 그러세요. 혹시, 공 잘 차세요?"
상진은 창고 구석에서 공을 꺼내 들며 말했다.
"그냥, 남들만큼은……."
"옆에 성당 아저씨하고 동권이 하고 몇 명이 가끔 차요."
나도 가끔 건물 앞 잔디밭에서 공차는 것을 보았었다.
"아저씨! 미사 끝났으면 공 차러 가요."
성당의 멋쟁이 고등학생인 동권이 먼저 나왔고 바로 대머리의 오십이 넘어 보이는 살집이 있는 아저씨가 문을 열고 나왔다. 그는 대구의 파티마병원에서 요양했었고 사무관 출신의 고급공무원 생활을 했으며 인텔리 계층임을 짐작할 수 있는 외모였다.

"아저씨, 우리 법당에 오늘 새로 온 식구세요."
그들과 웃으면서 간단히 목례로 인사했다. 잔디밭에서 네 사람은 이십 미터 간격으로 둘러서서 공을 찼다. 건물 3층 창문에서는 문을 열어 놓고 밖을 구경하는 여자 환자들이 많이 보였다. 건물 현관 앞에도 사람들이 잔디밭을 바라보며 부러운 시선을 주고 있었다. 나는 공을 떨어뜨리지 않고 몇 번씩 발등으로 튀기며 묘기에 가까운 몸놀림으로 힘껏 공을 하늘 높이 차 올렸다. 3층의 여자 병실 쪽에서도 고개를 들고 바라 볼 만큼 공은 높이 올라갔다. 여자 병실의 창문에서 박수 소리가 났다. 무심코 공을 보다 간호사실 창문에서 임 간호사가 내려다보고 있는 것이 보였다.
"공을 잘 차시네요."
상진이 소리쳤다. 잠시 뒤 사람들은 식사 시간이 되자 모두 건물로 들어가고 있었다.
"법당에서 고기 구워먹는데 같이 가세요."
상진은 나에게 같이 가자고 채근했다.

"어서 오세요. 같이 드세요."
법당 사랑방의 무쇠불판위에서는 삼겹살이 막 익고 있었다. 그 주위로 미혜와 다른 두 여자 그리고 중국집 주방장 출신이라는 약간 뚱뚱한 동환이 앉아 있었다.
"여기 언니는 효선 언니예요. 저한테 참 잘해 주셔요. 그리고 이쪽은 순임이예요."
미혜가 옆의 두 여자를 소개하자, 이번엔 상진이 동환을 쳐다보며
"이분은 공포의 주방장!"
세 여자가 까르르 웃음을 터트렸다.
"아아 쥐약도 한 병 있어야 환영식을 하는데 오늘은 이게 술이라고 생

각하고 마십시다."

 나에게 주전자의 물을 따라 주면서 동환이 분위기를 돋웠다. 자장면을 시키면서 주인에게 곤약이라는 술을 부탁하면 가져다주었다. 자장면집 주인이 환자들에게는 술은 쥐약이라고 먹지 말라고 했는데 그때부터 쥐약이라 부르게 되었다. 그래도 몇 명은 가끔 시켜먹었는데 동환도 그 중 한 사람이었다.

 "동환이 형! 술 좀 끊으세요."

 상진이 동환을 보며 힐책했다.

 "내가 술 먹는 거 봤어? 봤냐고?"

 "봐야 알어! 옆에 오면 술 냄새가 펑펑 나는데, 그럴 테면 퇴원해서 집에나 가!"

 효선이 한 마디 거들었다. 동그란 눈을 가진 효선은 날씬한 몸매에 30대 중반의 젊음이 가시지 않은 여자였다. 가끔씩 안경테 위로 올려 보는 것이 습관인 양 귀여운 데가 있었다. 나는 효선이 자기의 누나와 많이 닮았다고 생각 했다.

 "내버려 두세요. 자기 인생 자기가 알아서 해야지 남이 간섭하면 더해요."

 얼굴이 하얗고 귀엽게 생긴 순임도 한마디 했다. 순임은 숨 쉬기도 버거워 보일만큼 병세가 심해 보였고 골격도 가늘었다. 나는 순임이 바로 처음 입원하던 날 엘리베이터 앞에서 마주쳤던 두 아가씨중의 한 명이었음을 기억해냈다.

 "아직 어려 보이시는데요. 나이가 어떻게 되세요?"

 내가 순임에게 물었다.

 "저요! 얼마나 되어 보이는 데요?"

 "글쎄요. 열아홉? 스물?"

갑자기 방안이 웃음바다가 되었다. 순임은 다소 삐친 듯 고개를 숙였다.
"스물다섯이에요."
미혜가 대신 말해 주었다.
"아 그래요! 얼굴이 그렇게 안 보이네요. 동안이고 피부가 너무 좋아서……."
"감사합니다."
그제야 순임은 마음이 풀렸다는 듯이 다소곳이 나에게 허리를 굽혀서 인사까지 했다.
"또 어디가? 밥 먹었으니 구름과자 만들러 가지?"
효선이 일어서는 동환에게 웃으면서 쏘아붙였다.
"가지가지 할 건 다해요. 그래 가지고 무슨 병을 고쳐! 간호사에게 말해서 강퇴(강제퇴원)시켜 버린다!"
동환은 능글맞게 실실 웃으며 법당 뒤쪽으로 가버렸다. 상진은 양 어깨를 움츠리며 낮은 목소리로 말했다.
"와이프가 애들 두고 집을 나갔대요. 형도 마음이 괴로운가 봐요. 밤에도 잠 안자고 들락거려서 옆에 있는 나도 잠을 못 자요."
"그래?"
안경너머로 눈을 치켜뜨고 효선이 놀라는 표정을 했다.
"어머머! 어떡하니? 애들은 어쨌대?"
"누나가 봐 준대요."
"어머, 엄마 안 계셔?"
"아버지는 오래 전에 돌아가셨고 엄마도 결핵으로 몇 년 전에 돌아 가셨나 봐요. 형이 엄마 똥 수발까지 다 할 만큼 효자였는데 형까지 전염된 거죠. 밤에 누나한테 편지 쓰면서 훌쩍훌쩍 울기도 해요. 형 우는 거 보고 우리 방 사람들이 다 울었다니까요."

"세상에! 어쩌니?"

좋지 않게 보이던 동환에게 나는 어느새 동정심을 느끼고 있었다. 병실로 올라오는 내내 생각에 잠겼다.

'왜 세상은 가난하고 착한 사람들에게만 고행을 시키는 것인지……'

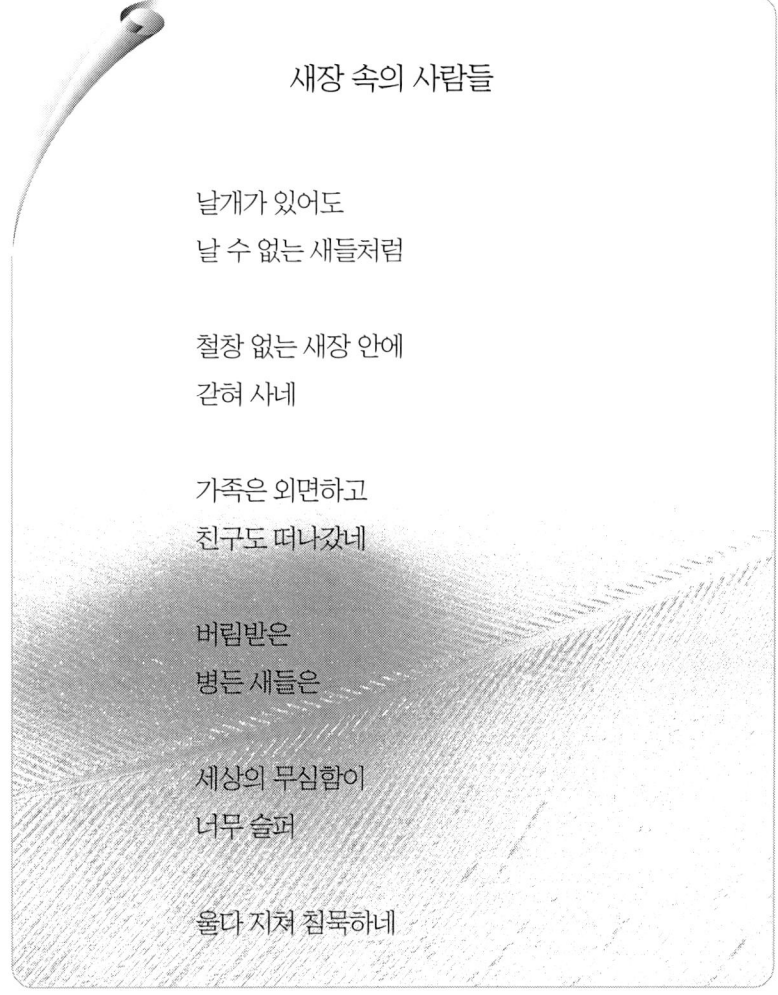

새장 속의 사람들

날개가 있어도
날 수 없는 새들처럼

철창 없는 새장 안에
갇혀 사네

가족은 외면하고
친구도 떠나갔네

버림받은
병든 새들은

세상의 무심함이
너무 슬퍼

울다 지쳐 침묵하네

여자 병동

　병원은 하얀색의 5층 건물이었다. 1층엔 원무과 그리고 그 맞은편엔 약 조제실이 있었고 지하엔 식당이 있었다. 2층은 외과 병동으로 수술환자와 중환자를 치료하는 집중치료실이 있었고 3층은 여자 병동이었으며 4층과 5층은 남자 병동이었다. 본 건물 북쪽 뒤로는 의사와 간호사의 관사가 있었고 그 왼쪽 조금 뒤엔 교회가 있었다. 관사와 본 건물 사이에 영안실이 있었으며 영안실과 바로 옆의 법당 간에는 가시넝쿨과 담이 쳐져 있었다. 법당 오른쪽에는 성모 마리아 석고상 옆으로 조그만 성당이 위치해 있었으며 그 오른쪽 언덕 아래로 매점이 자리 잡고 있었다.
　3층 간호사실에서 환자들을 한 명씩 호명하며 간호사실 앞으로 혈액검사 하러 오라는 방송이 나왔다.
　"아아아!"
　간호사실 앞에서 비명을 지르는 소리가 들렸다. 잠시 후 순임이 숨을 거칠게 몰아쉬며 왼쪽 팔을 오른손으로 감싸 쥔 채 힘들게 걸어 302호 병실 안에 들어 왔다.
　"시팔 아파 죽겠네! 간호사가 주사바늘 꽂는 법이나 배우고 와야지! 피 한 번 뽑는데 다섯 번을 찔러 퍼렇게 멍이 들었네. 시팔!"
　연약해 보이는 순임의 입에서 쌍 소리가 나왔다. 이제는 악만 남은 양, 욕하는 것도 아주 자연스럽게 느껴졌다. 어저께 새로 들어온 키 큰 이간호사가 많이 서투른 모양이었다. 환자들이 뼈만 앙상해서 혈관 찾기가 초보 간호사로서는 여간 힘든 게 아니었다.

"302호실의 김애심 씨 간호사실 앞으로 오세요!"
방송에서 또 다시 호명하는 소리가 들렸다.
"뭐야! 거동도 힘든 중환자를 오라 가라 하면 어떡해!"
302호실에서 가장 건강 상태가 양호한 입원한지 얼마 되지 않은 인경이 한마디 했다. 사십 대 중반의 김애심 씨는 혼자 걷기도 힘든 상태였고 가끔씩 산소마스크까지 써야 하는 중환자였다. 하는 수없이 인경이 애심이 아줌마를 부축하고 간호사실 앞까지 갔다.
"힘든 환자들은 병실에 와서 뽑으면 안 되나요?"
인경은 간호사실에 대고 쏘아붙였다. 간호사는 들었는지 못 들었는지 대꾸 없이 고무줄로 팔을 묶고 주사 바늘로 피부를 찔렀다.
"아야!"
이번에도 대 여섯 번이나 찌른 뒤에야 피를 뽑았다. 애심이 아줌마는 거의 녹초가 되어 병실로 돌아 왔다. 인경이 부축해서 침대 위로 올려 주는 순간 아줌마는 "읍"하는 소리를 내며 고개를 숙였다.
"왜 그러세요?"
인경이 다급한 목소리로 말하며 아줌마를 침대에 앉히고 옆에 서서 내려다보았다.
"언니! 저기 세숫대야 좀 갖다 줘. 객혈 하나 봐!"
옆 침대에 앉아 바라보던 순임이 다급하게 인경에게 말했다. 인경은 병실 구석에 있는 황갈색의 플라스틱 대야를 가져다 아줌마 앞에 놓아 주었다. 병실에 대야가 준비되어 있는 것으로 보아 이 병실에서는 객혈이 자주 일어나고 일임을 알 수 있었다. 아줌마는 그치지 않고 계속 피를 토해냈다.
인경은 급히 간호사실로 뛰어가 조금 전 피 뽑은 환자가 객혈을 하는데 그치지 않는다고 말했다. 키 큰 신참 이 간호사는 얼굴이 하얗게 질려

황급히 전화기를 잡고 다급한 목소리로 누군가와 통화했다. 얼마 후 젊은 남자 의사가 지혈제인 듯한 주사기를 가지고 뛰어 들어 왔다. 아줌마는 침대에 토한 피를 엎지른 채 얼굴을 박고 옆으로 누워 있었다. 이미 아줌마는 기도가 막혀 숨을 거둔 뒤였다. 인경은 가슴이 쿵덕쿵덕 뛰어 어찌할 바를 모르고 있었다. 순식간에 302호 병실에 사람들이 모여 들었고 자초지종을 전해들은 여자 환자들은 우르르 간호사실 앞으로 몰려가 이 간호사와 젊은 의사에게 항의하기 시작했다.

"우리가 당신들 종 인줄 알어! 왜 힘든 환자까지 오라 가라 해서 죽게 해! 그리고 저런 사람을 어떻게 간호사라고 피를 뽑게 하냐고! 교육이나 시켜 들여보내야 할 것 아냐!"

평소의 모습과는 전혀 다른 환자들의 모습이었다. 모두가 격앙되어 삿대질하며 씩씩거렸고 그것도 잠시였다. 화내는 것조차 힘들었던 여자 환자들은 하나씩 둘씩 자기 병실로 돌아갔다. 그날 이후 이 간호사는 3병동에서 보이지 않았고 내가 있는 5병동으로 올라갔다.

이 병원에는 얼굴이 예쁜 여자 환자들이 많았다. 대체적으로 결핵은 얼굴이 희고 예쁜 사람들이 많이 걸린다고 한다. 거울의 여신이 시샘하여 자신보다 희고 예쁜 여자들에게 이병을 주었는지 모른다. 인경도 그 거울의 여신에게 시샘을 당한 여인처럼 이곳에 보내져 왔다. 인경은 기흉 환자였다. 기흉이란 폐에 흡입된 공기가 늑막으로 빠져 버리는 폐질환이다. 옛말에 허파에 바람 들어 갔다는 말이 있는데 실제는 허파에서 바람이 빠져 버리는 병이다. 공기가 많이 새면 목과 턱 언저리까지 공기가 차오르고 부풀어 올라 즉사하는 위험한 상황까지 갈 수 있는 위험한 병이다. 옆구리에 호스를 꼽아 공기를 빼주지만 재발이 잘 되어서 심할 경우 수술을 하게 된다. 인경도 이곳 국립공주병원에 수술하러 왔다.

"어머! 어떻게 된 거야?"

안경 너머로 눈을 치켜 뜬 채 놀란 토끼눈이 되어 효선이 물으면서 옷소매를 잡고 인경을 간호사실 동쪽의 308호실의 자기 침대로 끌고 갔다.
"이 간호사가 혈관을 못 찾아서 몇 번씩 찌르니까 아줌마가 기운이 다 빠졌어요. 옆에서 보는 내가 더 힘이 들더라고요."
"그래서?"
"침대에 발 한 짝 올리는 순간 터지기 시작한 거예요."
"어머머! 네가 놀랐겠구나. 어쩜 좋니?"
효선은 정이 많은 성격이었다. 앞 뒤 잴 것 다 재는 듯이 보이지만 타고난 인정만큼은 감추지를 못했다.
가끔씩 밤이 되면 컴컴한 병동의 북쪽 영안실 앞에는 두 개의 수은등이 훤하게 저승길을 밝혀 주곤 했다. 그날 밤도 두 개의 수은등이 무섭게 켜져 있었다.

"저 침대를 바꿔주든가 나를 다른 병실로 옮겨 달라니까요!"
간호사실 앞에서 순임이 악을 쓰고 있었다. 바로 옆 자리에서 죽음을 목격한 순임이 밤이 되자 무서워서 잠을 잘 수가 없다며, 시트만 바뀐 침대를 바꾸든가 방을 바꿔 달라고 떼를 쓰고 있었다.
"지금은 저도 제 맘대로 할 수 없으니까 내일 수간호사님 오시면 얘기 하라니까요. 낮에 이야기하지 왜 다 퇴근하고 나니까 이제야 얘기 하냐고요?"
당직 간호사도 밤이라 어찌할 수가 없다고 항변하고 있었다. 결국 인경이 가서 같이 자자는 말로 겨우 병실로 끌고 갔다. 사실 인경은 경환자이기 때문에 그 병실을 써서는 안 되는데 입원할 때 자리가 없어 어쩔 수 없이 중환자들과 한 방을 쓰고 있었다.
"인경아! 잠깐 이리 나와 봐."

효선이 문 밖에서 인경에게 손짓을 하며 불렀다.

"왜요, 언니?"

"너 정신이 있는 거니? 그 애 옆에서 자면 병 옮아. 순임이는 균이 많이 나온 대잖아!"

"그래도 어떡해요. 무서워서 잠을 못 잔다는데!"

"순임이 잠들면 나한테로 와. 알았지?"

"알았어요. 언니."

순임은 힘들었는지 금세 잠이 들었고 인경은 308호의 효선에게로 건너갔다.

"이리와! 내 옆에서 나하고 자자."

"예."

"인경아, 순임이 쟤 부자인 거 알어!"

"순임 네 집이 잘 사나 보죠?"

"그게 아니고 순임이 쟤가 부자래. 아버지께서 재혼을 하셨는데 순임이 언니 셋과 남동생 한 명을 모아 놓고 모든 재산을 순임에게 돌려놓기로 결정 했대. 아마 재산이 몇 억 가까이 되는가 봐!"

"왜 그랬대요?"

"순임이가 병을 앓고 있는 지 몇 년째 거든. 재산이라도 순임이 앞으로 해 놓으면 형제나 새 엄마도 순임에게 잘 해 줄 거라 생각하신 거지."

"근데 순임이 쟤는 저 몸을 해 가지고 무슨 남자를 사귀는지 모르겠어요? 교회 다니는 석준 씨하고 자주 어울리더라고요."

"너도 봤니?"

"예, 꼭 밤에만 그렇게 둘이서 돌아다녀요."

"석준이가 순임이네 집도 갔었대. 둘이 결혼한다고까지 얘기 했다는데!"

"저고 순임이하고 같이 얘기 해 봤는데 석준 씨가 썩 진실 돼 보이지는

않았어요. 나이가 아마 서른둘이나 되고 순임이네 집에서도 처음엔 순임이 재산보고 그러는 게 아닌가 싶어서 의심을 했대요. 더구나 순임이 몸 상태가 결혼은커녕 몇 년이나 더 살지 모르는 상태인데. 어쨌든 순임이야 젊은 나이에 외롭지 않아서 다행이긴 해요."

"그런데 순임이네 가족들도 요즘엔 그렇게 반대하지는 않나 봐. 둘 다 처녀 총각이고 순임이가 낫지 못할 거라는 것을 알고 있대. 처녀로 죽으면 한이 생길까 봐 죽기 전에 짝이라도 지어 주고 싶은 모양이야."

"제가 보기에는 석준 씨가 진짜 순임이를 좋아하는지는 모르겠지만 순임이는 석준 씨를 믿는 눈치가 아니던데요."

인경

 강원도 정선에서 동해 바다로 넘어가는 마지막 고지대에 백두대간 백복령이라는 곳이 있다. 이곳은 동해의 바닷가보다 일출을 5분정도 빨리 볼 수 있는 곳이다. 정선 사람들이 옛날에 소금을 사러 삼척으로 가려면 이곳을 넘어야 했는데 동쪽으로 내려가면 동해시가 나온다. 그 곳은 겨울에 눈이 많이 오면 1미터에서 2미터까지 쌓여 굴을 파고 다녀야 할 만큼 많은 눈이 내렸다. 눈길을 다닐 때는 나무를 휘어서 만든 설피라는 신발을 신어야 걸을 수 있었고, 여름에는 선풍기가 필요 없을 만큼 시원한 고장이었다. 고랭지의 기후로 배추와 무 그리고 감자나 옥수수가 주 작물이었고 쌀농사 지을 논이 극히 적어 쌀밥 먹기가 힘든 곳이었다. 하지만 산토끼나 꿩, 오소리, 고라니, 멧돼지 등 야생 동물은 자주 먹을 수 있는 동네였다. 촌가에서는 산토끼를 잡아 가죽을 벗겨서 처마 밑에 매달아 말리는 광경도 쉽게 볼 수 있었고 학교에 다녀온 아이들은 마른 토끼고기를 하나씩 들고 다니며 뜯어 먹곤 해서 그것은 아이들의 좋은 군것질감이 되었다.

 인경은 초등학교를 다닐 때까지 전기도 들어오지 않는 그런 자연 그대로의 시골에서 자랐다. 인경의 아버지는 진해에서 해군의 UDT 특공대 직업군인이셨는데 인경의 가족들을 데리고 진해로 가려 했으나 아주 보수적이었던 인경 할머니께서 완강하게 반대하여 인경의 부모님은 젊은 시절을 떨어져 살아야 했다. 그래서 인경의 어머니께서는 아이들을 홀로 키우시며 산골에서 살아가야만 했다. 인경의 위로 오빠가 하나 있고, 그

위로 두 명의 오빠와 두 명의 언니가 태어났었지만 이상하게도 여섯 내지 일곱 살만 되면 배앓이를 해서 세상을 떠나 버렸다. 배앓이를 하면서 아이들은 고열과 함께 헛것을 보았고 밤새 헛소리를 하다가 새벽녘에 숨을 거두었다.

 인경의 어머니는 네 명의 아이를 그런 식으로 보냈고 인경도 다섯 살 때 비슷한 배앓이를 했었다. 옆 동네의 노인 한 분이 그 말을 듣고 찾아와서 다섯 살 된 인경을 데리고 밤새 날을 지새면서 화투 놀이를 하며 놀아 주었는데 그 덕분에 인경은 살았다고 했다. 그것이 인경이 넘긴 첫 번째 죽음의 고비였다.

 인경이 여섯 살 때의 일이었다. 추수를 다 끝낸 시골에서는 옥수숫대를 밭 곳곳에 원뿔 모양으로 세워 놓았다. 인경과 이웃집의 두 명의 여자아이가 옥수수 밭에서 놀고 있었다. 세 아이의 어른들은 건너편에 있는 비탈진 산을 개간한 밭에서 배추를 거두고 있었다. 어른들은 가끔씩 허리를 펴며 아이들이 노는 것을 내려다보았다. 갑자기 옥수수 밭에서 불이 타 올랐다. 부랴부랴 어른들은 옥수수 밭으로 내려왔고 거기서 놀던 세 아이의 부모들은 아이들을 찾아 불러 보았지만 보이질 않았다. 불이 옥수숫대 무더기를 거의 다 태우고 잿더미에서 불에 타 버린 아이 두 명이 발견되었다.

 두 명의 아이가 세워 놓은 옥수숫대 안에서 서로 꼭 껴안고 생으로 타 버린 상태였다. 분명 세 아이가 놀고 있었는데 발견된 것은 두 명 뿐이었다. 검게 타버려서 누가 누구인지 알 방법이 없었다. 세 아이의 부모는 없어진 한 아이가 자기 아이길 바라면서 온 동네를 찾아 돌아 다녔다. 그렇지만 한 아이는 찾을 수가 없었다. 한참 후에 인경보다 두 살 위인 오빠가 인경을 끌다시피 사람들 앞에 데리고 왔다. 그리고는 동생인 인경을 마구 때리면서 우는 것이었다. 끔찍이도 동생을 위하던 오빠였다. 일곱 살

짜리 오빠는 살아있는 동생을 보고 기쁨과 놀라움에 복받쳐 울었다. 세 아이가 옥수수 밭에서 놀다가 한 아이가 성냥으로 불장난을 했고, 그때 인경은 졸리다며 바로 옆의 큰댁에 들어가 마루에 누워 잠이 들었다. 인경은 그렇게 또 한 번 죽음을 피할 수 있었다.

그 뿐만이 아니었다. 바로 그런 일이 있고 열흘이나 지났을까? 부모님들은 배추 수확에 여념이 없었고 어린 인경을 돌보는 일은 두 살 위인 오빠 몫이었다. 정선에서 백복령으로 가는 신작로에서 갈라져 오른쪽으로 내려오면 인경의 동네인 군대라는 곳이 있었다. 마을 쪽으로 오르막이 있고 그 다음엔 약간 내리막이 생기는 동구가 있었는데 그 길은 배추와 무를 싣고 다니는 구식의 트럭이 가끔 지나다니는 길목이었다.

인경의 오빠는 인경을 데리고 놀다 지쳐서 인경을 자기 배위에 올려놓고 언덕진 곳에서 잠이 들어 버렸다. 트럭이 언덕을 오를 때는 두 남매가 보이지 않았고 다시 내리막에 들어서면서 사람을 발견한 트럭은 급정거를 했지만 이미 지나쳐 버리고 말았다. 혼비백산한 기사가 내려서 차 밑을 보니 태평하게 두 남매는 여전히 잠들어 있었다. 그래서 동네 사람들은 인경을 제 명을 못 살고 간 오빠 언니들의 몫까지 다 살려고 태어난 아이라고 했었다.

이듬해 인경의 아버지는 군에서 훈련 중 사고로 돌아가셨다는 소식이 날아왔고, 그나마 인경의 가족은 아버지가 보내준 돈으로 상당한 동네의 땅을 샀었다. 그래서 인경 네는 땅 부자라는 소리까지 듣고 있었다. 동네에는 인경의 큰댁과 작은댁이 살고 있었고, 인경 네는 아버지가 휴가 나와 지었던 커다란 새 집에서 살았다. 인경 네가 살던 집은 당시 어렵게 살았던 고모 네가 들어와 살았다. 인경의 어머니는 아비 없는 자식이라고 남들에게 손가락질 받지 않게 하기 위해 자식들을 무척 엄하게 키우셨다.

하루는 동네잔치가 있었다. 인경의 어머니는 인경과 오빠에게 잔칫집에는 절대 오지 말라고 일러 놓고 잔칫집 일을 도와주러 가셨다. 점심 때 쯤 집 마당에서 놀고 있던 두 남매를 지나다가 옆집 아주머니가 발견했다.
"인경아, 영국아, 내하고 밥 묵으러 가자. 어서 온나."
"안돼요, 울 엄마가 오지 말라 했어요."
"괜찮다, 아줌마 따라 온나."
"안돼요, 엄마한테 혼나요."
"괜찮대도?"
옆 집 아줌마는 억지로 어린 인경은 등에 업고 영국의 손목을 끌고 잔칫집으로 데리고 갔다. 아줌마는 방안에 남매를 밀어 넣고 몇 가지 음식을 가져 왔다.
"배고플 텐데 이거 먹거라."
인경은 오빠의 눈치를 보며 한 개씩 먹었다. 그러나 영국은 꼼짝도 하지 않았다.
"영국아, 왜 안 먹나? 어서 먹거라."
"울 엄마는 밖에 추운 데서 음식하고 계신데 자식이 우째 앉아서 먹겠습니까?"
옆 집 아줌마는 기가 막혔다. 열 살 밖에 안 된 어린 아이의 입에서 나오는 말 치고는 기가 막혔다.
"알았데이. 느 엄마 것도 내가 따로 싸줄 터이니 어서 먹거래이."
아줌마가 한봉다리 음식을 싸서 옆에 갖다 놓은 후에야 영국은 음식을 먹었다. 영국은 엄마 말이라면 죽는 시늉도 할 만큼 순종했다. 평소에 엄마는 아들에게 친구들을 때리지 말라고 가르쳐서 영국은 매 번 얻어맞고 들어오기가 일쑤였다. 보다 못한 영국의 엄마는 그런 아들을 보고 너무 속이 상해서 말했다.

"애들이 먼저 때리면 맞지만 말고 그 땐 너도 때려라."

이튿날 학교에서 선생님이 영국이네 집에 찾아왔다. 영국이네 집은 바로 군대 초등학교 옆이었다.

"영국이 어머니, 영국이가 학교에서 연필 깎는 칼로 아이들에게 휘둘렀대요. 이를 우째 합니까?"

"이를 우째 노, 애들이 다쳤어요?"

"그건 아니고, 칼로 그냥 내젓기만 했습니다."

선생님은 학교 내의 관사에서 살고 있었다. 선생님에게도 영국이 또래의 아들이 있었는데, 선생님의 아들이 먼저 영국이를 때렸고 항상 맞아주던 영국이 이번에는 선생님의 아들을 호되게 때렸다. 그러자 선생님의 아들은 세 명의 친구를 데리고 와서 영국에게 덤벼들었다. 혼자서 감당이 안 되자 영국은 검정색의 연필 깎는 칼로 그들에게 휘둘렀다. 영국은 엄마가 먼저 때리면 같이 때리라고 한 말을 듣고 선생님의 아들을 때렸다고 했다. 영국은 그렇게 우직한 성격이었다.

인경의 집은 큰 헛간이 두 개나 있었고 방도 사랑채까지 다섯 개나 되었다. 조그만 개울건너가 바로 학교이고 길가여서 당시 멀리 오가는 사람들이 하룻밤 신세도 가끔씩 지곤 했었다. 묵호(동해)에서 생선을 가지고 행상을 온 아주머니들도 가끔 인경의 집에서 하룻밤을 보내고 갔었다. 때로는 산에서 산판일을 하는 사람들도 사랑채에 머물기도 했다. 인경이 여덟 살 때쯤 이었다. 여자 혼자서 아이들을 키우며 산골에서 살아간다는 것은 여간 힘든 일이 아니었다. 더구나 인경의 어머니는 그 당시에 밭농사 일을 하지 않고서는 별다르게 먹고 사는 방법도 없었다. 동네에 인경의 작은아버지가 있었지만 인경의 아버지께서 돌아가신 후로는 왕래도 별로 없었고 인경이네 집에 큰 도움은 되지 못했다. 큰댁도 어른은 다 돌아가셨고 그나마 고모네 댁이 마음이나마 어를 수 있는 친척이

었다.

하루는 모르는 할머니 한 분이 지나다 인경의 집에 들어왔다.

"계시드래요?"

"무슨 일이시래요?"

"여 방 한 칸 세놓을 집이 없드래요?"

"할머니 혼자래요?"

"늙은이 나 혼자래요."

"얼마나 계실지 모르지만 그럼 우리 사랑채 쓰시래요."

인경 어머니는 노인이 딱해 보여 선뜻 방을 쓰라고 말했다. 이튿날 노인은 조그만 보따리 하나를 들고 다시 왔다. 인경 어머니는 노인을 방으로 불러 함께 저녁을 먹었다.

"할머니는 자식이 없드래요?"

"왜 자식이 없것어? 우리 아들이 임계에서 시계방을 했고만. 그런디 며느리가 바람이 나서 금반지고 시계고 다 가지고 도망갔다 아니요?"

그 당시 시계방이라면 시계도 고치고 금반지나 금목거리도 취급하는 보석상 역할을 했다.

"이를 우째노?"

"앞이 캄캄하데이."

이튿날 인경이네 집에 사십이 안된 남자와 열 두세 살쯤 된 사내아이 둘이 할머니를 찾아왔다. 남자는 골격이 굵은 체구에 듬직하게 잘생긴 사람이었고 사내 아이 중 하나는 눈을 자꾸 깜박거리는 것이 눈이 잘 보이지 않는 듯 했다. 남자와 사내아이 둘은 며칠이 지나도 갈 생각을 하지 않았다. 그 남자는 인경 어머니가 낮에 배추밭에 갔다 오면 산에서 땔감을 베다가 헛간을 채워갔다. 인경의 어머니는 남편도 없이 사는 집에 남자가 들어와 사는 것이 불편했고 동네 사람들이 뭐라 할지 두려워 노인에게 물었다.

"할머니, 아들네는 언제 가오?"

"내 겨울 나게 해주고 금방 갈기다."

그 남자는 인경이네 변소의 똥도 퍼주고 배추밭 일도 거들어 주면서 힘든 일들을 해 주었다. 그는 산짐승 잡는 재주가 좋아서 꿩이며 산토끼를 잡아와 겨우내 인경이네 집의 식탁을 풍성하게 해 주었다. 또한 동네에 고장 난 시계나 라디오가 있으면 손수 찾아가 무료로 고쳐줘서 동네 사람들의 인심을 샀다. 농한기인 겨울 동안에는 남자들의 마실 방을 다니면서 사람들과 잘 사귀어 동네 누구도 그를 싫어하는 사람이 없었다. 성품이 온화하고 선했으며 듬직하고 남자답게 잘 생긴 외모도 동네 사람들을 사귀는데 큰 도움이 되었다.

사실 인경 어머니는 산골에 시집을 와서 이십 년 동안 남편과 같이 생활한 것은 다 합쳐도 3년이 채 되지 않는 세월이었다. 남편이 휴가 나와봐야 기껏 보름 정도 머물고 다시 귀대했었기 때문이었다. 아무것도 모르는 나이 열여덟에 시집이라고 와서 시집살이만 하다가 어느덧 사십이 가까워진 나이가 되었다. 여자 혼자 힘든 일을 다 하다가 집안에 듬직한 남자가 들어와 대신 해주니 고맙기도 하고 내심 의지가 되기도 했다. 사정을 아는 동네 사람들은 인경 어머니와 그 남자가 재혼을 하면 딱 좋을 것이라고 수군거렸다.

이듬해 삼월 어느 날, 그 남자가 마실 방에서 동네 사람들과 술을 마시고 친하게 지내던 동네 이장 박 씨와 걸어 내려오던 중이었다. 두 사람 모두 건아하게 취한 상태였다. 이장 박 씨가 비틀거리면서 말했다.

"준병이, 자네도 이제 새 출발 해야 안 되겠나?"

"빈털터리라 당장은 무슨 뾰족한 수가 없데이."

"이 사람아, 자네 살고 있는 집에 아예 눌러 살면 어떻것나?"

"에이, 사람이 염치가 있제!"

"아니야, 인경 엄마도 평생 저래 혼자 살겠나? 여태까지 혼자 고생 했으면 됐제. 인경이네는 땅도 많고 여자 혼자 농사짓고 살기엔 버거워이. 그러니 힘든 사람끼리 합쳐 살면 둘 다 좋은 일 아니가? 날 잡아서 둘이 얘기 해보게나. 아니다, 지금 가자, 쇠뿔도 당김에 빼랬다고 내 중매쟁이 해 주께니."

"됐다, 빨리 집에나 들어 가이."

"준병이, 아마 내일 아침에는 동네에 소문 다 날 끼다. 자네하고 인경네하고 합치기로 했다고 말이야. 두고 봐라. 여까지가 내가 해줄 수 있는 일이다, 알았제?"

"씰데 없는 소리 말고 가서 잠이나 잔나."

이튿날부터 조그만 동네에 정말 소문이 다 나버렸다. 둘이 밤마다 같은 방을 쓴다는 둥, 그래서 인경 엄마가 애를 가졌다는 식의 헛소문이 났다. 남녀 간의 이런 소문은 한 번 나면 걷잡을 수 없는 법. 아무리 아니라고 한 들 누가 믿겠는가! 아니 땐 굴뚝에 연기가 날 리 있다는 식으로 돌이킬 수 없는 일이 되어 버렸다. 문제는 이 때부터였다. 평소에는 신경도 안 써 주던 인경의 작은아버지가 노발대발하며 풀을 벨 때 쓰는 낫을 들고 쫓아 왔다.

"형수, 내 오늘 하루 시간을 줄 테니께 짐 싸 갖고 당장 동네를 뜨시오! 만약 내일 아침에도 여기 있다가는 내 손에 다 죽는 줄 아시오! 영국이 너는 이리 온나. 영국이 야는 우리 집안사람이니 내가 키울깁니다. 어데, 형이 손수 지어놓은 집에서 누구 좋은 일 시킨다 말이요. 당장 떠나시오!"

인경의 작은아버지가 오빠 영국을 데리고 가버리자 인경 엄마와 인경은 주저앉아 울고만 있었다. 그야말로 청천벽력과도 같은 작은아버지의 행패 가까운 말과 행동도 그렇거니와 자식마저 빼앗겨 버리니 하늘이 무너져 내릴 것 같은 기분이었다. 뭐라 변명할 틈도 없이 한 순간에 모든 게 날아간 느낌이었다.

작은아버지는 예전에도 인경이 아버지께서 돌아가시자 슬픔이 가시기도 전에 장사 치르는데 돈이 많이 들어갔다며 인경이네 땅을 1000평이나 팔았었다. 인경이 아버지의 장사 비용이었다니 달리 말 한마디 못했었다. 아주 가끔 술에서 취해 찾아와 자기 형을 잡아먹었다고 살림살이며 뒤뜰에 키우는 벌통을 뒤집어 댔었다. 아무 죄 없이 집이며 땅이며 자식까지 빼앗긴 인경 어머니의 심정은 억장이 무너졌고 눈앞에 벌어진 사태가 믿기지가 않았다. 준병도 사태를 어떻게 수습해야 될 지 난감했다. 전혀 예상치 못한 일이 벌어진 것이고 이제 와서 인경이 작은아버지를 만나 얘기해 본들 말이 통할 리가 없다는 것을 잘 알고 있었다.

"인경 어머니, 기왕 이렇게 된 거 우째겠습니까? 우리랑 백복령 넘어 갑시다. 내 고향 가면 그래도 지어 먹을 밭떼기는 있습니다."

그렇게 인경과 엄마는 큰 집과 많은 땅을 두고 마을을 떠나야 했다. 그리고 그때부터 인경은 하나 밖에 없는 오빠와 생이별을 하게 되었다.

백복령을 넘어가면 오른쪽 깊은 골짜기위로 달방이라는 마을이 있었다. 그 곳이 새아버지의 고향이자 인경이 살아갈 곳이었다. 아홉 살의 인경에게는 이해 가지 않는 어른들의 삶이 서러움으로 가슴 속에 맺혔고 항상 수호천사가 되어 주었던 오빠마저 곁에 없으니, 밤마다 엄마에게 떼를 쓰며 다시 오빠한테 가자고 울다 지쳐 잠이 들곤 했다. 인경 어머니도 똑 같은 마음이었다.

하루는 인경이를 학교에 보내 놓고 인경 어머니는 정선으로 향했다.

"집이고 땅이고 서방님 다 가져도 좋으니, 우리 영국이나 데리고 가게 해주오. 인경이가 밤마다 잠을 못자오. 어린 아가 엄마 없이 우째 살겠

소? 어린 아이들이 무슨 죄가 있다고 이래 합니까?"
인경 어머니는 울며 사정도 해보고 설득도 해 보았지만 소용이 없었다.
"절대 안 됩니다. 그 아는 우리 집안 핏줄이오. 다시는 이 동네 얼씬도 하지 마소."
인경의 작은아버지는 집과 땅을 뺏는 명분이 있어야 했다. 결코 작은아버지는 자신의 행동을 합리화 할 수 있는 영국을 놓아 주지 않았다. 인경 어머니는 눈물로 백복령 고개를 적시며 내려올 수밖에 없었다.
오빠하고 같이 정선의 군대 초등학교에 다닐 때였다. 군대 초등학교는 1,3,5학년이 한 교실에서 수업을 했고, 2,4,6학년이 다른 한 교실에서 수업이 진행되는 조그만 학교였다. 인경과 오빠는 두 살 터울이라 같은 교실에서 공부했다.
하루는 쪽지를 나누어 주고 자기 이름을 쓰라고 했다. 1학년이었던 인경은 '아가' 라고 자기 이름을 적었다. 집에서 항상 아가라고 불렸고 오빠도 이름 대신 아가라고 불렀었다. 선생님께서 그걸 보시고 웃으시며 말씀하셨다.
"네 이름을 적어야지."
그러자 인경이 대답했다.
"선생님, 제 이름이 아가인데요."
"아가는 집에서 부르는 거고, 네 이름은 인경이다."
"앙앙앙, 제 이름은 아가예요. 울 오빠한테 물어 봐요?"
인경이 울면서 떼를 썼다. 그러자 선생님께서 말씀 하셨다.
"알았다, 알았다. 네 이름은 아가다. 그래 써라. 지금 온도가 몇 도인지 적어야지?"
"오빠! 지금이 몇 도야?"
오빠는 선생님 눈치를 살폈다. 선생님은 인경이 또 울까 봐 영국에게 말했다.

"그래, 영국이 네가 나가서 온도계를 보고 온나."

영국이 밖에 나가 온도계를 보고 와서 말했다.

"아가야, 19도다."

인경은 쪽지에 19도라고 적어 선생님에게 자랑스럽게 보여 주었다.

"그래, 아가 맞았다. 잘 했다."

인경은 학교에서도 늘 오빠가 곁에 있어 든든했었고 하고 싶은 대로 했었다. 이제는 학교에 갈 때도 혼자이고 돌아 올 때도 혼자서 와야 했다. 오빠의 빈자리는 오랫동안 인경에게 외로움을 안겨 주었다. 인경은 커 갈수록 말이 없어 졌고 어른들에 대한 태도도 반항적이고 당돌한 소녀로 자라갔다. 학교에 가도 오빠 생각에 항상 허전했다.

인경은 학교를 파하고 집에 돌아와서는 새아버지의 두 아들에게 시달려야 했다. 새아버지의 큰 아들은 눈도 잘 보이지 않는데다 성격도 포악해서 아무거나 집어 던지고 휘둘러 댔다. 두 형제는 동네의 악동으로 소문이 자자했다. 그 중 작은 아들은 정말 악동이었다. 동네에서 뭐가 없어졌다고 하면 두 형제였고, 딸기밭을 온통 짓밟아 망쳐 놓았다하면 두 형제 짓이었다. 등교 시간에 길을 막고 서서 아이들을 학교에 가지 못하게 하여 산에 올라가 종일 놀게 시키는 것도 두 형제였다.

어느 날 한 아이가 죽는다고 할 정도로 두 형제에게 당했다. 삽으로 아이를 찍어 귀가 찢어지고 발가락이 찍혔다. 말썽의 정도가 아니라 사고 치고 다녔다는 말이 옳았다. 인경의 어머니는 그때마다 찾아가 손이 발이 되도록 빌어야 했다. 두 형제 모두 힘이 장사여서 형제 둘이서 싸울 때면 삽이며 어른 머리보다 큰 돌멩이를 닥치는 대로 던져서 어른들조차 말릴 수가 없었다.

인경 어머니는 두 형제의 싸움을 말리다가 넘어져 몇 달 동안이나 한쪽

다리를 절어야 했다. 아이들이 싸우는 것이라고는 믿기지가 않을 정도였다. 두 형제가 인경에게 하는 짓 역시 예외가 아니었다.

그러나 인경은 항상 두 형제에게 맞아도 절대 울거나 피하지 않았다. 특히 새아버지의 작은 아들이 특히 인경을 더 괴롭혔다. 인경을 한 대 때리고 가면 인경은 뒤에다 욕을 했다. 그러면 또 다시 와서 때리고 갔다. 저만치 가면 인경은 자리에서 꿈적도 하지 않고 또 욕을 했다. 그러기를 몇 번이고 하다 보면, 나중에 새아버지의 작은 아들은 때리고 때리다 제풀에 지치고 약이 올라서 주저앉아 울어 버렸다. 동네 사람들은 그런 인경의 모습을 보고 인경을 두 형제보다 더 독한 아이라고 했다. 순진하고 순박했던 인경의 성격은 그런 형제들 사이에서 강한 모습으로 자라났다.

인경에게 두 동생이 태어났다. 그래도 인경에게는 동생들이 생겨서 이곳에 마음을 붙일 수 있었고 학교 갔다 와서는 동생들 보살피는 것이 인경의 몫이 되어버렸다. 그렇게 인경은 어린 시절을 보냈다.

작은아버지의 집에서 자라던 인경의 오빠 영국은 별명이 곰이라 부를 만큼 우직한 성품이었다. 어려서부터 어머니에게 항상 참아야 된다는 것과 예의를 배워서 누구에게도 미움을 사거나 버릇없다는 말은 듣지 않고 자랐다. 그나마 동네에 일가친척들과 사촌 형제들이 있어서 인경보다는 덜 외롭게 자랄 수 있었다. 강인한 성품 때문에 서러움이나 눈물 나는 기억은 그다지 많지는 않았다. 영국이 중학교 2학년 때의 일이었다. 북평과 묵호가 합해져 동해시가 되었지만 당시에는 북평장이 크게 섰다. 영국은 사촌 형과 북평장에 볼 일이 있어 내려 왔다. 시골의 장날은 장구경도 볼거리지만 돌아다니다 보면 오랫동안 못 보던 사람들을 만나게 되는 것이 큰 기쁨이었다. 영국이 어렸을 때는 정선 사람들이 북평장에 오는 것은 거의 힘든 일이었다. 고갯길에서는 승객이 밀어줘야 올라갈 수 있는 버스였지만 백복령에 버스가 다니고부터는 산골 사람들도 북평에 내려와 배추나 무를 시장에 팔고 생선 같은 바다 고기를 살 수 있었다.

영국이 사촌 형과 기웃거리며 장 구경을 하고 있을 때였다. 새벽에 배추를 트럭에 싣고 내려와 팔고 있던 동네 이장 아저씨였다.

"영국아! 니도 장에 내려 왔나?"

"예에, 형이 같이 오자고 해서 따라 왔어요."

"영국아, 느그 어머니 보았나?"

"아뇨."

"저리로 가믄 묵말이 파는 데가 있는데 나도 조금 전에 거기서 묵말이 먹고 왔다. 느거 어머니도 지금 거기 계시네께네 빨리 가 본나."

"정말입니까?"

"그래, 빨리 가봐라."

영국은 거기서 어머니를 만났다. 영국은 무척 마음이 설레고 반가웠지만 듬직하게 보이려고 표정을 정리하고 꾸벅 인사를 했다.

"어머니, 안녕하셨습니까?"

말없이 쭈그리고 앉아 묵말이를 먹고 있던 인경 어머니는 입안에 묵을 물고 깜짝 놀라 올려다보았다.

"우리 영국이 아니나?"

인경 어머니는 입안의 묵을 삼키지 못하고 그릇에 다시 뱉어 버리면서 영국을 안고 울기 시작하였다. 평소에도 눈물이 많으시던 인경의 어머니는 주위 사람들을 의식하지 않고 흐느껴 울기만 하였다.

"네 어미가 죄인이다. 얼마나 고생이 많노, 우리 새끼."

"어머니, 울지 마세요. 저는 괜찮습니다."

어머니는 영국이를 한참을 안고 울며 어루만지다가 손을 잡은 채 말했다.

"아직, 점심 안 먹었지? 아줌니, 묵말이 좀 해주소."

"어머니도 드셔야지요?"

"나는 됐다. 어서 먹어라."

"드시다 말았잖아요? 같이 드세요."

"알았다, 한 그릇 더 주세요."

어머니는 입에서 씹지를 못하고 영국이 먹는 것을 지켜보며 눈물만 흘렸다.

"영국아, 아버지 제사는 잘 모시지? 얼마 안 남았다."

"예, 작은아버지가 잘 모십니다."

"아버지 제사에는 음식을 잘 올려야 한다. 이다음에 네가 커서도 좋은 음식으로 푸짐하게 차려 모셔야 한다."

"예, 걱정 마세요. 어머니."

어머니는 장을 보려고 가지고 나온 돈을 모두 아들의 손에 쥐어주시며 눈물로 아들을 보냈다. 그러고 나서 얼마 후, 정선의 군대마을 인경의 작은댁에는 인경 아버지의 기일이 다가왔다. 그래도 매년 아버지 제사는 작은아버지가 지내왔다. 그 동안 영국은 제사음식에는 크게 신경 쓰지는 못하고 절만 했었다. 그 날 영국은 유심히 제사상을 눈여겨보았다. 사과와 배가 한 개씩, 대추 몇 개, 곶감 세 개와 나물 두 그릇이 전부였다. 참으로 간소한 제사상이었다. 어머니하고 지낼 때 보았던 조기 같은 생선이나 생선 전, 떡 같은 것은 보이지 않았다. 얼마 전 아버지 제사상은 푸짐하게 올려야 한다는 어머니 말씀을 가슴에 묻었던 영국은 화가 치밀어 올랐다. 평소에 작은아버지에게 말대꾸 한 번 하지 않던 영국이었다. 영국은 밖으로 나가 헛간에 있던 도끼를 들고 방에 들어와 차려 놓은 제사상을 모조리 부셔 버렸다.

"이게 무슨 제사상입니까? 우리 아버지가 거지입니까?"

한 밤중에 산골의 작은댁에서는 난리가 났다. 작은아버지와 작은어머니는 물론이고 큰댁 형과 형수, 고모네 형님과 형수는 평소의 모습과 전혀 다른 영국의 행동에 아연실색했고 그 밤중에 제사상을 다시차려 겨우 제사를 마칠 수 있었다. 그 이후로 동네에서 영국을 열다섯 살의 아이로 보는 사람은 없었다. 작은아버지도 영국에게는 말 한마디 함부로 하지 않았고 오히려 영국의 눈치를 볼 정도였다. 영국은 마음 구석에 늘 어머니를 간직하고 의젓하게 잘 자라 주었다.

인경의 두 동생인 상우와 정우는 마을 입구까지 나와 해가 지는 줄도 모르고 바위에 앉아 누나가 오기를 기다리고 있었다. 당시 인경은 서울의 외삼촌댁에서 직장을 다니고 있었고 열두 살과 열 살인 두 동생은 그날이 아버지 생일임을 알고 있었다. 그들이 기다렸던 것은 아버지의 생일이 아니고 누나가 오는 것이었다. 동생들은 아버지의 생일은 여름이고 어머니의 생일은 겨울임을 잘 알고 있었다. 인경은 명절 때 그리고 새아버지의 생일날과 어머니의 생일날에는 꼭 집에 내려 왔다. 새아버지의 생일만큼은 어떤 일이 있어도 챙겼는데 그것은 어머니를 위한 마음 때문이었다. 자신이 새아버지께 잘 해 드려야 새아버지도 어머니에게 잘 해 줄 거라고 생각했기 때문이었다. 나이가 들면서 새아버지는 술만 드시면 어머니를 괴롭히는 일이 잦았었고 그럴 때마다 인경은 항상 당돌하게 가로막고 어머니를 지켜 주었었다.

"동생아, 너 먼저 집에 가라. 내 혼자 기다릴게."
"싫어, 캄캄해지면 누나 무서워서 어떡하나?"
"그러니까 형아가 기다린다고. 늦으면 엄마가 걱정하신다!"
형제가 옥신각신하는 사이에 버스 한 대가 큰 길에 도착했다. 형제는 유심히 바라보고는 버스에서 내리는 사람이 누나임을 알아채고 일어섰다.
"얘들아, 누나 왔다."

인경은 활짝 웃는 얼굴로 기다리던 동생들을 불렀다. 양손에는 선물 보따리가 한 아름 들려져 있었다. 상우와 정우는 누나를 보고 무척이나 반가웠지만 수줍어 말 한마디 못했다.
"너희들 언제부터 기다렸나?"
"점심 먹고 내려 왔어."
동생들은 거의 한 나절이나 기다렸다. 인경은 내려올 때마다 두 동생이 오랫동안 기다리고 있을 것을 알기에 가능한 빨리 내려오려고 노력했다. 상우는 누나 손에 들려있는 커다란 비닐봉지를 빼앗아 들었고 정우도 얼른 다른 비닐봉지를 받아 들었다.
"괜찮아, 누나가 들고 갈게."
두 형제는 아무런 말도 못하고 커다란 비닐봉지를 끌면서 그냥 걸어올라 갔다. 인경이 어렸을 때는 개울을 따라 걸어 올라가면 동네에 이르렀지만, 달방 마을이 수몰되면서 동네는 댐에 잠겼다. 달방 마을의 주민들은 더 높은 곳으로 이주를 해야 했고, 댐의 좌측 언덕을 따라 구불구불한 도로로 이삼십 분은 걸어야 마을에 갈 수 있었다.
"상우야, 송아지 많이 컸겠다? 그치."
"누나, 이젠 송아지 없어."
"왜? 송아지 팔았어?"
"나는 잘 몰라."
인경은 6개월 동안 월급을 꼬박 부어서 만기가 되어 타게 된 첫 적금으로 집에 암 송아지 한 마리를 사 주었었다. 떨어져 살게 되면서 인경은 엄마가 걱정이 되어 어떻게든 새아버지의 마음을 사고 싶어서였다. 새아버지께서도 얼마나 기쁘셨던지 평소엔 말수가 없으셨지만 술만 드시면 동네 사람들에게 자랑을 늘어놓곤 하셨다. 인경 어머니도 송아지만 보면 딸 생각을 하며 송아지를 딸 보듯 뿌듯하게 바라보곤 했었다.

이윽고 세 남매는 마을에 도착했다.

"인경이 왔나?"

아버지는 색 바랜 군청색의 작업복 차림으로 인경을 맞았다.

"예, 별일 없으셨어요?"

"그래, 오느라 고생 많았다."

아버지는 인경의 눈을 똑바로 보지 못하고 이내 돌아서 산 쪽으로 올라갔다. 인경이 사준 송아지를 팔아서 인경이 보기가 미안해서였다.

"어서 와라, 힘든데 뭐 하러 내려오나?"

"엄마, 송아지 팔았어요?"

"속상해서 말도 못하겠다. 집에 뭐든 남아나는 게 있어야지."

인경의 어머니도 눈가를 적시며 인경의 시선을 피해 돌아서면서 혼잣말처럼 말했다.

"왜요? 걔네 들 또 사고 쳤어요?"

새아버지의 두 아들 경준과 경호가 늘 사고를 치며 살아서 인경은 이번에도 그들이 무슨 일을 저지른 것이라 짐작한 인경이 물었다.

"저 아래 인식이 알지? 둘이서 인식이를 얼마나 때렸는지 이빨이 세 개가 부러지고 허리며 다리며 성한 데가 없어서 병원에 보름이나 입원했다. 감옥에 보낸다고 하니 어떡하냐? 합의금 주느라 소 팔았다. 새끼 들 때가 돼서 수정시키려고 순덕이네 집에 말까지 해놨는데……. 그나마 경준이는 어저께 맹인 학교에 가서 침 놓는 거하고 지압하는 것 배운다고 청주에 갔다."

"뭐든 하려고 한다는 게 기특하네요. 눈도 안 보이는데 뭐든 배워서 살아야 할 긴데. 엄마, 너무 속상해 하지 마세요. 다음에 돈 모아서 또 한 마리 사 드릴게요."

"아서라. 다시는 그런 짓 하지 말아라. 경호 쟈가 소 값을 알았으니 가

만 둘 리 없다. 이제 돈 쓰는 것을 배워서 집에 돈이 남아있을 틈이 없어. 댐 들어오면서 수몰 지역 보상받은 돈만 해도, 저 아래 비천에 큰 집을 사고도 남을 돈인데 경호가 큰 트럭사서 운전한다고 몽땅 가져가서 어쨌는지 아나? 그 트럭 가지고 친구들하고 놀러 다니다가 사고 쳐서 팔아 묵었다."

"어디 직장이라도 다니지, 왜 저러고 사는지 모르겠네?"

"쟈가 어떻게 직장 생활이나 하겠나? 택도 없다. 이제 집에도 돈이 없으니까 요즘에는 지 엄마 찾아가서 달달 복 나 보더라."

"경호 엄마가 어데 있는데요?"

"강릉에 있다더라. 봄에 쟈 엄마 집 나갈 때 데리고 간 딸이 한 번 찾아왔는데 경호가 그때 집을 알아 가지고 찾아 간 모양이다. 지엄마한테, 자기 키워 주지 않았으니까 돈 달라고 행패를 부린단다. 한번 지엄마한테 갔다 오면 한동안은 놀러 다니느라고 집에도 안 들어온다."

"아버지는 어두운데 어데 가셨대요?"

"네 준다고 산에 꿀 뜨러 가셨다."

인경의 새아버지는 산에다 토종꿀을 키웠다. 설탕도 주지 않는 그야말로 진짜 토종꿀이었다. 귀한 손님한테나 내려주던 꿀인데 인경이 내려왔다고 꿀을 뜨러 가셨다.

"상우야 정우야, 이리 와 봐!"

두 동생은 누나에게 가까이 오지도 못하고 바라만 보고 있었다.

"이리와, 옷이 맞나 모르겠다?"

"또 옷 사왔나? 어저께 영국이도 애들 옷 사가지고 왔었는데 뭐 하러 또 사왔나?"

"오빠가요?"

"그래, 영국이가 왔다 갔다."

인경과 영국은 올 때마다 동생들 옷 사오는 것을 잊지 않았다. 자신들이 클 때처럼 남에게 얻어 입히지 말라고 동생들에게 꼭 새 옷을 사다 입혔다. 상우와 정우는 아기 때부터 인경이 돌보아서 두 동생에게 있어 누나는 생각만 해도 좋은 마음의 보금자리와 같은 존재였다. 누나가 서울에 가 있으니 그들에겐 그리움의 대상이 되어 버렸다. 두 동생 모두가 그런 마음을 말로는 표현할 줄을 몰랐지만 누나는 다 알고 있었다. 상우는 어려서부터 말수가 별로 없었지만 막내인 정우는 말로 표현하지 못해도 마음의 정을 꼭 행동으로 표현하는 성격이었다.

"엄마, 텔레비전 새로 샀어요. 내일 배달 올 거예요."

"아야, 집에 있는 것도 잘 나오는데 뭐 하러 또 샀나?"

"이건 흑백이잖아요, 지금은 컬러텔레비전이 나와서 얼마나 보기 좋은데요?"

인경에겐 어린 시절 동네에 텔레비전이 있는 집이 한 집 뿐이어서 밤마다 친구들과 함께 영화관에 가듯이 몰려 다녔던 기억이 있었다. 텔레비전이 있는 집은 발 냄새 나고 방이 지저분해지니 귀찮아 할 수밖에 없었고, 그래도 아이들은 싫은 소리를 들으면서도 신기한 텔레비전 보는 것을 포기할 수 없었다. 인경은 자신의 어린 시절처럼 남의 집에 동생들이 가서 홀대받지 않게 선뜻 힘들게 모은 월급으로 컬러텔레비전을 사 왔다.

그때 꿀 뜨러 산에 가셨던 아버지께서 내려오셨다.

"인경아, 꿀 먹어라. 이게 로열젤리라고 하는 긴데 꿀 중에 최고다."

서울 사람들에게 꿀을 팔면서도 벌집에 깔린 로열젤리 부분은 주지 않았다. 인경의 아버지와 친한 사람들도 꿀 뜰 때만 되면 그 부분을 먹기 위해 갖가지 좋은 술을 사가지고 올라왔다. 심지어 경찰서의 간부들도 찾아와서 얻어먹고 갔다. 그래서 인경 아버지는 경찰서 사람들과도 인맥이 두터웠다. 인경 어머니는 옥수수와 누룩으로 막걸리를 만들 줄 알아 입

소문이 나서 달방 동네에 찾아오는 사람들의 수가 많아지고 있었다. 사실 옥수수 막걸리를 만들면 밀주였지만 경찰서에서도 체육대회나 모임이 있을 때면 인경 아버지를 통해 몇 통씩 사 가지고 갔다.

"인경아, 내가 네 볼 면목이 없다. 내 새끼들이 못나서 저러니 어떡하나? 네가 사준 소로 열 마리 스무 마리 만들어서 인경이 시집보낼 밑천을 하려고 했는데 저놈아 새끼들이 홀딱 날려 버렸다. 고마 미안하다."

인경의 아버지는 내내 미안했는지 불편한 심경을 인경에게 이야기 했다.

"괜찮아요, 아빠. 신경 쓰지 마세요. 요긴하게 썼으면 됐지요."

상우와 정우는 누나가 와서 너무 좋은데 말은 건네지 못하고 계속 누나 주위를 떠나지 않았다.

"누가 왔나? 서울 간 인경이 왔나 보이?"

뒷집에 사는 심 씨네 아주머니가 와서 반가운 마음으로 인경을 부르는 소리가 밖에서 들렸다.

"예, 안녕하셨어요?"

"아이고 야! 인경이가 서울 가더니만 얼굴도 하얘지고 더 예뻐 졌고만. 하여튼 이 집 자식들은 다들 인물이 참 잘났어. 상우 어미는 우째 낳는 자식들마다 그리 인물이 그리 좋소?"

"인물은 무슨 인물이 있다고? 내일이 상우 아버지 생신이라서 내려 왔어요."

뒷마당 쪽으로 나간 것을 확인하고 심씨네 아주머니는 낮은 말투로 말했다.

"아이고야! 상우 아버지는 참 복도 많소. 자기 새끼들은 속만 썩이고 사고만 치고 다니는데 인경이 남매는 우째 그리 아버지한테 잘 하는지……. 그래 자식들에게 있는 돈 다 뺏기고 쏟아 부어 받자 생일 날 찾아오는 자식 하나 없잖소. 공은 자기 새끼들에게 다 들이고 밥은 다른 자식에게 얻어먹을 팔자여."

"왜서요? 큰 아들도 마음잡고 살려고 청주 가서 공부하는데 ……. 앞으로 철들면 잘 하것지요."

"될 놈은 떡잎부터 알아본다고, 나이 먹어서도 부모한테 손 벌리지 않고 지들 앞가림이나 잘 하면 다행이제."

자식 가진 부모의 마음이 다 한가지라고, 인경의 아버지도 못된 짓만 하고 다니는 아들들이었지만 힘닿는데 까지는 도와주려고 애를 썼다. 항상 결과는 처음 아들들의 번드르한 말과는 달리 엉뚱한 짓과 사고로 마무리 되었다. 매번 아들이 아버지의 마음을 역이용하는 꼴이 되어 버리고 말았다.

옛말에 시어머니는 여럿 며느리 중에서 당신이 제일 구박하고 미워한 며느리한테 가서 죽는다는 말이 있다. 평소에 예뻐하고 많이 베푼 며느리는 말년에 시어머니를 부양하지 않는다는 뜻이다.

"논 팔고 소 팔아 가르쳐 놓으면 뭘 하오? 나중에는 다 저 잘나서 잘된 줄 알지, 부모 늙으면 핀잔이나 주고 무시하고 저하고는 신분이 다른 사람 된다니! 그러다 잘못되기라도 하면 조상 탓 부모 탓이나 한다 아니요?"

"자식도 농사라는 말이 있잖소? 잘 못 키운 부모 죄 아니오? 어려서부터 잘 가르쳐야지요. 애들은 부모보고 배운다 하잖소?"

"그 말도 맞네. 경준이 경호 아주 어렸을 때부터 버릇을 엄하게 들였다면 애들이 저 모양까지야 됐것나? 오냐오냐 하다 보니 머리 커버리고 힘세지니 부모 알기를 우습게 아는 게지. 그래도 인경이하고 영국이는 참 잘 키워놨소. 하는 짓마다 얼마나 기특하오?"

"내가 쟤들한테 어미라고 해준 게 있어야지요. 부모 잘못 만나 불쌍하게 자라서 앞으로나 잘 돼서 잘 살아야 하는데……."

이튿날 아침, 동네의 어른들을 모시고 간소하나마 아침 식사를 대접하고 인경은 다시 서울로 향했다. 떠나는 누나를 바라보는 두 동생들의 서운한 눈빛이 영 안타깝기만 했다. 인경은 깊은 산골에 숨겨져 있는 보물처럼 맑고 깨끗한 눈망울과 세상에서 제일 잘 생긴 동생들의 얼굴이 서울로 향하는 내내 눈에 아른거렸다.

인경은 서울의 한 식품회사에 다니고 있었다. 인경이 다니는 회사가 잘 되어 인원 확충을 하고 3교대로 운영하면서 기숙사가 필요하게 되었고, 회사에서 기숙 아파트를 지어서 인경은 기숙사로 옮기게 되었다. 특히나 인경은 품질 관리를 맡고 있어서 기숙사에 우선권이 있었다. 인경은 처음에 연구개발부에 지원했는데 연구개발부 산하의 QC(품질관리)과로 발령 받았다.

"미스 황! 미스 황이 월차를 내서 어저께 생산된 제품이 모두 세균 초과로 반품 되었어."

품질관리 팀장인 30대 초반의 노처녀 이 과장이었다.

"어머 어떻게 해요. 죄송해서……."

"아니야, 그냥 한 말이야. 담당이 없다고 제품이 제대로 나오지 않는다면 회사 체계에 문제가 있는 거지."

품질관리 요원이 두 명이나 더 있지만 팀장은 인경을 가장 신뢰하였다. 일 처리가 정확했고 매듭이 좋은 인경은 회사에서 신용이 두터웠다. 생산 라인의 아주머니들과도 깍듯한 예의로 사이가 원만했다. 인경과 함께 방을 쓰는 선영도 품질관리팀인데 아주머니들과 사이가 별로 좋지 않아 가끔씩 충돌할 때면 인경이 나서서 중재 하곤 했다. 이렇듯 인경은 상하관계가 모두 원만했고 일 처리도 잘 했다. 인경은 차기 승진대상에서 계장으로 거의 내정 되었다고 팀장이 귀띔해 주었었다. 뿐만 아니라 납품 회사에서 원료가 입고될 때도 품질 관리에서 적정성 검사가 이루어졌는데 인경은 정확한 사람으로 소문이 나 있었다. 포장재와 같은 일반 자재의 경우 자재과에서 검사가 이루어지지만 식품에 투입되는 원료만큼은 품질 관리과의 소관이었다. 대개의 경우 납품 업체에서 명절 때마다 담당자들에게 선물이나 상품권 등으로 인사를 하기 때문에 담당자들은 약간의 하자가 있어도 인정상 합격해 주곤 했었다. 그러나 인경이 담당을 맡고부터는 그야말로 원칙적으로 일처리를 했기 때문에 처음엔 납품 업체 사장들이 팀장에게 찾아가 불 멘 소리를 하곤 했었다.

그러나 인경이 업무를 맡은 이후로 불량률이 현저히 줄어들었고 납품업체들도 아예 문제가 될 것 같은 원료는 가져올 생각도 하지 못했다.

"인경아! 다음 달에 너 계장 승진한다는데 알고 있어?"

선영이 어떻게 알았는지 인경에게 말했다.

"글쎄?"

일요일이라 모처럼 기숙사에 같이 쉬고 있던 참 이었다. 선영 역시 충북 음성에서 올라 온 터라 서로 의지도 되었었고 주말이면 선영의 집에 놀러도 내려갔었다. 두 사람은 교대근무로 근무시간이 서로 달라서 주말이 아니면 같이 있을 시간이 많지 않았다. 선영이 인경보다 입사가 3개월이나 빨랐다. 둘은 동갑내기라 서로 편하기도 했지만 승진 문제가 나오면서 선영이 인경에게 시샘을 해서 사이가 좀 불편해졌다.

"인경아! 너 이번에 적금 타는 거 나 좀 빌려 줄 수 없니? 한 달 이자는 내가 후하게 쳐줄게."

인경은 2천만짜리 적금을 3년째 붓고 있었는데 머지않아 만기가 되고 있었다.

"왜? 얼마나 필요한데?"

"나도 만기가 한 달 남았는데, 시골에 논이 나왔대. 아버지께서 그 논을 사고 싶으신가 봐. 그 논은 원래 우리 논이었어. 오빠가 작년에 팔아먹

었잖아."

 인경이 꼬박꼬박 적금을 넣는 것을 보고 선영도 똑 같은 적금을 들고 있는 것을 인경도 알고 있었다.

 "지난 번 보았던 오빠?"

 "응, 오빠 때문에 미치겠어. 그 논만 판 게 아니라 밭도 팔았어."

 "뭐 하려고 논 밭 다 팔았어?"

 "재팬 라이프인가 뭔가 자석요 사업한다고 서울이며 시골이며 돌아다니더니 거기에 거의 미친 사람처럼 그러더라고."

 "혹시 다단계 판매 같은 거 아냐?"

 "맞아. 피라미드의 원리라나? 동네 선배하고 같이 다니면서 큰돈을 벌 수 있다고 막무가내로 농사일은 아예 거들떠보지도 않아. 아버지도 아들이 평생 농사일이나 하는 것이 안타까우셨고 넥타이 매고 승용차 타고 다니는 아들이 활기차고 보기 좋으셨는지 아낌없이 논밭 다 팔아 주셨어."

 "오빠 지금도 그거 하고 있니?"

 "조금만 기다리면 자기가 다이아몬드라고 하는 계급이 생기면 매달 몇 백 만원씩 벌 수 있다면서 지금도 포기 못하지. 요즘엔 또 암웨이인가 뭔가 또 시작했대."

 "그럼 아버지 논 사 드리는 걸로 하고 돈 빌려 주는 거다."

 "나도 오빠를 더 이상 믿지 못하겠어. 아버지도 더 이상은 오빠한테 돈을 못 주시겠대. 끝도 보이지 않고 더 이상 줄 돈도 땅도 없으실 거야."

 인경은 적금을 타서 선영에게 선뜻 2천만 원을 빌려주었다.

 선영은 시골에 다녀온 후 며칠을 앓았다. 감기에 몸살까지 나서 3일 동안을 기침만 하며 출근도 못 할 정도였다.

 "선영아! 병원에는 갔다 왔어?"

"응, 감기가 심한데다 몸이 약해져서 좀 쉬어야 한대."
"선영아! 팀장님이 오늘 그러더라. 식품 회사라 위생상 근무하기가 힘드니까 나을 때까지 쉬래."
"인경이 네가 나 때문에 힘들어서 어떡하니?"
"힘들긴 뭐, 나는 근무 더하면 수당 더 나오는 데. 신경 쓰지 말고 빨리 낫기나 해."
"고마워, 인경아."
"선영아! 이 레서피(식품 등의 성분 배합표) 카피본 네가 가져온 거니?"
"으응, 내가 공부 좀 하려고 가져왔어."
"푹 쉬기나 하지 무슨 공부를 한다고 그래?"
"심심할 때 보려고."

선영은 보름이 지나도 차도를 보이지 않고 기침을 계속했다. 급기야 회사에서는 시골집에 연락을 했고 휴직 처리하고 시골에 가서 쉬었다 오기로 했다. 인경은 갑자기 빠진 선영을 대신해서 근무시간이 늘어나 잠자는 시간 외에는 회사에서 살다시피 해야 했다.

인경은 회사에서 선영의 집에 가끔 전화해서 안부를 묻곤 했다. 그 날도 여느 날처럼 잠시 짬이 난 인경은 선영과 통화를 했다.

"선영아! 나야. 몸은 좀 어때?"
"응, 엄마가 보약을 해주셔서 그런지 많이 좋아졌어. 참 인경아! 빌린 돈 갚으러 올라가야 하는데?"
"힘든데 뭐 하러 올라와? 주말에 내가 한 번 내려갈 게. 아픈데 한 번 가 보지도 못 해 미안한데. 먹고 싶은 거 없니?"
"아냐. 미안해서 어쩌니? 인경아! 정말 미안해."
"몸조리나 잘 하고 있어. 이번 주 토요일에 쉬니까 내려갈게."

인경은 음성으로 향했다. 인경은 선영이 아프고 난 후 거의 한 달 동안 바쁘게 보냈던 터라 해방감과 함께 차창 가의 시골의 정취를 느끼면서 선영을 만나러 가고 있었다. 이윽고 음성에 도착해서 몇 번 왔던 선영의 집을 쉽게 찾았다. 올 때마다 짖어대던 선영이네 누렁이 소리를 기대했지만 집에는 인기척이 나지 않았다. 초록색 시골집 철 대문은 열려 있었고 조용했다.

"선영아!"

인경은 조심스럽게 부르면서 인기척을 냈다. 그러나 대문 안은 너무 조용했다. 왠지 빈집 같은 느낌에 온 몸에 전율이 왔다. 마당 구석에 서 있던 경운기도 보이지 않았다. 선영의 시골집은 비어 있음이 분명했다. 인경은 자신이 집을 잘못 찾았나 싶어 다시 밖으로 나갔다. 옆집으로 돌아가면 슈퍼가 있었던 것을 기억하고 슈퍼로 향했다. 인경은 슈퍼로 들어갔다.

"실례합니다. 혹시 저 쪽에 선영이네 아시죠?"

뚱뚱하신 시골 아주머니가 나오며 말했다.

"선영이네 어제 이사 갔는디. 선영이 친구여?"

"예! 어제 이사 갔다고요? 어디로 이사 갔어요?"

"달랑 저 집 한 채 남은 거 팔고 부산인가 마산인가로 간다고 하던디. 선영이가 병이 나서 병 고치러 간다고는 하던디? 잘은 모르것어. 갑자기 저렇게 떠날 줄은 몰랐지."

인경은 그냥 자리에 주저앉았다. 하늘이 노랗게 보이는 것 같았다.

"아가씨! 왜 그려? 선영이 한티 돈이라도 빌려줬남?"

"예에. 선영이 아버지가 논 산다고 해서 2천만 원 적금 탄 거 빌려 줬어요."

"아이구, 그렇게 큰돈을 빌려 줬어? 어뜩한다?"

"선영이네 논은 샀나요? 어떻게 어디로 이사했는지 알 수 없을까요?"

"글씨, 논 산다는 말은 못 들었는디. 아니 뭘 믿고 그 큰돈을 빌려줬어 그래?"

"선영이하고 회사 기숙사에서 같은 방을 썼어요. 저는 여기 몇 번 놀러도 왔었어요. 저 기억 못하시겠어요? 아주머니네 가게에도 들렀었는데."

"그러고 봉께, 선영이하고 왔던 거 갔기도 허네이."

"선영이도 적금 타는 날이 다되어 가는데 급히 논이 나왔다면서 한 달만 빌려 달라고 했어요. 선영이하고 은행에 적금 넣으러 같이 다녔거든요."

"선영이 야가 돈 떼어 먹으려고 작정을 했구먼. 이 동네 논 나온 거 읍었어. 아가씨가 당했구먼. 쯧쯧, 어떡한댜?"

"아주머니! 혹시 선영이네 여기 오면 저한테 연락 좀 해 주세요. 전화번호 여기로 부탁합니다."

"그런 사람들이 다시 올 리도 없을 테지만 내가 붙들어 매 놀 수도 없고."

"아니 어디 사는 지라도 혹시 아시게 되면 좀 알려주셔요. 꼭 부탁드립니다."

"알었응께, 얼른 가봐."

인경은 도대체 믿기지가 않았다. 어저께까지 통화했던 선영이 이럴 수가 있을까? 무슨 사정이 있겠지 하며 마음을 추스르며 다시 서울로 향했다. 서울에 도착해서도 통 밥맛도 없어지고 기운이 빠지는 것이 자꾸 선영이 생각만 났다. 인경은 눈동자의 초점이 한 곳에만 모아지고 어떤 일에도 집중할 수가 없었다. 3년 동안 월급의 거의 전부를 악착같이 적금을 넣었다는 생각에 잠도 이룰 수가 없었다. 인경에게는 그 적금이 전 재산이었고 희망이었으며 삶의 현실적인 동기였다. 토요일과 일요일, 이틀

동안 거의 먹지도 잠을 자지도 못했고 월요일 아침도 먹는 둥 마는 둥 하고 출근하니 얼굴이 말이 아니었다.

"미스 황! 어디 아프니? 얼굴이 왜 그래?"

이 팀장이 단 번에 좋지 않은 인경의 안색을 알아보았다.

"아뇨. 아침을 안 먹어서 그런가?"

"아침 한 끼 안 먹었다고 그렇게 얼굴이 헬쑥해? 어디 아픈 거 아냐?"

"정말 괜찮아요."

"참! 선영이는 어때? 나도 한 번 찾아가봐야 하는데?"

"팀장님! 선영이네 집이 이사 가고 없었어요."

"어머! 그래서 못 만나고 왔어?"

"예."

"회사에 연락 오겠지?"

"수요일 날도 제가 통화했거든요. 그런 말 없었어요."

"갑자기 사정이 생겼겠지. 그나저나 먼 길 헛걸음해서 어쩌니?"

인경은 차마 선영에게 큰돈을 빌려줬다는 이야기는 할 수 없었다. 혼자 가슴속에 응어리가 되어 우울하게 생활하다 보니 인경의 얼굴은 말이 아니었다. 회사 사람들에게 아픈 사람처럼 보여 어디가 아프냐 혹은 안 좋은 일 있냐는 말을 자주 들었다. 선영한테서 연락오기만을 기다리며 보름 정도를 지냈다. 그러나 회사에도 전혀 선영의 전화는 오지 않았다. 인경의 통통한 얼굴은 야위어 갔고 급기야 감기 몸살 기운까지 겹쳐 인경은 앓아누웠다. 인경이 아파 누웠다는 말을 듣고 팀장이 기숙사에 찾아왔다.

"인경아! 너 요즘 계속 안 좋아보였어. 분명 병이 난 거야. 병원에는 가봤어?"

"아뇨, 약국에 가서 약 지어 왔어요. 감기 몸살 같대요."

"그러지 말고 빨리 나하고 병원에 가 보자. 어서 옷 입어."

"저 혼자 갈 수 있어요. 저까지 이러고 있는데 회사는 어떡해요?"

"지금 네가 회사 걱정하고 있을 때가 아니야. 너 병원에 가는 거 보고 올라갈게. 일어나 어서!"

"알았어요."

인경은 팀장 언니의 적극적인 권유에 못 이겨 병원으로 향했다.

"기침은 언제부터 했나요?"

의사 선생님은 자세하게 묻기 시작했다.

"열흘 전부터 가끔씩 마른기침이 나오기 시작했는데 식욕이 없고 몸이 마르는 느낌이에요. 요즘 제가 신경 쓰이는 일이 좀 있어서 그런가보다 했어요. 밤에도 뒤척이다 보면 잠도 잘 오지 않아요. 밥을 잘 먹지 못해서 그런지 해질 무렵이면 갑자기 피로가 몰려오곤 했어요."

"일단, 엑스선 촬영 한번 해봅시다. 단순히 감기는 아닌 것 같네요."

엑스선 촬영을 하고나서 이십여 분 기다리니 사진이 나왔다.

"여기 황인경 씨의 사진을 보면 약간 하얗게 보이는 부분은 정상이 아닙니다. 이 사진은 정상인의 폐인데 거의 검게 보이죠?"

"예에, 그럼 제가 무슨 병이라도……."

"폐결핵으로 보입니다. 추가적으로 객담 검사를 해보겠지만 거의 확실해요. 일반적으로 자신의 몸이 쇠약해져서 결핵이 발병하는 경우는 여기 좌측 상엽부터 시작되는 것이 보통입니다. 황인경 씨는 여기 중간에서 병이 시작되고 있어요. 혹시 주변에 기침을 많이 하던 사람하고 같이 생활하거나 하지는 않았나요?"

"제 기숙사에서 같은 방을 쓰던 친구가 한두 달 전에 기침을 많이 하고 아파서 시골로 갔는데……."

"그 친구 분이 결핵이라는 말은 안하던가요?"

"예, 그냥 몸이 아프다고만 하고 특별히 병명은 얘기 안 했어요."

"그럼, 그 친구 분도 결핵으로 생각되고 황인경 씨도 전염된 것으로 생각됩니다. 너무 걱정은 하지 마세요. 약 잘 드시고 음식 잘 드시면 쉽게 치료가 됩니다. 고기도 많이 드시고 약은 아침에 빼먹지 말고 꼭 드셔야 합니다. 우선 일주일 분의 약을 드릴 테니 경과를 봅시다."

"식품회사를 다니는데 계속 다녀도 상관없을까요?"

"가급적 휴직을 하고 쉬기를 권유합니다. 이 병은 소모병(consumption)이라 해서 체력의 소모가 많습니다. 그래서 체중 감소가 눈에 띕니다."

"선생님! 진단서를 한 장 써 주세요."

"그렇게 하지요."

인경은 진단서를 회사에 내고 휴직서를 냈다. 팀장이 퇴근길에 인경에게 들렀다.

"인경아! 너무 걱정 말고 좀 쉬면 될 거야. 네가 선영이에게 전염 되었나 봐. 일부러 너한테는 말 안했는데 선영이도 진단서 보니까 너와 같은 병이었어."

"언니! 사실은 선영이에게 저번에 적금 탄 돈 2천만 원을 빌려 줬어. 선영이도 한 달 후면 적금 만기가 되고 시골에 논이 급히 나와 논 산다고 해서 한 달 만 쓰기로 했는데……."

"그럼 그 돈 아직 못 받은 거야?"

"갑자기 이사 갔다니 무슨 수로 찾겠어요?"

"어머머! 그랬구나. 그래서 네가 계속 얼굴이 어둡고 안색이 안 좋았구나! 얼마나 마음고생이 많았니? 나한테라도 얘기하지 그랬어. 그렇다고 떼먹힌 돈 찾는 것은 아니지만 혼자 끙끙 이렇게 앓다가 병까지 낫잖아. 돈이야 또 벌면 되지만 건강은 돈으로 살 수 없는 거야. 빨리 잊고 건강부터 회복하자. 응?"

"네, 언니."

인경은 회사 측의 배려로 기숙사에 계속 머물며 요양을 했다. 일주일이 되어 다시 병원에 가서 진찰을 받았다.

"황인경 씨! 약은 잘 드셨나요?"

"예, 꼬박 꼬박 챙겨 먹었는데요."

"이상하네요. 일주일 사이에 병이 많이 악화 되었습니다. 증상은 어떠세요?"

"체중이 더 빠지고 가끔씩 열도 많이 나는 것 같아요."

"약을 바꾸어 드릴 테니 일주일만 더 봅시다."

그러나 일주일 후에도 인경은 급속히 병이 진행되고 있었다.

"황인경 씨 같은 경우는 아주 드문 경우인데 속립성 결핵인 것 같군요. 속립성이란 결핵이 아주 빨리 진행되는 경우인데 나도 책에서만 봐서……."

"그럼, 저는 어떻게 해야 하나요?"

"특별히 다른 방법은 없고 약이 잘 듣는다면 치료가 됩니다."

"그럼, 저한테 약이 잘 안 듣는다는 거군요?"

"그렇지요. 일단 매일 병원에 오셔서 주사도 맞고 열부터 잡아 봅시다."

거의 한 달을 병원에 다녔지만 인경은 날로 쇠약해져서 이제 병원에 가는 것조차 힘들어졌다. 50kg의 몸무게가 30kg밖에 나가지 않는, 그야말로 피골이 상접한 상태였다. 다리에 힘이 빠져 서 있기도 힘들어졌고 점점 정신마저 혼미해지는 것을 느낀 인경은 도저히 안 되겠다는 생각이 들었다. 생각나는 사람은 오빠밖에 없었다. 어릴 때 항상 보호자가 되어 주고 힘들 때 의지했던 오빠가 극한 상황에서 본능적으로 떠올랐다. 어

릴 적 헤어지고 나서 몇 번 만나보지도 못했는데 왜 이런 상황에서 오빠가 생각났을까?

"오빠! 나 인경이야. 잘 지내? 미안해. 자주 전화도 못하고."

"인경이가?"

강원도와 경상도 사투리가 섞인 힘찬 오빠의 목소리가 들려왔다.

"으응."

"인경이 네 어디 아프나? 목소리가 왜 그리 기어 들어가나? 네 어디 아프제?"

다급하게 들려오는 오빠의 목소리를 들으니 인경은 말을 잇지 못하고 눈물만 흘렸다.

"인경아! 네 지금 어디나?"

"오빠! 여기 회사 기숙사야. 병원에서 폐결핵이라는데 매일 병원에 다니는데도 낫질 않아. 아무래도 나 힘들 것 같아. 오빠가 와서 나 좀 집에 데려다 줘. 엄마가 해주는 거 먹으면서 집에 가서 죽고 싶어."

"알았다. 내 지금 올라갈게. 조금만 기다린나."

부산에 있던 오빠는 곧 바로 만사 제쳐놓고 올라 와서 인경을 데리고 강원도 동해로 향했다. 달리는 기차 안에서 인경은 오빠에게 기대어 말했다.

"오빠! 나 돈도 한 푼 없어."

"괜찮다. 그깟 돈이 무슨 소용 있나. 몸이 건강해야지. 오빠가 돈 많이 벌어 놨다. 돈 걱정 하지 마라."

회사에서 이 팀장이 인경 오빠에게 병이 나게 된 경위며 선영에게 돈 빌려 준 이야기를 대충 해주었기 때문에 오빠도 인경의 말이 무슨 뜻인지 알고 있었다. 인경은 자기 병이 전염된다는 것을 알고 계속 마스크를 쓰고 있었다.

"인경아! 답답하면 그 마스크 벗어라."
"안 돼, 오빠! 나 집으로는 갈 수 없을 것 같아. 나 때문에 엄마 더 힘들어지잖아."
인경은 어려서부터 어머니께서 새아버지와 할머니에게 홀대 당하며 살아온 기억 때문에 자신으로 인해 더 고통 받을 어머니의 걱정이 앞섰다.
"그럼 내가 부산의 다니는 회사를 그만두고 동해에 방을 얻어 너하고 같이 살면 되잖아? 묵호에 직장 다시 구하면 된다. 걱정 마라."
거의 여섯 시간이나 열차를 탔고 다시 달방 마을까지는 한참을 더 가야 했다. 달방 저수지를 끼고 올라가면서 인경은 어저께 같던 어린 시절들의 기억들이 떠올랐다. 그리고 여름에 마지막으로 다녀갈 때의 뿌듯했던 자신의 모습도 기억했다.
그러나 이제는 기운도 없고 죽을 것 같은 자신의 처지가 너무 처량하게 느껴졌다. 열심히 살았건만, 주위 사람들에게 인정받고 살았건만, 이제는 초라한 몸으로 되돌아오는 자신의 신세가 한스럽기 그지없었다.

"어머니! 저 왔어요."
부엌에서 저녁 준비를 하시던 어머니가 깜작 놀라 나오셨다.
"영국이 아니가!"
"예!"
"아니! 네가 갑자기 웬일이냐. 어젯밤 꿈에 너희들 꿈을 꾸어서 종일 뒤숭숭했는데 네가 오려고 그랬나 보다."
인경의 어머니는 아들 영국만 알아보고 옆에 인경은 전혀 알아보지 못했다.
"어머니! 인경이도 같이 왔습니다."
영국은 인경을 옆으로 바라보며 차마 뭐라고 설명을 하지 못했다.

"야가 인경이라고?"

인경의 어머니는 한동안 인경을 바라보며 넋이 나간 모습이었다. 당신께서 난 자식도 알아보지 못하셨다. 마스크 뒤로 보이는 눈이 푹 패이고 가죽만 남은 얼굴과 구부러져 제대로 서 있기도 힘들어 하는 인경을 알아보시고는 눈물만 주룩주룩 흘리기 시작 하셨다. 인경도 울고 오빠도 울고 인경의 어머니도 펑펑 울기 시작했다.

"아니, 왔다 간지가 몇 달이나 된다고 몸이 이래 됐나? 어디가 아픈 거니? 영국아! 네가 말 좀 해봐라."

"어머니! 일단 들어 가이소. 제가 말씀 드리겠습니다."

"엄마! 저 쪽 건넌방을 치워 줘. 그리고 아무도 오지 말라고 해요."

인경은 그 와중에도 단호하게 말하고는 방에 틀어 박혔다. 동네 사람이나 동생들이 자기를 볼 까봐 두려운 모양이었다. 오빠와 인경의 어머니는 자초지종을 이야기하고 오늘 밤만 여기서 자고 동해의 Y 병원으로 입원시키기로 했다.

"병원에서는 뭐라 하는데?"

"저도 아직 병원에는 못 가봤어요. 내일 Y 병원에 입원시키고 의사 선생님을 만나 봐야지요."

학교에서 돌아 온 동생들이 누나가 왔다는 말에 좋아서 누나의 신발이 있는 건넌방으로 달려갔다. 방안에서 인경이 나오지도 않는 목소리로 절규하며 소리쳤다.

"들어오지 마!"

동생들은 누나가 왜 그러는 지 영문을 모른 채 계속 문 앞에서 떠날 줄을 몰랐다. 인경의 오빠가 안타까운 눈으로 동생들에게 말했다.

"상우야, 정우야! 누나가 지금은 많이 아프니까 내일 봐라."

머리를 만져주며 동생들을 타이른 오빠는 개울가로 가서 담배를 꺼내 물었다. 오빠의 눈가에는 눈물이 글썽거렸다. 그러는 동안에도 상우와 정우는 누나가 있는 방 주변에서 떠날 줄을 모르고 있었다. 이튿날 영국은 인경과 말싸움을 하고 있었다.

"오빠! 나 지금 마음이 편하니까 그냥 이대로 있게 해줘."

"먹지도 못하고 그냥 여기서 정말 죽고 싶어 그러나?

인경의 오빠는 반 강제로 Y 병원으로 데리고 갔다. 간단히 진료를 마친 의사는 오빠에게 말했다.

"그냥 집으로 데리고 가십시오. 여기서는 동생을 위해서 해줄 수 있는 것이 없습니다."

인경의 오빠는 참담했다. 병원에서는 동생을 포기하라는 뜻이었다. 오빠는 하는 수 없이 동생을 업고 다시 집으로 돌아 왔다. 그러나 오빠는 포기할 수 없었다. 여기 저기 알아보고 보건소에 전화도 해 보았다. 오빠는 D 병원에 진폐 환자가 많이 있다는 것을 알게 되었고 마지막으로 D 병원에 매달려 볼 생각으로 인경에게 말했다.

"인경아! D 병원으로 가자."

"오빠! 거기라고 별 수 있겠어? 다른 병원에서도 받아 주지 않는데? 그러지 말고 어디 방이나 한 칸 얻어서 나 혼자 있게 해줘."

"D 병원은 진폐 환자들이 많아서 일반 병원보다는 폐를 더 잘 치료한다고 하더라."

"진폐 환자가 나 같은 사람들이야?"

"진폐 환자는 탄광에서 석탄 캐는 광부들이 폐에 석탄가루가 쌓여 폐에 병이 난 사람들이다. 그래도 일반 병원보다 폐에 대해서는 더 전문성이 있다 아이가."

"오빠! 죽고 싶은 사람이 어디 있겠어? 열심히 살아서 엄마 고생한 보답도 하고 동생들은 우리처럼 고생시키지 않고 대학도 보내고 싶어. 거

의 두 달이나 열심히 치료했는데 자꾸 이렇게 나빠지니까 자신이 없어져. 낫지도 않는데 비싼 병원에 가 있을 필요가 뭐 있어?"
 "인경이 네 병원비 때문에 그러는 것 같은데, 자 여기 오빠 통장 봐라. 삼천만원도 넘게 있다. 이거 말고도 적금은 적금대로 들어가고 있다. 이 통장 어머니 드리고 갈 테니까 돈 걱정하지 말고 제발 병만 나아라. 이다음에 네가 나아서 갚으면 될 거 아니가? 그렇지, 인경아?"
 말하는 오빠의 눈가에도 벌겋게 핏줄이 서고 촉촉하게 눈물이 글썽거렸다.
 사실 영국은 악착같이 돈을 모으고 있었다. 영국의 꿈은 집을 사서 헤어졌던 옛날의 가족이 다시 모이는 것이었다. 언젠가 인경과 만나서 이야기했던 적도 있었다. 영국은 자기가 집을 살 때까지만 참고 열심히 살자고. 인경도 오빠 말에 적극 동의했고 자기도 열심히 저축 하겠노라고. 그 당시에 영국과 인경, 두 사람이 저축한 돈을 합하면 도시에 웬만한 집 한 채는 충분히 살 수 있는 돈이었다. 그들의 꿈이 실현될 즈음, 인경에게 병마가 찾아 왔고 저축한 돈마저 친구에게 뺏겨버린 상태였다.

 "애고, 인경이가 아프다고?"
 인경이네 집보다 더 위쪽 산 아래의 큰댁에 살고 있는 동생들의 할머니께서 오셨다. 인경이 아프다는 소식을 듣고 이미 구십 일곱의 나이에도 지팡이를 짚고 한걸음씩 내려 오셨다. 할머니는 인경 네가 정선에서 살 적에 방 한 칸 달라고 찾아 왔었고, 인경의 새아버지와 아이 둘까지 데리고 왔던 분이었다. 인경과 어머니는 정선에서 많은 땅을 빼앗기고 쫓겨나다시피 이곳에 내려 왔었다. 어린 인경을 데리고 내려온 인경 어머니는 시어머니에게 이유 없이 미움을 받고 갖은 구박을 당하며 살았었다. 그럴 때마다 어린 인경은 표독스런 눈빛으로 할머니에게 대들고 따지는 당돌한 소녀였었다.

"인경아! 미안하데이. 내가 잘 못했다. 이제 고만 내를 용서 해다오."

힘에 부쳐 일어나 앉지도 못하고 이불에 기대어 누워있는 인경에게 용서를 빌고 있었다.

"저는 절대 할머니 용서 못해요. 커서 생각해보니 할머니는 정선에 있는 땅을 엄마가 일부러 안 팔고 왔다고 엄마를 구박 했지요?"

"그래그래, 내가 잘못했데이. 내가 너무 오래 사니께니 젊은 네가 이렇게 아픈 게로구나. 인경아, 어서 병원으로 가거라. 내가 이제는 죽어야겠다. 그래야 네가 병이 나을 것 같다."

이틀 동안 집에서 마음의 안정을 찾은 인경은 고집을 꺾고 오빠와 함께 D 병원으로 찾아갔다.

"몸무게 재 볼까요?"

인경은 체중계에 혼자 앉을 힘도 없었다. 체중계를 잡고 쪼그리고 앉았다고 잠깐 손을 떼어 겨우 몸무게를 쟀다. 인경의 몸무게는 27kg.

젊은 담당 의사는 인경의 어머니와 오빠를 불러 이야기했다.

"집에 데리고 가셔서 먹은 싶어 하는 음식이라도 많이 해주세요."

여기서도 대답은 똑같았다. 너무 늦었다는 것이다. 인경 어머니는 넋이 나간 모양으로 눈물만 흘릴 뿐이었다. 멀리서 쪼그리고 앉아 바라보던 인경이 오빠에게 의사를 만나게 해달라고 간청했다.

"선생님! 제게 말씀해 주세요. 죽어도 제 목숨이니까요. 제가 얼마나 더 살 수 있나요?"

젊은 의사는 인경의 어머니와 오빠를 번갈아 보며 망설였다.

"괜찮아요, 선생님. 저 죽는다는 거 알고 있어요. 솔직히 말씀해 주세요."

"보름."

의사는 짧게 대답했다.

"선생님! 어차피 죽을 거면 제발 저 여기서 죽게 해주세요."

인경은 의사에게 애원하고 또 애원했다. 인경의 말을 듣고만 있던 의사는 다 죽어가는 몸 상태에서도 눈빛이 살아있는 인경에게 감동해서 마음을 바꾸었다.

"입원하셔서 영양 주사부터 맞지 않으면 병은 둘째 치고 말라서 죽게 생겼군요. 기운부터 차리고 치료 시작합시다."

오빠는 연신 의사에게 인사를 하며 돈은 얼마가 들어도 병원비는 밀리지 않을 터이니 동생을 꼭 살려 달라고 애원하였다. 그렇게 인경은 동해의 D 병원에 입원하였다.

환자들은 대부분 나이 많은 진폐 환자들이었다.

"아니, 젊은 색시가 어쩌다 그렇게 됐어? 우리야 다 살았지만 젊은 색시는 앞길이 창창한데 얼른 고쳐가지고 나가."

나이 많은 아저씨들은 다들 한 마디씩 했다. 인경은 침대에서 일어나지도 못했고 영양주사 같은 것을 계속 맞아야 했다. 하루에도 몇 번씩 의사 선생님이 인경의 상태를 확인하러 왔다. 인경은 하루하루 기다리듯 죽을 날을 세고 있었다. 자신이 죽을 날이 일주일이 지났으니 팔 일 남았다. 그 일주일 동안 인경은 침대에 누워 생각했다.

'내가 정말 죽는 걸까? 진짜 내가 죽어야 하나? 왜 내가 죽어야 하나?'

자신의 죽음을 받아들일 수 없었다. 열심히 살아온 죄밖에 없는데 죽어야 한다니 억울하고 분한 마음만 가득했다. 그런데 하루가 가고 이틀이 지나고 죽는다던 날이 점점 다가올수록 인경의 마음은 죽음에 대한 원통함은 사라져가고 죽음을 받아들이기 시작했다. 의사가 죽는다고 한 보름이 되기 삼일 전부터 인경은 마음속으로 살아오면서 잘못했다고 생각되는 일들, 죄 지었다고 생각되는 과거에 대해서 모두 용서를 빌었다. 인경이 신을 믿었다면 신에게 용서를 구했을 것이다. 그렇게 잠자기 전에 속

죄하는 마음으로 하루하루 밤을 맞았다. 그럼에도 아침에 눈을 뜨면 살아 있었다. 기침을 하면 갈비뼈가 부딪치는 느낌과 결림 때문에 눈물이 저절로 흘렀고 어린아이가 다쳐서 울 때처럼 그렇게 흐느껴 울었다. 그 흐느낌이 울려 다시 가슴에 통증을 더해 주었고 더 이상 아파서 흐느낌조차 할 수 없었다. 한 차례 기침을 하고 나면 머릿속까지 멍해져서 인경은 제 정신이 아니었다.

보름 째 되던 날부터 인경은 불안해지기 시작했다. 죽어야 하는데 죽지 않았기 때문이었다. 앞으로 어떤 더 큰 고통이 기다리고 있는 것인가?
"선생님! 저 왜 안 죽어요?"
"왜, 살고 싶어요?"
"아뇨, 빨리 죽고 싶어요."
정말로 인경은 빨리 죽고 싶었다. 이제 인경은 죽음이 두렵지 않았다. 그러나 이제는 인경이 두려운 것은 빨리 죽지 않는다는 것이었다. 죽지 않는 것에 대한 두려움과 불안은, 닥쳐올 인경의 육체적 고통에 대한 공포심이었다. 죽기 전에 얼마나 더 큰 고통이 있어야 하는지에 대한 막연한 공포였다. 인경은 밤마다 꿈을 꾸었다. 전 날 밤에는 돌아가신 친아버지의 꿈을 꾸었다.
"인경아! 그만 나하고 가자."
인경은 꿈속에서 부리부리한 눈에 큰 키의 자신과 너무 닮은 얼굴의 친아버지를 보았다. 인경의 기억 속엔 아버지의 얼굴은 없었다. 어린 시절에 시골 동네 분들이 아버지 보고 싶으면 거울보라고 했던 기억으로 인경은 자신이 아버지를 닮았구나 하는 짐작만 했었다. 아버지께서는 간밤의 꿈속에서 인경이 입원하고 있는 병실에 오셨다.
"싫어요. 그냥 여기 있을래요."

인경은 병실 문 앞까지 끌려 나갔다. 인경은 필사적으로 문틀을 잡고 놓지 않았다. 아버지는 그냥 사라지셨고 인경은 새벽녘에 정말 문틀에까지 나와 쓰러져 있는 것을 새벽에 순찰하던 간호사가 발견했다. 인경을 침대까지 부축한 간호사는 침대 베개위에 대형 철제 선풍기 날개가 놓여 있는 것을 보고 깜짝 놀랐다. 천정에서 돌고 있던 선풍기 날개가 떨어져 인경의 침대 머리맡에 꽂았던 것이다. 기가 막힌 일이었다. 병원 내에 이 소문이 퍼졌고 사람들은 꿈속의 아버지께서 인경을 살려 주었다고 했다.

인경의 어머니도 보름 밖에 못 산다던 인경이 한 달을 버텨 내자 의사 선생님에게 물었다.

"선생님! 우리 애가 좀 나아지는가요?"

"체력이 완전 떨어져서 영양제를 계속 투여하고 있으니 조금만 기다려 보세요. 간 기능 개선제나 인터페론 같은 것들은 한 병에 수십만 원씩 하는데 오늘 다섯 병째 투여하고 있습니다. 너무 비싼 거라서 보호자 동의를 받아야 합니다만, 보호자께 말씀 드리지 않고 저희 임의로 투여하고 있는 것은 여기 다른 환자들이 도와주고 계시기 때문입니다."

"예에! 어떤 분이?"

"여기 계신 분들은 대부분이 진폐 환자들인데 국비 지원 환자들이거나 산재보험에서 치료비가 나옵니다. 그 분들에게 처방을 내리고 따님에게 주사를 줍니다. 그러니까 다른 환자들이 주사 맞은 것처럼 서류를 올리고 실제로는 그 비싼 주사를 따님에게 놓아주는 겁니다."

"저희야 한없이 감사하지만 그래도 괜찮은지 ……."

"제가 한 분에게 자초지종을 설명하고 면담을 했습니다. 그랬더니 그 분께서 흔쾌히 승낙하셨어요. 그리고는 다섯 분이나 더 오셔서 자기 앞으로 청구하고 따님에게 주사를 놓아 달라고 자청을 하셨어요. 따님께서 인복이 많아서 꼭 나으실 겁니다."

"감사합니다. 감사합니다."
인경의 어머니는 연신 감사하다는 말을 하고 눈물을 흘렸다.

일곱 여덟 살까지 키운 자식들을 배알이로 넷씩이나 잃은 경험이 있는 인경의 어머니의 속은 시커멓게 타고 있었다. 옛날부터 자식을 잃으면 부모 가슴에 묻는다는 말이 있지만, 이젠 가슴 속에 묻을 자리도 없었다. 어떻게든 딸은 살려야겠기에 인경 어머니는 밤낮으로 빌고 또 빌었다. 병원에서는 인경 옆에 앉아 눈을 감고 빌었고, 집에 돌아가서서는 집 뒤에 가서 사발에 물을 떠놓고 달님에게 빌었다. 어느 날, 정말 지성이면 감천이라고 인경이 침대에서 일어나 앉았다. 한 달하고 이틀이 지나서였다. 전 날 밤에 달방에서는 할머니께서 돌아 가셨다. 우연이었을까? 할머니가 인경에게 했던 말처럼 할머니는 정말 인경을 살리기 위해 세상을 떠난 것일까! 일체의 식사도 없이 주사만 맞던 인경에게 식사로 미음이 나오기 시작했다. 옆의 진폐 환자 아주머니가 컵 라면을 먹는 것을 보고 인경은 컵 라면이 먹고 싶어졌다.
"아주머니! 저 부탁이 있는데요, 컵 라면 하나 사다주시면 안돼요?"
"너는 미음만 먹으랬잖아. 매운 것 먹으면 안 돼."
인경은 아주머니에게 졸랐다. 하는 수 없이 아주머니는 간호사 몰래 인경에게 컵라면을 사다 주었다. 인경은 컵 라면을 먹었고 탈도 나지 않았다. 그때부터 인경은 불안감을 이기기 위해 먹기 시작했다. 과자도 먹고 과일도 먹고 닥치는 대로 먹기 시작했다.
"엄마! 나 밥 먹고 싶어요."
인경의 어머니는 너무 기뻐서 담당 의사에게 찾아가 이야기 했다.
"선생님! 우리 아가 밥을 먹고 싶다 합니다. 정말 고맙습니다."
"지금 당장 밥을 먹을 수는 없고 죽을 먹게 하겠습니다."

그렇게 해서 인경에게 죽이 나왔다. 일어나 앉은 인경은 스테인리스 밥그릇의 뚜껑을 열었다.

"엄마! 죽이에요?"

"의사 선생님이 소화를 못 시킬 테니 죽을 먹으란다."

"엄마! 밥 좀 주세요. 밥이 먹고 싶어요."

순간, 인경 어머니는 속으로 덜컹 마음이 내려앉는 것을 느꼈다. 인경이 처음에 밥을 먹고 싶다고 했을 때와는 다른 느낌이었다. 네 아이를 잃을 때도 그랬다. 유난히 밥 잘 먹고 밤에 배앓이를 하다가 죽었던 기억이 되살아났다.

사람이 죽기 전에 저승 밥을 먹고 간다는 말이 있다. 평소에 식욕이 없어 밥을 잘 못 먹다가도 죽기 전에 밥을 실컷 먹는다는 말이다. 밥을 주면 밥을 왜 이리 조금 주냐고 투정을 하기도 한다고 한다. 인경 어머니는 눈물을 흘리시며 밥을 가져다 인경에게 주었다. 느낌이 저승 밥을 주는 것 같았지만 어머니도 어쩔 도리가 없었다. 인경은 공기 밥 한 그릇을 모두 비웠다. 주위에 나이 든 환자들이 인경이가 깨어나 밥을 먹는다는 소식에 하나 둘 모여 들었다. 어떤 분은 인경 어머니처럼 저승 밥을 먹었다는 직감을 느꼈는지 말없이 조심스럽게 지켜보다 가기도 했다. 그러나 인경은 점차 거동을 하기 시작했다. 화장실도 혼자 갈 정도로 다리에 힘도 붙었다.

"엄마! 깨(자두)가 먹고 싶어요."

인경 어머니는 예감과 달리 인경이 무언가 계속 먹고 싶어 한다는 것이 그리 기쁠 수가 없었다. 신맛이 나는 것을 먹고 싶어 한다는 것은 몸에 좋은 징조라고 생각했다. 아무것도 못 먹다가 밥 한 그릇을 먹고도 탈나지 않았고 신맛 나는 과일이 입에 당긴다는 것은 분명 몸이 되살아나고 있음이 분명했다. 인경이 앓고 있는 병의 진행은 오히려 관심 밖이었다. 그

다음날 인경의 두 동생은 누나가 깨(자두)가 먹고 싶다는 말을 들었는지 병원에 자두를 한 자루나 들고 찾아왔다. 두 동생인 상우와 정우는 동네를 다 뒤지다시피 돌아다니며 큰 자루에 자두를 가득 따왔다.

"엄마! 쥐포가 먹고 싶어요."

인경이 깨어나서 이것저것 먹고 싶은 것이 자꾸 생긴다는 말이 동네에까지 소문이 났다. 이번에는 인경의 고향 친구들이 나섰다. 어릴 적부터 같이 자랐던 친구들이 거의 다 모였다. 동해나 강릉 쪽에서 소식을 들은 인경의 친구들이 모여 쥐포를 한 상자나 사왔다.

"윤호야! 너는 아직 졸업 안 했지?"

인경이 윤호를 알아보고 물었다.

"응, 제대하고 복학 중이야."

옆에 있던 영란이 말했다.

"인경아! 오늘 사실은 묵호에서 모여 놀기로 했는데, 윤호가 인경이 네 소식을 듣고 너한테 가자고 해서 여기 오게 된 거야. 빨리 나아서 우리하고 같이 놀아야지?"

인경의 몸무게는 35kg까지 늘어났다. 마지막 쟀던 몸무게가 27kg이었는데 8kg이나 늘어있었다. 인경은 확실히 인덕이 있었다. 하나 둘, 인경의 병문안 손님들이 모여 들었다. 인경이 병원에 입원하고서 그래도 제일 먼저 인경을 찾았던 사람은 정선의 군대마을에 살고 있던 작은아버지였다. 어떻게 소식을 전해 들으셨는지 바로 달려 오셨다. 인경은 중학교 시절에 작은아버지께 이런 말을 했었다.

"작은아버지! 이다음에 죽어서 천당 가시면 우리 아버지한테 형님이라고 아는 척 하지 마세요. 하기야, 작은아버지는 지옥 갈 거니까 천당에서 우리 아버지 만날 일도 없겠네요."

인경은 작은아버지가 미웠었다. 작은아버지는 병실에 누워 있는 인경

을 보고 말씀하셨다.
"미안하다, 인경아. 내가 잘못 했다."
어느덧 노인이 다 된 작은아버지는 계속해서 회한의 한 숨만 들이쉬다 가셨다.
"인경 씨! 이거 한 번 먹어 보세요."
담당 의사 선생님이 무슨 튀김을 가져와 환자인 인경에게 주었다.
"무슨 튀김인데요? 잘 먹겠습니다."
담당 의사 선생님이 집에서 직접 개고기를 사다가 튀김을 해왔다. 인경이 거부감 없이 잘 먹자 의사 선생님은 매일같이 튀김을 해다가 인경을 주셨다. 병원의 의사 그리고 주위 환자들까지 인경을 위해 정말 정성이었다. 인경은 타고난 인복이 있었고 그들 덕분에 많이 좋아져서 병세도 급속히 호전되기에 이르렀다.
"뭐 먹고 싶은 것 없었어?"
어김없이 퇴근하면 통닭이라도 한 마리 들고 찾아와 인경의 침대에서 쾌차하기를 기도해주던 단짝 친구였던 민숙이 물었다.
"지금은 없어. 먹고 싶은 것이 있으면 너한테 말 할게. 고마워, 민숙아. 힘든 데 뭐 하러 매일같이 이렇게 찾아오니?"
그때, 텔레비전에서 가수 김현식이 사망했다는 뉴스가 나왔다.
"어머! 어떡해. 내가 제일 좋아하는 가수인데."
인경이 눈물을 글썽였다. 가수 김현식의 '사랑했어요'와 '내 사랑 내 곁에'는 인경의 가장 좋아하는 노래였다.
"계집애! 이제 정말 살았나 보네."
민수는 이슬이 맺힌 눈으로 인경을 바라보며 웃으면서 말했다. 민숙은 인경과 어릴 적부터 가장 친하게 지냈던 죽마고우였다. 불과 몇 미터도 떨어지지 않은 곳에 살았고 인경이 힘들 때마다 도움을 준 친구이기도 했다. 인경은 객지 생활을 하면서 잊혀 가던 친구들이 이렇게 소중한 줄은 정말 몰랐다. 그리고 떠나고만 싶던 고향이 얼마나 포근한 곳인 것도 새삼 깨달았다. 그렇게 인경은 병원에서 몇 달간을 외롭지 않게 지내면서 치료도 잘 받을 수 있었다. 병원을 퇴원할 때 쯤, 인경은 제법 살이 올라 있었다. 약 기운에 얼굴이 가무잡잡하게 변한 것 빼고는 거의 예전의 모습을 되찾아 가고 있었다.

수몰되어 위쪽으로 이사 온 터라 달방은 저수지의 경치가 어우러져 경관은 오히려 산골짜기의 옛날보다 훨씬 멋있는 동네가 되어 있었다. 여기 달방 댐의 물이 동해시민의 식수로 쓰였기 때문에 동해시에서는 댐 물의 수질 관리가 철저하게 되고 있었다. 그래도 동네의 꼬마들이 긴 나무에 낚싯줄을 걸고 고기 잡는 것 까지는 막지 못했다. 인경의 막내 동생인 정우는 오늘도 누나를 위해 무엇인가 해주기 위해 댐 가에 앉아 낚시를 하고 있었다. 손가락만한 망둥이나 제법 큰 물고기를 낚아오면, 어머니는 고기의 배를 따서 라면과 함께 끓여 맛있는 어죽을 쑤어 주시곤 했는데 인경은 별미인 양 맛있게 먹었다. 동네 아저씨가 개구리가 이 병에 특효라는 말을 했다. 두 동생은 그 말을 듣고 매일같이 산에 올라 큰 바위를 들 쑥이며 산개구리를 잡아왔다. 장작불을 피워 구우면 통째로 다 먹을 수 있었다. 겨울 개구리는 내장이 깨끗하게 비워져 있어 버릴 것 없이 모두 먹을 수 있었다. 어떤 때는 큰 냄비에 삶아서 국물까지 모두 먹었다. 무슨 수로 잡아오는지 동생들은 꿩이며 산토끼며 누나를 위해 닥치는 대로 잡아 왔다. 꿩 고기를 넣은 꿩 만두는 인경이 서울에서도 제일 먹고 싶던 음식인데, 어릴 적 먹던 음식인지라 인경은 부담 없이 잘 먹어 주었다.

"인경아! 이거 한 번 먹어 본나."

인경의 아버지께서 오소리를 잡아 오셨다. 오소리는 그리 흔하게 잡히

는 동물은 아니었다. 워낙 깊은 산중이고 사람의 발길이 거의 닿지 않는 곳이기에 희귀한 야생 동물들이 살고 있었다. 오소리의 쓸개는 웅담 다음으로 인정받는 약재였다. 그 당시에도 서울 사람들에게 쓸개 하나에 백만 원씩에 팔렸었다. 시골에서 쌀 열 가마니 값이었다.

"이걸 어떻게 먹어요?"

"그냥 꿀꺽 삼키면 된다."

오소리 쓸개는 버선 모양을 닮았다. 그 날 밤에 인경은 온 몸이 으스스 춥고 식은땀이 흘러내리며 몸살을 앓았다. 그러나 아침에 일어나자 언제 그랬냐 싶은 게 몸이 가뿐하고 가벼워지는 것을 느꼈다. 신토불이란 말처럼 인경은 고향의 훈훈한 공기와 음식을 통해 건강을 되찾고 있었다. 인경은 몇 달간을 달방에서 지냈고 가족들의 품에서 어느덧 정상인이 되어갔다. 병원에서 담당 의사 선생님도 이제 사회생활을 해도 된다고 말씀을 하셨다. 오빠가 주고 간 통장의 잔고도 많이 줄어있었다. 인경은 오빠에게 미안한 마음에, 하루라도 빨리 오빠의 통장을 채워야 한다는 급한 마음이 생겼다. 더 쉬라는 가족들의 만류에도 인경은 다시 서울의 다니던 회사에 올라갔다.

회사에서는 십 여 개월의 공백에도 불구하고 인경을 반갑게 맞아 주었다. 인경은 더욱 더 열심히 일했다. 그리고 점심시간에는 배드민턴을 칠 정도로 체력도 많이 좋아졌다. 땀이 줄줄 흐를 정도로 뛰며 운동을 했다. 마치 주위 사람들에게 다 나았다고 과시라도 하는 듯 했다. 거의 두 달 동안 아주 건강하게 인경은 재기에 성공했다. 한편 인경의 적금을 가로 챈 선영은 마산병원에서 죽었다는 소문이 회사에 나돌고 있었다.

그러던 어느 날, 평소처럼 점심시간에 동료들과 배드민턴을 치고 있었다. 인경은 왼쪽 가슴에 바늘로 꾹 찌르는 듯한 통증을 느꼈다. 아무래도 느낌이 좋지 않아 인경은 병원에 가서 진찰을 받았다.

"여기 이 부분은 결흔(결핵을 앓은 흔적)입니다. 그리고 늑막과 허파 사이에서 방울처럼 공기가 새는 데 기흉이라고 합니다. 약물로 치료할 수도 있고 고무호스를 넣어 공기를 빼 내어야 합니다."

의사 선생님의 말에 인경은 다시 긴장감에 쌓였다.

"선생님! 결핵은 다 나았나요?"

"예, 결핵은 걱정하지 않아도 될 것 같습니다. 그러나 기흉도 무서운 병입니다. 심하게 되면 목 부위까지 공기가 차올라 폐가 눌리어 숨지게 됩니다."

"어떻게 치료를 받아야 하나요?"

"공기가 새는 부위를 막아 줘야 하는데 아무래도 외과 쪽에 한 번 가보는 것이 좋겠습니다."

인경은 또 다시 시행착오를 할 수가 없었다. 곧바로 다시 휴직서를 제출하고 동해로 내려갔다. 집에도 들르지 않고 치료했던 D 병원으로 향했다. 인경을 치료했던 담당 선생님이 반갑게 맞아 주었다.

"건강한 얼굴을 보니 인경 씨 정말 예쁘네요."

"선생님! 정말 감사합니다. 평생 선생님을 잊지 못할 거예요."

인경은 눈물을 흘리며 의사 선생님께 감사의 표시를 했다.

"인경 씨가 의지가 강해서 병이 나은 것이지, 나는 옆에서 도와준 것뿐입니다. 항상 건강을 생각하면서 무리하지 말고 몸 관리 잘하셔야 합니다."

"선생님, 다름이 아니고 제가 기흉이라는 판정을 받았어요."

"어디 사진 한 번 찍어 봅시다."

의사 선생님의 반가운 표정도 잠시였고 의사 선생님은 다시 신중한 태도로 바뀌었다. 엑스선사진이 나오고 판독을 마친 선생님이 입을 열었다.

"일단, 결핵은 다 나았지만 기흉도 가볍게 보아서는 안 되는 질병입니

다. 수술을 잘하는 병원에 소개서를 써줄 테니 거기 가서 치료를 받도록 하세요."

"어디인데요?"

"충남에 있는 공주국립병원인데 흉부외과가 있어 수술도 가능한 곳입니다."

인경은 집에 와서 가족들에게 아무런 내색 없이 휴가 차 들렀다고만 얘기했다. 가족들에게 또 다시 걱정을 끼치는 것이 싫었다.

인경은 동해시에서 고등학교 서무실에 근무하는 단짝 친구 민숙을 만났다.

"민숙아! 우리 엄마나 식구들에게는 비밀로 해줘. 내가 기흉이라는 게 생겼는데 공주에 가서 수술을 받아야 할 것 같아."

"어머, 어떡하니? 근데 기흉이 뭔데?"

"응, 폐에서 공기가 조금씩 늑막 사이로 빠지는 병이래."

"후유증인가 보다?"

"그럴 수도 있겠지."

"언제 가야 하는데?"

"오늘 떠나야지."

"잠깐 기다려. 같이 가자."

"뭐 하러, 가까운 곳도 아닌데. 됐어, 나 혼자 갈게."

민숙은 듣는 척도 안 하고 남동생에게 전화를 했다.

"네 뭐가 그리 바빠? 하여튼 중요한 일이 생겼다고 하고 지금 당장 이리와!"

민숙은 남동생에게 서둘러 오라고 재촉을 했다. 잠시 후 민숙의 남동생이 차를 가지고 도착했다. 민숙의 남동생이 운전을 하고 세 사람은 공주로 향했다. 세 사람은 대관령을 너머 영동 고속도로와 경부 고속도로를 갈아타며 5시간이 넘게 걸려서 공주에 도착했다.

"수술 잘 받고 와, 인경아."

유난히 정이 많은 민숙은 큰 눈에서 구슬 같은 눈물을 흘리며 인경의 손을 잡아주었다. 그리고 언제 준비했는지 하얀 봉투를 건네주며 말했다.

"얼마 되지 않아. 병원에서 먹고 싶은 거 있으면 사 먹어."

"고맙게 받을 게."

인경은 더 이상 말을 잇지 못하고 애써 웃어 보였다. 민숙은 차에 앉아서도 계속 눈물을 멈추지 못하고 울면서 돌아갔다. 인경은 입원 수속을 마치고 병실에 누워 민숙의 생각에 잠겼다.

어려서부터 이웃에 살면서 항상 붙어 다니다시피 지냈다. 학창 시절에 민숙은 키도 크며 얼굴도 예뻤고 인경은 야무진 얼굴과 몸을 가졌었다. 인경은 민숙의 늘씬한 키와 예쁜 얼굴이 항상 부러웠었다. 반면에 민숙은 인경의 야무진 언행과 자신감 넘치는 인경을 부러워했었다. 아마 중학교 다닐 때였다. 같은 반이 아니어서 인경과 민숙은 교무실을 가운데 두고 양쪽 끝의 교실이었다. 민숙이 다른 친구 두 명에게 교실에서 험담과 욕설을 당하고 있었다. 민숙은 큰 키에 몸집이 있었으나 성품이 온순해서 불량한 친구들에게 맞서 대적하지 못했다. 그때 옆에서 지켜보던 반 친구가 인경에게 달려가 민숙이 곤경에 처했음을 알려 주었다. 갑자기 복도에서 쿵쿵거리며 뛰는 소리가 들렸고 인경이 복도 끝에서 단숨에 뛰어왔다. 민숙의 교실에 인경이 들어서자 민숙을 괴롭히던 두 친구는 뒷문으로 도망쳐 버렸다. 친구들이 인경을 보고 말하기를, 찔러도 피 한 방울 나올 것 같지 않다고 했었다. 이목구비 뚜렷한 얼굴에 말 한마디 한마디가 뚝 부러져 친하지 않은 친구들은 함부로 말을 붙이지 못했다. 그러나 인경을 아는 친구들은 한없이 순수한 마음을 가진 인경과 깊은 우정을 나누었다.

인경이 중학교에 다닐 때 민숙의 아버지께서는 시청 소속의 환경 미화원을 하셨다. 인경과 민숙이 다니는 학교까지는 거의 이십 리는 족히 되었는데 버스를 타야 했다. 인경과 민숙은 쭈쭈바라고 하는 아이스크림을 사먹기 위해 버스를 타지 않고 걷기로 했다. 둘은 걸어서 집에 오다가 길에서 청소하는 민숙의 아버지를 만났다. 민숙은 환경 미화원을 하시는 아버지를 선뜻 아는 체 하기를 주저 했다. 그러나 인경은 활짝 웃는 얼굴로 달려가 민숙의 아버지께 인사를 드렸다.

"아저씨! 안녕하세요? 뭐 하세요?"

"오냐, 청소하지."

"저희가 도와 드릴게요."

인경은 가방을 길가에 던지고는 민숙의 아버지가 끄는 리어카를 밀며 스스럼없이 도와 드렸다. 민숙은 그런 인경이 고마웠다.

"됐다. 이제 올라가거라. 그런데 와 버스 안타고 걸어가노?"

"버스 비로 쭈쭈바 사먹으려고요."

"허허허! 내 같으면 안 먹고 말겠다."

민숙의 아버지께서는 웃으시며 말씀하시고는 묵묵히 하던 일을 계속 하시었다.

인경과 민숙의 아버지 사이에는 둘 만의 비밀이 있었다. 인경이 초등학교 다닐 때였다. 인경은 새아버지의 두 아들에게 이유 없이 괴롭힘과 매를 맞았었다. 인경은 어린 마음에 분을 삭이지 못해 차라리 죽어 버리겠다고 새끼줄을 가지고 집 뒤의 산에 올라갔다. 마침 바로 옆집에 사는 민숙의 아버지께서 인경이 새끼줄을 가지고 산에 오르는 것을 보셨다. 민숙의 아버지께서는 인경이 산에 나무하러 가나싶어 무심코 지나치셨는데 손에 새끼줄만 가지고 가는 것이 미심쩍어 뒤따라 산에 올라가셨다. 인경이 나무에 매달려 꽥꽥거리고 있을 때, 민숙의 아버지께서 인경을 발견하시고 낫으로 줄을 잘라 인경을 구하셨다. 그때 민숙의 아버지께서 인경을 앉히시고 말씀하셨다.
"그래도 저승보다는 이승이 낫단다. 내 그 놈들 심술을 잘 안다마는 힘들어도 네가 클 때까지 참아야 한다. 알았제?"
"예에. 저의 엄마한테는 아무 말씀 말아주세요."
"오냐. 알았다. 이거는 너하고 나만 아는 비밀이다. 다시는 이런 짓 하면 안 된다."
인경은 그때 이승이니 저승이니 하는 말이 뭔지 몰랐지만 여전히 민숙의 아버지가 하셨던 말을 분명하게 기억하고 있었다.
인경은 옛날의 추억들을 생각하며 낯선 병원에서의 첫날밤을 소중한 친구의 따뜻함을 느끼며 보낼 수 있었다. 이튿날 아침 외과의사 선생님과의 면담이 있었다. 수술 결정이 났는데 보호자의 동의가 필요하다고 했다. 집에 아무런 얘기도 안하고 왔기 때문에 인경은 또다시 오빠를 생각하지 않을 수 없었다. 이번에도 오빠는 다음 날 바로 공주로 올라왔다.
"미안해, 오빠."
"미안하기는 뭐가 미안하노? 네는 내가 아프면 나처럼 안 할긴가?"
오빠의 낙천적인 성격과 강한 어투는 인경에게 포근함과 아버지처럼 느끼는 부성애까지 느꼈다. 피는 물보다 진하다고, 인경은 자신에게도 모든 것을 아낌없이 줄 수 있는 형제가 있다는 것을 새삼 느낄 수 있었다.
"오빠! 내가 나으면 꼭 오빠에게 진 빚 갚을 게."
"그래, 꼭 좀 그래 다오."
오빠는 인경의 마음을 편하게 해주려고 노력하는 모습이 역력했다. 남에게 의지해 본 적이 거의 없는 인경의 성격으로 마음이 불편한 것은 당연했다. 인경은 오빠가 떠나간 병원 정문을 바라보며 자신이 왜 이런 아픔을 겪어야만 하는지 생각에 잠겼다.

중학교 3학년 때였다. 민숙과 함께 달방 아랫동네의 무릉계곡 쪽에 놀러간 적이 있었다. 삼화에서 이백 미터쯤 올라가면 왼쪽으로 삼화사라는 절이 있었고 그 아래쪽에 조그만 암자가 있었다. 무심코 올라간 절이었는데 한 스님이 인경을 뚫어지게 바라보며 말씀하셨다.

"학생! 학생은 앞으로 십 년 못 미쳐 생사를 가르는 큰 병을 얻을 걸세. 조심하거라. 애고! 부모복도 없고 불쌍다. 그래도 제 복은 가지고 태어났구나. 학생은 제 복으로 살아갈 팔자로다."

인경은 열여섯의 어린 나이에 무슨 말인지 몰랐지만, 불현듯 그 스님의 말을 기억해낸 인경은 온 몸에 소름이 끼쳐 오는 것을 느꼈다.

면회

　병원에는 평일에도 가끔씩 면회를 오는 사람들이 있었다. 집이 가까운 사람들은 가족들이 고기며 반찬 등을 가지고 부지런히 병원을 드나들었고, 입원 후 가족이 한 번도 찾아오지 않는 환자들은 대부분 만성 환자로 보면 틀림없었다. 그래서 그들은 언제나 가족이 면회 오는 사람을 보면 부럽고 한편으로는 가족들이 원망스러웠다. 남에게 배신당한 것보다 혈육인 가족에게 배신감을 느끼면 평생의 한이 되어 버린다. 더욱이 병을 앓는 상태에서는 보통 사람들보다 심신이 나약하고 예민해지기 때문에 사소한 일에도 마음의 상처를 받게 된다. 상대적으로 여자보다 마음이 강한 남자 환자들의 경우 자기 스스로 가족들을 멀리 하는 경우도 많았다.

　어느덧, 공주에는 찬바람이 불기 시작했다. 금강 변에 우뚝 서있는 하얀 건물 주위에도 찬바람이 몇 잎 남은 나뭇잎을 마저 떼어 버리기라도 할 듯 세차게 몰아 부치고 있었다. 이젠 추워진 날씨 탓에 산책하는 사람들도 거의 찾아 볼 수 없었다.

　나는 점퍼 주머니에 두 손을 넣고 이제는 다소 여유 있는 마음으로 산책로를 배회하고 있었다.

　그때 정문 쪽에서

　"정지석!"

하고 부르는 귀에 익은 목소리가 들렸다.

　"아주 여기서 놀고 먹으니깐 살쪘네!"

활짝 웃으면서 호탕하게 말하는 대학 동기 태훈이었다. 해병대 출신답

게 다부지고 딱 벌어진 어깨와 아직도 청바지에 운동화 차림이 아직 대학생 같은 모습이었다.

"태훈아! 어떻게 알고 여기까지 왔어?"

"다 아는 수가 있지. 어떻게 나한테도 말 한마디 없이 이럴 수 있냐 인마!"

태훈은 학교 도서관에서 같이 공인회계사를 공부하던 단짝 친구였다.

"공부는 잘 되지?"

"나야! 미치겠다. 시험만 가까워지면 내 고질병이 돋잖냐?"

"무슨 병? 아아!"

태훈에겐 심한 변비와 치질이 있었다. 도서관에서 화장실 한번 들어가면 최소 30분은 기본이었다. 평소에는 그 나마 덜 한편이었다. 신경이 예민해지면 화장실에서 한 시간씩 앉아 있어서 다리가 저려 펴지지 않을 정도로 심각 했었다.

"수술하는 방법이 있다던데 수술해버리지 그래?"

"그래야겠어. 평소에는 그럭저럭 버티니까 참는데 시험 앞두고 수술할 수도 없잖아. 도저히 안 되겠어. 이번 시험은 포기하더라도 수술부터 해야지."

"무엇보다도 몸이 건강해야 만사가 있는 거지. 나 봐라. 모든 게 물거품이 되잖아!"

"그래, 몸은 어떠니? 얼굴은 많이 좋아진 것 같은데?"

"하루 이틀 치료해서 되는 병도 아니고 더 치료해야지."

"맞아, 아무 생각하지 말고 치료에만 전념해서 빨리 나아라. 그 다음은 나중에 생각해도 늦지 않아."

"여기 와서 이렇게 허송세월하고 있어 보니 힘들었어도 상아탑이라는 울타리 안에서 공부할 때가 정말 좋았구나 하는 생각이 들어."

"야, 그렇지도 않아. 세상사가 자기 마음먹은 대로 풀리지 않으면 정말 괴로운 거야. 사람이 육체적으로 힘들어서 자살하는 사람은 별로 없어. 사람들의 고통이란 다분히 주관적인 거야. 화엄경의 일체유심조(一切唯心造)란 말처럼 모든 세상사는 자기 마음먹기에 달려 있는 것 같더라. 젊은 나이에 암에 걸린 사람들도 많잖아! 너는 그런 사람에 비하면 행복한 편인지도 모르지. 참! 건수 풍 맞은 거 모르지?"

"뭐! 중풍 맞았다고? 아니! 이십 대에 무슨 중풍?"

"그래! 너만 불행하다고 빠져 들지 말고 마음을 긍정적으로 가져."

"알았어. 그런데 준배는 잘 있나?"

"준배도 요즘 괴로워."

"왜? 무슨 일 있냐?"

"걔 고등학교 때부터 사귀었다던 윤미인가 있잖아?"

"으응! 왜 헤어졌어?"

"걔들이 헤어질 사이냐! 죽고 못 사는 사인데. 윤미 씨가 간염이 있었는데 간경화로 이어져서 심각하나 보더라. 준배 요즘엔 공부고 뭐고 생활이 말이 아니야."

"이런, 개네 들 정말 보기 좋았는데……. 준배 그 녀석도 서울에 올라와 신문 배달하면서 보급소에서 기숙하며 어렵게 공부했는데 잘 돼야 할텐데."

준배는 태훈과 함께 중간고사나 기말고사가 끝나면 호프를 같이 마시던 친구 중의 하나였다. 제주도가 집이었고 대학도 4년 장학생으로 특례 입학한 수재였다.

"나야! 뭐 먹고 싶은 것은 없냐?"

"야 됐어! 공부하는 사람이 무슨 돈이 있다고 그러냐?"

"아냐, 나도 아직 점심 못 먹었어. 잠깐 밖에 나가면 안 되냐?"

"안 돼, 그럼 우리 통닭이나 시켜서 먹자."

정문의 수위 아저씨에게 부탁해서 통닭을 기다리는 동안 두 사람은 정문에서 테니스장이 있는 쪽으로 걸었다.

"빨리 퇴원해서 테니스 한 게임 해야지?"

그 말을 듣고 나니 나는 태훈과 틈틈이 학교에서 테니스 치던 생각이 났다. 자신에게도 건강한 시절이 있었구나 하는 생각에 새삼스러웠다.

"야아, 여기 경치 좋네! 나도 가끔은 약간 아파가지고 이런 데서 좀 쉬었으면 하는 생각이 들 때도 있더라. 시험은 자꾸 떨어지지. 나 때문에 고생하시는 어머니나 형들 얼굴 보기가 제일 힘들다. 명절 때 집에도 못 내려간다."

태훈의 어머니는 시골에서 올라와 태훈의 뒷바라지를 하고 있었다. 4형제를 혼자 키우셨고 마지막 태훈의 공부를 위해 동숭동 이모네 식당에서 일하고 계셨다.

"야! 농담이라도 그런 말 하지 마라. 말이 씨가 된다는 말이 있어. 서두르지 말고 급할수록 돌아가라는 말이 있잖아. 마음이 급하면 집중에도 방해가 돼."

나는 태훈이 주고 간 책 한 권을 받아 들고 병실로 올라와 읽기 시작했다. 책의 표지를 넘기자 악필인 태훈의 낯익은 글씨가 적혀 있었다.

'지금 친구의 투병생활이 이다음 훗날, 친구의 가장 아름다운 날들이었다고 말하면서 웃을 수 있기를……'

안정시간에 누워 태훈과 학교 캠퍼스를 연상했다. 불현듯 경구가 떠올랐다. 내가 군에서 제대하고 복학했을 때의 일이다. 잠자는 시간 외에는 붙어 다니다시피 한 친구가 있었다. 그 친구도 전북 이리가 고향이었고 홀어머니가 두 형제를 위해 갖은 고생을 하며 뒷바라지를 하고 있었다. 서울 금호동의 산동네에서 단칸방에 월세를 살며 그야말로 바닥 생활을 하고 있었다. 그런 경구와는 서로가 있는 그대로를 보여 주는 숨긴 없는 사이가 되었다. 시골 출신답게 정서적으로 풍부한 감정을 지녔고 180의 키에 대머리인데다 뿔 테 안경을 껴서 진실 되어 보였다. 지방출신의 학생들이 서울에 유학 와서 느끼는 외로움이나 문화의 차이를 극복하는 데는 상당한 시간이 필요했고 마음이 맞는 친구가 생길 때 쉽게 적응을 할 수 있었다. 나와 경구는 그런 점에서 쉽게 가까워 질 수 있었다.

  그런데 내가 군 생활을 할 동안 경구는 군대를 면제 받았는데 같은 학년에서 다시 만났다. 경구는 휴학과 복학을 반복하며 많은 방황과 인생공부를 했노라고 나에게 이야기하곤 했다. 경구는 자신의 현실을 받아들이지 못하고 문화적 열등감과 환상을 쫓는 괴리 상태의 대학 생활을 하고 있었다. 자신의 능력을 과신하며 뒷받침되지 않는 현실에 대고 한숨만 쉬는 나약한 면이 있었고 휴학하고 막노동 일을 할 정도로 강인한 일면도 있었다. 그러나 경구의 나약한 심성은 현실을 이길 수 없었다. 한 때 경구는 운동권에 합류하여 밤새 술을 마시며 시국에 대해 열변을 토했었고 얼굴에 수건을 두르고 최루탄에 맞서 화염병을 던지기도 했었다. 나는 몇 개월 동안이나 경구와의 절친한 관계를 지속했었다. 어느 날 경구는 나에게 등록금 문제를 꺼냈다. 열심히 학과공부를 하면 장학금을 탈 수 있는 능력도 있었지만 경구는 남들처럼 대학 생활을 즐기고 싶어 했다. 가정 형편을 뻔히 알고 있는 터라 나는 모른 채 할 수 없어 나는 형님의 가게로 경구를 데리고 갔었다. 경구의 부탁은 나의 형님에게 등록금 대출의 보증을 서 달라는 것이었다. 순수한 우정만을 생각한 나는 경구를 그의 형님에게 소개하고 사정을 이야기했다. 빚 보증이란 말 자체를 싫어했던 나의 형님은 그 자리에서 등록금의 칠팔십 퍼센트에 해당하는 현금을 경구에게 건넸다.

  경구가 보증을 부탁한 것은 자신이 성공해서 스스로 갚겠다는 마음에

서였다. 그런데 자기의 얼굴을 보고도 보증을 거부한 나의 형님에게서 경구는 자존심이 상했다. 그가 진짜 자존심이 있었다면 그 돈을 받지 말았어야 했는데, 그날 경구는 학교 앞 양주 집에서 나의 형님이 준 돈으로 모조리 술을 마셔 버렸다. 경구에게는 남들이 이해 못하는 이상한 감정의 논리가 강하게 지배하고 있었다. 경구의 생활은 그런 식이었다. 내가 경구와 친하게 되기 전에도 두 세 명의 친구들이 경구에게 비슷한 상황을 겪었다는 말을 나는 후에야 들었다. 그 후로 경구는 나를 피했다. 경구는 부잣집 딸이라는 신입생 후배와 사귀면서 이번에는 사랑행각을 통해 현실의 돌파구를 찾고 있었다.

일탈

"정 형! 오늘 저녁에 호프나 한잔 합시다."
"예! 어디서요?"
"저녁 먹고 잠깐 시내에 가서 한 잔 합시다."
 형주의 말하는 느낌이 분명 무슨 일이 있을 거라 생각하고 형주의 말에 묵언의 동의를 했다. 형주와 저녁을 먹고 산책로를 따라 걷다가 철조망 담을 넘어서 갑사 쪽으로 가는 긴 다리를 걸었다. 오랜만에 평범한 사람들의 사회로 되돌아가 해방감을 느꼈고 오가는 자동차의 불빛을 받으며 걸어갔다. 다리를 거의 다 건너자 오른쪽에는 몇 동의 빌라가 강변 위에서 그들이 탈출해 나온 병원의 건물을 지켜보듯 서 있었다. 모퉁이를 돌아 5분쯤 더 걷다가 골목길로 들어섰다.
"정형! 저기로 갑시다."
 한 호프집을 발견하고 두 사람은 이방인 같은 기분으로 구석진 자리를 찾아 앉았다.
"김 형! 무슨 안 좋은 일 있습니까?"
"아닙니다. 그냥 호프 한 잔 생각나서 그래요."
"그게 아닌 것 같은데요. 어쨌든 한잔 합시다. 여기까지 도망쳐 나왔으니까."
"오랜만에 마시니 맥주가 입에 붙네요."
"기분이 씁쓸할 때는 소주가 있어야 하는데!"
"아닙니다. 우리한테 소주는 무리고 가볍게 한 잔 하는 걸로 만족 해야

지요."

 두 사람 모두 몸이 아프고 처음 마시는 술이라서 호프 두어 잔에 취기가 돌고 있었다.

 "사실 오늘 제 여자친구가 면회를 왔었어요."

 "아까 부모님과 같이 왔던 여자 분이 애인이었어요?"

 "예, 경희하고 저는 같은 군인 아파트에서 살았었고 고등학교 때부터 사귀게 되었어요. 아버지께서는 대령으로 예편하셨고 경희 아버지는 별을 달고 지금도 군 생활하시거든요. 아마 용인 부근의 군사령부에 근무하고 계실 겁니다. 경희도 지금 용인에 살고 있어요."

 "오래 사귀셨네요."

 "너무 오래 사귀었지요. 양가 부모님도 다 아시고 당연이 결혼할 거로 생각하고 계세요."

 "그런데요?"

 "아까 경희가 가면서 나한테 그러더라고요. 앞으로 면회 오지 못해도 이해해 달라고요."

 "그게 무슨 뜻입니까?"

 "경희 아버지가 준장인데 사령부내에 중장의 상사와 각별한 사이가 되었나 봐요."

 "준장이면 별이 하나고 중장이면 별이 세 개나 되네요."

 "그렇지요. 두 가족이 가끔 외식도 같이 했던 것 같아요. 그런데 중장한테도 아들이 있는데 경희를 무척 좋아한대요. 경희 아버지도 진급에 유리하니까 경희에게 직접적으로 말은 못해도 눈치를 주나 봐요. 중장의 아들도 육사를 나와 지금 대위라고 하더군요. 경희도 마음이 없었다면 그러겠어요?"

 "김 형 마음은 어떤데요?"

"내가 이런 꼴로 이러고 있으니 잠을 생각이나 할 수가 있겠습니까? 아무래도 나하고는 인연이 아닌가 보죠."

"이런 상황에서 3자인 제가 뭐라 할 말은 없지만, 오는 사람 막지 말고 가는 사람 잡지 말라는 말이 있지 않습니까? 자! 한잔하시죠?"

형주도 거의 체념하는 듯 보였지만 이내 마음속의 미련은 감추지 못했다. 바로 옆 자리에는 다소곳해 보이는 여대생 둘이서 담소를 즐기고 있었다. 형주와 내가 별다른 말을 못하고 맥주만 나누어 마시고 있는 사이 두 여학생의 대화가 분명하게 들리고 있었다. 두 여학생의 대화로 미루어 보아 키가 좀 커 보이는 커트 머리의 학생은 공주사대에 다니는 것 같았고 아담한 키에 안경을 낀 예쁘장한 여학생은 공주교대의 학생으로 보였다. 두 여학생은 서로의 교생 실습이야기로 꽃을 피우고 있었고 그녀들도 옆 자리의 형주와 나에게 관심이 있는 듯 한 번 씩 돌아보며 이야기 하고 있었다.

"정형! 오늘은 사랑 타령 한 번 해 봅시다. 사랑이 뭐라고 생각 하십니까?"

"김 형은 어떤 사랑을 말하나요? 저는 사랑이란 빨간색과 금빛이 있다고 생각하는데, 우리 젊은 사람들은 빨간색 사랑을 하는 게 보통이겠죠. 육체적 사랑의 행위가 이루어질 때까지의 단계가 가장 가슴 설레고 영혼을 맑게 해주는 기간이 아닌가 해요. 마음과 육체가 하나가 되는 것도 사랑이 완성되는 것이라고 말할 수도 있겠지요. 거기까지가 빨간색 사랑이라고 말할 수 있을 것 같네요."

"그럼 금빛 사랑은 뭡니까?"

"많은 연인들이 빨간색 사랑에서 시간이 지나면 색이 엷어지고, 뚜렷하게 색깔이 없는 사랑을 지속하게 되지요. 단지 아름다웠던 그네들의 사랑만을 추억하면서……. 그러다가 그들의 사랑에서 빨간색이 거의 빠져 나

갈 때 쯤, 사랑이 식었다고 싸우거나 더 이상 사랑하지 않는다고 생각하게 되지요. 지워진 색깔 위에 다시 빨간색을 칠해도 처음 원색의 느낌은 오래 가지 못해서 이내 싫증을 내고 실망하게 됩니다. 헤어지거나 이혼하는 사람들의 핑계가 생기는 거지요. 그래서 다시 시작하는 사랑은 처음의 빨간색 느낌을 기대하지 않는 것이 좋습니다. 설레고 아름다움으로 가득 했던 시간들을 다시 찾고 싶은 욕망은 원초적 본능에 가깝습니다.

금빛 사랑이란 원숙한 사랑이라고 생각합니다. 금빛 사랑을 하는 사람들은 빨간색을 금빛으로 변화시키는 사람들입니다. 빨간색 사랑이 일종의 환각 상태라고 한다면, 금빛 사랑은 제 정신을 찾고 안정된 심리 상태에서 하는 깊고 그윽한 이성(理省)의 사랑이라고나 할까요? 쉽게 말하면, 빨간색 사랑은 느낌의 사랑이라고 할 수 있고 금빛의 사랑이란 느낌이 생각과 영혼까지 스며들어 원숙하게 된 사랑이라 할 수 있겠죠."

"남녀 간에 정말 현실을 초월한 진실 된 사랑을 할 수 있을까요?"

"어떤 사람에게는 사랑이, 이성(異性)을 무지하게 좋아하는 감정을 표현하는 말일 수 있겠고, 어떤 연인들에게는 그런 감정 위에 육체적 사랑이 결합되어 표현될 수 있겠지요. 물론 단순히 육체적 결합만으로 사랑한다는 말은 하지 않을 겁니다. 인간의 신체란 육체적으로 나누는 사랑과 더불어 감정 또한 좋아지게 만들어 졌을 테니까요. 영혼만의 사랑도 가능하다 생각합니다. 몸도 움직일 수 없는 장애인과 천사 같은 여인이 글씨로만 대화하며 사랑 했다는 경우도 있잖습니까? 일반인들에게 허리 상학적인 사랑과 허리 하학적인 사랑을 완전히 분리한다는 것은 힘들 테지만요."

그때, 옆 자리의 안경 낀 예쁘장한 아가씨가 약간 취해 보이는 안색으로 두 사람의 대화에 끼어들었다.

"저기 죄송한데요, 괜찮으시면 저희와 합석 하실래요?"

"그러시죠."

두 여학생이 형주와 나의 자리로 맥주잔을 들고 옮겨 앉았다. 안경을 낀 여학생이 먼저 입을 열었다

"우연히 두 분 말씀을 듣다 보니 너무 좋은 말씀들을 하시기에 ……. 복학생이신가 봐요?"

"아아. 휴학 중인데 공부 좀 하려고 공주에 내려 왔습니다."

"그럼 고시 공부하시나 보죠?"

"예에, 비슷한 공부 합니다. 그 쪽 두 분은?"

차마 병원에서 요양 중이라는 말을 할 수가 없었다.

"언니는 사대 다니고 저는 교대 생이에요."

"그럼 장래 선생님들이시네요."

두 여학생은 미소로 대답을 대신 했다.

"아, 그러고 보니 공주가 백제의 고도이기도 하고 교육 도시네요."

이번에는 형주가 말문을 열었다.

"다른데 보다 선생님을 많이 배출하는 편이죠."

커트 머리의 사대생이 웃으면서 대꾸했다.

"공주의 옛 이름이 아마 웅진인가 그렇죠?"

형주가 말을 이어갔다.

"예, 맞아요. 두 분은 집이 공주가 아니신가 봐요."

"예, 저는 서울이고 이쪽은 청주입니다."

"청주도 교육도시로 알고 있는데, 맞죠."

"예, 청주도 교육도시로 유명합니다."

"어떻게 여기 공주까지 오시게 되었는지……."

"어떡하다 보니 여기까지 오게 되었네요. 우리 다른데 가서 한잔 더 하실래요? 제가 사겠습니다."

형주가 마음먹고 기분이라도 내려는 기세로 말했다.

"김 형! 무리하는 거 아닙니까?"

"이왕 기분 좀 풀려고 나왔으니 조금만 더 놀다 들어갑시다."

"저희는 그만 들어 가봐야 돼요."

두 여대생은 예비 선생님답게 절제하는 모습을 보이며 인사를 하고 먼저 자리를 떠났다.

"정형! 어디 가서 한잔 더 합시다. 아직은 월급 통장에 꼬박꼬박 입금 되니까 돈 걱정은 하지 마시고 양주나 한 잔 합시다. 오늘 좀 취하고 싶네요."

"알았습니다. 열시 안에는 들어가야 합니다."

형주와 나는 호프집을 나와 다시 맥주 양주라고 쓰여 있는 고급스런 술집을 찾아 들어 갔다. 그윽한 조명의 복도를 돌아 룸으로 안내 되었고 잠시 후에 아가씨 두 명이 들어왔다.

"안녕하세요? 저는 미스 김 이예요."

"안녕하세요? 저는 미스 송이에요."

"술과 안주는 뭐로 하시겠어요?"

"아가씨가 알아서 가져와."

형주는 대담하게 반말로 말하면서 아가씨에게 위임해 버렸다.

"예, 안주는 과일로 가져올게요."

나의 옆에 앉은 아가씨가 일어나 나갔다. 잠시 후 술과 안주가 들어 왔고 얼음에 칵테일을 만들어 마시기 시작했다. 형주는 이런 곳에 익숙한 것처럼 노련하게 아가씨들을 다뤘다. 잡지사에서 선배들과 가끔 이런 곳에 출입해 보았고 아가씨 다루는 행동 요령도 배워 자연스러웠다.

"오빠가 오늘 기분 꽝이거든, 어떡해야 되겠니?"

"오빠, 실연 당했나 봐! 그렇죠?"

"귀신이네."

"그럼요, 저희는 얼굴만 봐도 척 보면 알아요."

형주는 이미 많이 취해 있었다.

"그래, 그럼 너희는 그런 손님 오시면 어떻게 해 주는데?"

"뭘 어떻게 해줘요? 오빠가 잊어버릴 수 있게 같이 술 마셔드리죠."

"술만 마신다고 해결이 되냐? 애인이 돼 줘야지."

"지금 애인하고 있잖아요, 오빠."

"좋아."

형주는 지갑에서 지폐를 꺼내 두 아가씨에게 팁을 주었다. 형주의 술 파트너인 미스 김은 신이 나서 더욱 애교를 부리며 형주를 대했다.

"김 형, 그만 일어납시다. 열 시 다 돼가요."

"무슨 소립니까? 이제 시작인데. 미스 김, 우리 2차 해야지? 갈 거지?"

"아가씨들 우리 가 봐야 하니까 그만 나가 봐요."

"어머, 이제 초저녁인데 더 놀다 가세요."

"정형, 먼저 들어가세요. 어차피 술 냄새 나서 안돼요. 내일 새벽에 들어갈게요. 우리 방 사람들에게 얘기나 잘 해줘요."

나는 하는 수 없이 혼자서 술집에서 빠져 나와 택시를 불러 병원으로 돌아와 울타리를 넘었다. 간신히 열 시를 맞춰 간호사실 반대편의 비상 계단으로 병실에 되돌아왔고 잠시 후 간호사가 비상구 문을 잠그는 소리가 들렸다. 이튿날도 형주는 병원에 복귀하지 않았다. 거의 일주일이 지나서야 말끔하게 평상복 차림으로 병원에 나타났다.

"정형, 미안하게 됐어요. 그 날 새벽까지 술을 마시고 술집에서 그냥 잠이 들었는데 미스 김이 자기 자취방으로 데리고 갔었나 봐요. 일어나 보니 오후 두 시가 넘었더라고요. 미스 김의 집에서 이틀 동안 아무 생각 없이 지냈어요."

"미스 김은 출근도 안 하고요?"

"가게에 벌금을 내야 한다기에 제가 다 보상해 줬죠. 그나마 마음이 조금은 홀가분해졌어요. 그래서 돈 아깝다는 생각은 안 듭니다."

"돈이 문제가 아니라 몸이 상하니까 그렇죠. 그 동안 약도 못 먹었을 텐데요?"

"그렇잖아도 이튿날 약 생각이 나더라고요. 그래서 보건소 가서 사정 이야기하고 약 받아서 챙겨 먹었습니다."

"그런데 간호사실에는 갔다 왔습니까?"

"예, 이미 퇴원 조치되었다는군요."

"이제 어떡하실 겁니까?"

"균도 잡히고 했으니까 집에 가서 치료하려고요."

형주는 짐을 정리해서 그 날 퇴원 했다. 마음의 벗으로 지내왔던 형주가 퇴원하자 왠지 마음이 허전해졌다.

저녁 식사 후부터 취침 시간까지의 어둠의 시간은 혈기 있는 젊은 환자들에게 갇힌 병원생활에서 잠시나마 탈출할 수 있는 기회의 시간이었다. 나는 이후에도 한 번 더 5병동의 젊은 패거리에 섞여 막걸리를 먹으러 담을 넘었다. 그렇게 함으로서 병동에서의 인간관계가 훨씬 재미도 있었고 먹물 먹은 서울 놈이라고 따돌림 당하는 것을 피할 수 있었다.

상당수의 환자가 갑갑하고 단조로운 병원 생활을 견디지 못하고 퇴원했다. 그 중 일부는 한두 달 후 다시 입원하기도 했다.

사람들은 가끔 현실 속의 자신에게서 탈출하고 싶은 잠재된 욕망을 표출한다. 그럼으로써 욕구 불만을 해소하고 이성과 감정의 괴리를 메우면서 살아간다.

임 간호사

  그날 밤 자정 쯤, 나의 반대편 창 쪽 침대를 쓰던 40대의 최병식 씨가 배가 아파 죽는다고 소란을 피우는 바람에 잠자는 나와 황 씨가 깼다. 내가 간호사실로 달려갔고 당직이었던 임 간호사가 달려 왔다.
  "최병식 씨 어디가 아프세요?"
  "오른쪽 아래요."
  제대로 말도 못 할 정도로 배를 구부리고 앉아 눈물을 찔끔찔끔 흘리고 있었다.
  "아무래도 맹장염인 것 같은데 잠시 기다리세요."
  임 간호사는 그렇게 말하고 간호사실로 뛰어 갔다. 잠시 뒤 돌아온 임 간호사는 나에게 최 씨를 부축하고 현관으로 내려 와 달라고 말했다. 얼마 후 구급차가 도착했고 최 씨는 구급차에 실려 시내의 다른 병원으로 보내졌다. 나와 임 간호사는 병원 현관에서부터 간호사실까지 걸어 올라 갔다.
  "정지석 씨, 야식으로 탕수육 시켜 놓았는데 혼자 먹기에 너무 많네요. 같이 드세요."
  "그러죠. 그렇잖아도 잠이 다 깨서 잠도 올 것 같지 않네요."
  고요한 밤에 두 사람은 간호사실에서 얇은 비닐을 벗기고 식어버린 음식을 먹고 있었다.
  "요즈음은 어떠세요?"
  "많이 좋아진 것 같습니다."

"참, 김형주 씨하고는 친하게 지내셨죠?"

"예."

"김 형주씨는 어떻게 된 거예요?"

"글쎄요. 애인과 문제가 생겨서 마음이 불편했던가 봐요. 어떤 희망이 무너지니까 병원에서 견디기 어려웠던 것 같아요."

"가끔 병원 생활을 견디지 못하고 뛰쳐나가는 환자들이 있어요. 그런 사람들은 병을 쉽게 못 고쳐요. 마음 독하게 가지셔야 해요."

"고맙습니다. 신경 써 주셔서."

"병원에서 많은 환자들을 보면서 느낀 건데요, 병세의 경중을 떠나서 마음속에 희망을 키우는 사람이 있는가 하면 절망감을 이기지 못해 우울하게 지내는 사람이 있어요. 쉽게 치료될 수 있는 사람인데도 자신의 병과 처지를 너무 비관해서 치료가 어려운 사람들이 있는데 그런 사람들을 보면 안타까워요.

누구나 살다 보면 여러 이유로 절망에 빠질 수 있습니다. 그렇지만 그곳에서 벗어나는 길은 희망을 만들어 내는 일입니다. 아무리 튼튼한 다리 근육을 가지고 있더라도 마음이 무너지면 곧 쓰러집니다. 지독한 절망을 한번 겪고 나면 사람은 더 강해질 수 있다고 생각해요."

그녀는 또래의 다른 간호사와는 확실히 달랐다. 대화를 하면 할수록 그녀의 마음속에서 한층씩 깊은 곳으로 내려가는 느낌을 받았다. 대부분 일반 사람들은 환자들을 피하려고 한다. 함께 음식 먹는 것도 꺼려하지 않는 임 간호사는 나이팅게일처럼 천사 같은 성품과 마음을 지닌 것 같았다. 조용히 다가와서 나의 마음 한 구석에 머물고 있었다. 임 간호사가 큰 여자로 느껴졌다.

"너 요즘 재미 좋더라?"

"무슨 재미가 좋아요?"

"엊저녁에 도무지 방에 들어오지 안 혀서 복도로 나가봉께 간호사실에서 임 간호사 허고 맛있게 먹고 있드라, 참 내!"

"아이! 어젯밤에요? 임 간호사가 야식 시켰는데 혼자 먹기에 많다고 함께 먹자고 해서 먹었어요."

"임 간호사가 너 좋아 허내벼."

"말도 안 되는 소리 하지 마세요."

"왜? 간호사도 젊은 여잔디 좋아할 수도 있지 뭘 그려 이놈아. 너만 괜찮으면 잘 사귀어 봐라. 아무래도 너 한티 손해 날 것은 없을 거인께."

"저는 나을지 못 나을지 장담도 못할 환자인데 어떻게 남의 집 귀한 딸을 넘보겠어요? 저는 꿈도 안 꿉니다. 아저씨 같으면 저 같은 놈에게 딸 주시겠어요?"

"나는 딸 없어서 그런 생각은 안 해봤다만 건강해지기만 하면 못 줄 것은 뭐 있것어. 이런 병이야 요즘 병 취급도 안 혀. 옛날에야 무서운 병이었지만 요즘은 금방 낫잖여."

"아저씨, 제가 왜 여기 와 있는지 아서요?"

"또 시작이여, 병 고치러 왔잖여?"

"왜 제가 병이 나서 이러고 있는 지 아시냐고요? 저희 집안에 결핵 앓은 사람이 없었어요. 형님이 여자 잘못 만나 결국은 형님이나 제가 이 병에 걸려 고생하고 있습니다. 그런데 제가 어떡게 남에게 폐끼치는 짓을 할 수 있겠어요?"

"그거야 너희 형수가 제대로 병을 못 고쳐서 그렇지, 그럼 이 병 앓은 사람은 결혼도 못 허것다? 한 쪽이 몸이 약허면 다른 한 쪽이라고 건강혀야 되는 겨."

"저는 결혼 할 생각은 없어요. 평생 속 편하게 혼자 살랍니다."

"쓸데없는 생각 말고 빨리 낫기나 혀."

내가 임 간호사 생각을 안 해본 것은 아니었다. 가끔씩 천사가 자신의 마음을 두드리는 소리도 들렸다. 어떤 때는 그녀에게 의지하고 싶은 마음이 굴뚝같이 생기다가도 자격지심에 생각을 거두곤 했다. 나에게 있어 건강한 임 간호사는 오르지 못할 나무를 바라보는 것이나 다름없었다.

자기 주변에서 짝사랑하지만 누군가에게 말 한마디 못하는 경우나 자신의 이상형이라고 생각하지만 자신과는 어울리지 않는다고 주저하는 사람들에게는 자신감이 없는 것이 공통점이다. 갖춘 자의 자신감은 자만으로 보일 수 있고 갖추지 못한 자의 자신감을 용기라 한다면, 나는 용기가 없었다.

아저씨와 지하 식당으로 가서 긴 줄서기에 합류했다. 밥 먹을 때마다 지하 계단 앞에서부터 십 미터의 줄을 서서 기다려야 했다. 식당에서 줄을 서서 기다리다 보면 여기에 입원해 있는 대부분의 사람들을 볼 수 있었다. 환자들의 연령대는 십대부터 70대 이상까지 남녀노소를 가릴 것 없이 다양했다. 때 되면 밥 주고 약도 주고 자고 싶을 때 잠자고 일도 하지 않았다. 먹고 노는 데는 그만인 곳이었다. 기나긴 인생의 여정에서 지친 나그네들이 잠시 쉬고 싶어 찾아 온 휴양소였다.

미혜

"지석이 형!"
식당에서 식사를 마치고 계단을 오르려는 차에, 뒤에서 법당의 총무를 맡고 있는 상진이 부르면서 뚜벅뚜벅 다가 왔다.
"형, 연말에 법당에서 문학의 밤 행사를 할 건데 형이 한 코너 맡아 줘야겠어."
"내가 잘하는 게 있어야지?"
"시 낭송하는 코너를 좀 맡아서 해주세요."
시(詩)라는 말에 문득 자신이 낙서처럼 몇 자 적었던 노트가 생각났다.
"그러지 뭐, 자작시여야 하니?"
"꼭 그런 것은 아니고 여기 환자들에게 감동을 줄 수 있는 걸로 골라 보세요. 물론 자작시면 금상첨화이고요."
"알았어. 한 번 해볼게."
그들은 건물 뒤쪽을 나와 계단을 올라 법당으로 올라갔다. 법당으로 점심을 먹고 난 환자들이 하나 둘 모여 들었다. 점심때쯤 이면 법당 앞마당에 햇볕이 따스하게 내리쬐어 식후의 한 때를 보내기에는 안성맞춤이었다.
"윤태 형님!"
항상 숨을 가쁘게 쉬면서도 휘파람을 부는 윤태가 올라오는 모습을 보고 상진이 소리쳤다.
"어이, 왜? 좋은 술이라도 있어?"

"아이 형님도 술은 무슨 술 이예요? 당뇨 있으신 분이 왜 자꾸 술타령이어요?"

"야아, 내가 살면 얼마나 더 살 것냐? 먹고 싶은 거라도 먹으면서 살아야지."

"알았어요, 그런데 형님! 연말에 우리 법당에서 행사를 좀 하려고 하는데 형님이 좀 도와 주셔야겠어요."

"내가 도와줄 게 있어?"

"행사에 코미디 좀 넣어서 외로운 사람들에게 잠시라도 웃을 수 있게 하려고요."

"코미디? 그거라면 내가 해야지. 걱정 마! 내가 아주 배꼽이 다 떨어지게 해 줄게."

사실 코미디라면 윤태가 적격이었다. 그는 평상시에도 숨소리가 쌕쌕거렸고 숨이 잘 안 들어가는지 가슴을 넓히면서 호흡할 정도로 안 좋은 상태였다. 그럼에도 불구하고 그는 항상 낙천적인 성격으로 주위 사람들을 즐겁게 해 주었다. 윤태는 삼십대 중반의 나이에도 사십 대 중반 이상으로 보였다. 삐쩍 말라서 얼굴의 주름이 더욱 나이 들게 보였고 건축 현장의 미장일을 하면서 전국을 돌아다니다 시피 했었다. 그는 일하면서 술을 많이 마셔 당뇨라는 합병증까지 얻고 있었다. 몸이 다 나았는가 싶으면 다시 공사장을 찾아 일을 해야 했고 일하다 보면 습관처럼 술을 많이 마셔 댔다. 일당 일을 하는 사람들의 절제없는 생활이 몸에 베인 사람이었다. 그러기를 반복하다 보니 이제 병은 만성이 다 되어서 고칠 수 없는 상태까지 오게 되었다.

그 날 이후 법당은 평소보다 많은 사람들이 자주 드나들었다. 나도 미혜와 함께 행사준비를 하면서 더욱 가까워졌다. 나의 마음은 점점 미혜에게 빠져 들었고 미혜 역시 내색은 크게 하지 않지만 나에게 마음을 주고 있었다.

"올해는 그래도 법당에 젊은 사람들이 많아서 활기가 있고 연말에 이런 행사도 하게 되네요."

미혜가 행사에 쓸 소품을 만지작거리며 나에게 말했다.

"예년에는 이런 행사를 하지 않았었나요?"

"제가 알기로는 처음인 것 같아요."

"미혜 씨가 연극 극본을 쓰기로 했다면서요?"

"그러긴 했는데 잘 안 되네요."

"미혜 씨는 국문학 공부 했으니깐 잘 하시겠네요."

"아직 주제는커녕 제목도 생각 못했어요. 사회생활 해 본지가 오래 돼서 사고가 정체된 거 같아요."

"너무 힘들게 생각하지 말고 평범한 일상에서 힌트를 얻어 보세요. 아니면 관련 책을 한 권 사서 참조 하던가요?"

"아! 그래야겠네요. 언제 시내 서점에 다녀와야겠어요. 지석 씨 같이 나가실래요."

"그렇게 하죠. 날씨가 쌀쌀하니까 좀 풀리면 나갔다 옵시다."

두 사람은 자연스럽게 둘 만의 시간을 만들어 냈다. 이틀 후 날씨는 화창했고 기온도 평년보다 다소 높다는 일기예보도 있었다. 두 사람은 시내버스 터미널 앞에서 만나기로 하고 각자 병원을 나섰다. 터미널 앞은 평일이라서 사람이 그다지 많지는 않았다.

"미혜 씨, 우선 민생고부터 해결 해야죠?"

"민생고요! 그게 뭔데요?"

"옛날 백성들의 첫 번째 고통이 뭐였습니까? 끼니 걱정이 아니었나요?"

"호호호! 그러네요."

"뭐 드실래요?"

"따끈한 칼국수가 먹고 싶네요. 어디 칼국수 집 없을까요?"

두 사람은 분식집으로 들어가 칼국수를 시키고 마주 앉았다.

"저는 이렇게 평일 날 낮에 돌아다니면 어떤 쾌감을 느낍니다."

"무슨 쾌감요?"

"평일 낮에는 사람들이 제각기 일을 하는 시간 아닙니까? 학생들은 공부를 하고 회사원들은 회사에 얽매어 일을 하고 자기 사업을 하는 사람들도 나름대로 긴장된 일과를 보냅니다. 어떤 경우이든 조직 속에서 살아가고 있지요. 그런 일상 속에서 어느 날 빠져 나왔다는 생각을 해 보세요. 다시 말하면 일종의 열외 의식이죠."

"저는 그런 조직 생활이 그리운걸요."

"물론 그러시겠지요. 실업자들이 매일 노는데 쾌재를 부르겠어요? 오히려 반대겠죠."

"병원에서 갇혀 지내다가 이렇게 가끔 나오면 비슷한 기분을 저도 조금은 느껴요."

"제가 군 생활 할 때 이야기 한 가지 해 드릴까요? 제가 전역 3개월 전에 유격 훈련을 갔었습니다. 제대가 2, 3개월 정도 남으면 유격 훈련 같은 힘든 훈련은 빼 주는 것이 관례였거든요. 우리 포대장이 육사 출신이었는데 아주 깐깐한 사람이었어요. 그래서 우리 동기들은 마지막 유격 훈련에 빠지지 못했지요. 기온이 32도까지 올라갔었습니다. 30도가 넘으면 훈련이 중단되는 걸로 알고 있는데 유격 훈련은 강행 됐지요. 유격 훈련 도중 물을 길러 간다고 고향이 전남 남원인 동기생하고 빠져 나왔어요. 그리고는 언덕진 나무숲에 숨어서 쉬고 있지요. 제대 말년의 훈련에 대한 반항과 특혜를 누리고 싶어서였지요. 그런데 갑자기 누가 우리가 숨어있는 숲 앞으로 뛰어 오더니 다급하게 무릎을 꿇고 기도하는 소리가 들렸어요. 우리 부대 대대장님이셨습니다. 훈련도중 병사 두 명이 일사병으로 쓰러진 것이었어요. 나무 그늘 속에 숨어 열외감을 만끽하고 있었는데, 대대장님의 기도하는 모습을 숨도 제대로 쉬지 못하고 지켜보고만 있었지요. 만약에 거기서 들켰더라면 군기 교육이나 영창 감이었죠. 군대 생활에서 열외라는 것은 특혜 같은 것이죠."

병마 때문에 쉬고 있는 사람들도 사회의 열외자일까? 아마도 그들은 열외가 아닌 낙오자였다. 마라톤 도중에 넘어져 낙오자가 된 사람 중엔 경기를 포기하는 사람과 다시 일어나 끝까지 완주하는 사람도 있는 것처럼.

그들은 뜨거운 칼국수를 후후 불면서 오랜만의 사식을 먹었다.

"미혜 씨, 부소산 가보셨습니까?"

"부소산이 어디인데요?"

"부여에 있는데 백제시대에 삼천 궁녀가 빠져 죽었다는 낙화암은 들어보셨죠?"

"예."

"부여는 가보셨나요?"

"중학교 수학여행 때 부여로 간다고 했는데 저는 못 갔어요. 아마 제가 잔병이 좀 많았었던 거 같아요."

"그럼 그때 못 갔던 수학여행이나 떠나 볼까요?"

부여로 가는 표를 두 장을 샀다. 그리고 가로로 빨간 줄이 처져 있는 금남여객이라고 써진 직행버스에 올랐다. 버스에 오르자 멀미할 때의 메스꺼운 냄새가 비위를 거슬렸다. 잠시 동안 아무 말 없이 차창을 열고 앉아 속을 다스렸다. 차창 쪽에 앉은 미혜는 물끄러미 지나치는 경치를 바라보았고 나는 가운데 통로를 통해 앞을 보고 있었다.

"병원 생활은 어떠세요? 견딜만 하신가요?"

내가 어색한 침묵을 깨기 위해 한 마디 했다.

"하루하루가 너무 길고 고통이지요 뭐."

"삶이란 누구에게나 지루하며 의미도 느낄 수 없고 때로는 아무런 희망도 없는 시기가 있지 않나요? 1년이란 사계절에는 밤낮없이 비만 내리는 장마철도 있고 앉아 있기도 힘든 무더운 날도 있으며 살을 에는 추운 겨울도 있잖습니까? 우리네 인생도 그렇게 계절이 있는 것이 아닐까요? 그래도 꽃피는 봄날이 올 것임을 알기에 현재를 인내하며 살 수 있는 것이기도 하고요. 모두 다 지나고 나면 편안한 마음으로 그런 때가 있었지 하며 웃을 수 있는 여유도 갖게 되고요.

군대 이야기 하나 더 해드릴까요? 군대에서 화생방 훈련을 받을 때 독가스 실에서 숨이 꼴딱 넘어가는 순간이 있어요. 몇 사람은 그 순간을 못 참아 문을 박차고 탈출 하지요. 그렇지만 지금 내가 죽는구나 하는 순간이 있는데 그 순간을 참아 내면 고통스럽기는 해도 정상적으로 숨을 쉴 수가 있습니다. 삶이 힘들다고 느껴질 때도 마찬가지 일겁니다."

2차선의 구불구불한 도로를 따라 사십여 분 달리고야 부여에 도착 했다. 부여에 도착하자 마음이 편해지는 것을 느꼈다. 부여는 나의 고향이었다. 내 고향은 부여 시내에서 십여 분 더 들어 가야 했지만 중학교 다닐 때 가끔 시내에 나왔었고 그때의 기억들과 감정이 아직도 생생했다. 터미널에서 하차한 나와 미혜는 10여분 걸어서 부소산으로 올라가는 길목에 도착했다. 부소산 입구까지는 계속 언덕진 길이어서 미혜는 가끔씩 쉬면서 걸어야 했다. 매표소에서 낙화암까지는 한참을 올라가야 했다. 나는 오른쪽의 미혜의 손을 잡고 걸었다. 유별나게도 손가락이 긴 그녀의 손은 차가웠다.

"손가락이 굉장히 길어요. 피아니스트 했으면 대성 했겠네요."

차가운 그녀의 손을 잡고 나의 점퍼 주머니에 함께 넣었다. 미혜는 그저 땅만 바라보며 내가 하는 행동에 거부하지 않았다. 미혜는 10미터 정도 오르자 더 이상은 못 가겠다고 포기해 버렸다. 나와 미혜는 왼쪽의 나무 벤치에 앉았다.

"여기가 중학교 때 소풍 와서 친구들과 사진 찍은 자리입니다."

옛날의 모습이 거의 그대로였다. 나는 지난 시절의 기억을 하나씩 떠올리며 회상했다.

"낙화암까지 오르면 참 좋을 텐데요. 백제시대 의자왕의 삼천 궁녀가 몸을 던졌던 곳도 보고 고란사의 암벽 위에 고란초도 볼 수 있습니다."

"죄송해요. 제가 너무 힘드네요."

"다음에 오면 꼭 위에까지 올라 가 봅시다."

"예."

미혜는 대답은 했지만 과연 자기가 다시 오를 수 있는 날이 있을까 하는 생각에 마음이 어두웠다.

"미혜 씨, 우리 서로 의지해 봅시다. 힘들 때 누군가가 마음속에 있다는 사실이 얼마나 큰 힘이 되는데요?"

"지석 씨, 저한테 정을 너무 주지 마세요. 이다음에 지석 씨 마음의 상처도 그 만큼 커질 거예요."

"왜 그런 식으로 말을 하세요? 긍정적으로 생각해 보세요."

미혜의 마음속엔 이미 내가 들어가 있는 것 같았지만 그녀의 말투에서만은 여전히 거부하는 식이었다. 그런 그녀의 태도 때문에 미혜가 더욱 애틋하고 가련하다는 생각이 들었다.

"미혜 씨, 우리가 만난 것은 인연이 아닐까요? 그런 생각이 들어요. 인연이란 말에 대해서 예전에는 별로 느낌이 없었는데 이 병이 난 다음부터는 가슴에 딱 와 닿는 느낌이 듭니다. 아마 제가 체념이란 걸 터득한 후부터 모든 것을 순응하는 마음 자세가 된 것 같습니다."

"지석 씨는 마음이 참 순수한 것 같아요. 여자인 저보다 더 때 묻지 않

은 맑은 마음을 가지신 것 같아요."
"아직 제가 사회생활을 안 해 봐서 현실을 모르는 것뿐이지요. 누구나 다 천성은 순수하지 않겠어요? 현실에 찌들고 부대끼다 보면 현실적인 생각을 하게 되고 현실적으로 행동하기 마련 아닌가요?"
"그렇게 생각하시는 것 자체가 마음이 순수하신 거예요."
"그런가요?"
미혜의 손을 다시 잡고 일어났다.
"그만 내려갑시다."
서로 손을 잡고 아주 천천히 걸었다. 손을 잡고 있는 그 시간만큼은 가슴속의 병도 마음의 병도 모두 잊을 수 있었다.
"지석 씨는 꼭 완치 되세요."
"미혜 씨도 같이 건강해져야지요. 미혜 씨도 나을 수 있습니다."
미혜는 아무 말이 없었다. 나는 미혜가 자기 자신을 포기하고 있음을 진작부터 알고 있었다.
"우리 아예 저녁을 먹고 들어갑시다."
간판에 토종닭과 오리라고 써 있는 식당이 눈에 띄었다.
"우리 오리고기 먹을까요? 오리가 몸에 좋답니다. 오리기름은 수용성이고 불포화 지방산이어서 체내에 쌓이지 않기 때문에 콜레스테롤 걱정도 없다고 해요. 옛말에 오리 백 마리만 먹으면 중풍 걱정은 안 해도 된다는 말을 들은 것 같습니다."
식당엔 아저씨가 손수 손님 접대를 했다.
"오리 한 마리 주세요."
넓적한 돌 위에 고기를 구워 맛이 담백했다.
"사실 저는 날개 달린 고기는 통닭 말고는 안 먹었거든요. 맛있네요."
미혜는 오리 고기를 먹고 난 후에야 말했다.

"날개 달린 고기를 안 먹는 특별한 이유가 있습니까?"

"그냥 자유롭게 날아다니는 것을 먹는다는 것이 왠지 미안해서……."

"에이 그렇게 생각하면 고기는 먹을 수 없죠. 말 못하는 소 돼지는 불쌍하지 않나요?"

나는 식사를 마치고 약봉지를 꺼냈다.

"미혜 씨는 약 안 가져왔어요?"

"저는 이것 먹으면 돼요."

미혜는 소포장된 알로에 분말 봉지를 꺼내 보이면서 말했다.

"알로에가 좋데요?"

"아프리카에서는 상처 난 곳에 알로에 생잎을 바른대요. 상처에는 정말 효과가 좋다고 해요. 폐 속의 상처나 살균 효과도 있고요."

병을 오래 앓으면 자기 병에 대해서는 의사가 다 되다더니 미혜도 자기 몸의 의사처럼 스스로 처방하고 있었다. 그것은 상당히 위험한 생각이 아닐 수 없다. 지엽적인 지식으로 약을 함부로 바꿔 먹거나 거르는 행위는 세균에 내성을 생기게 하는 결과로 이어진다.

"그래도 약은 꼭 챙겨 드셔야 합니다. 약발이 안 받더라도 효과가 전혀 없는 것이 아니라고 하지 않습니까? 제 약 드세요."

"아니, 괜찮아요. 정말 괜찮아요."

두 사람은 기념품을 파는 가게들을 지나치다 마지막 가게인 듯한 곳에서 걸음을 멈추었다.

그 가게에서는 통나무를 비스듬히 잘라 길쭉한 타원의 나무판을 여러 개 잘라 놓았고 전기 인두로 그 위에 그림이나 글귀를 새겨 작품을 만들고 있었다. 화가들이 쓰는 짧은 차양이 달린 모자를 쓴 아저씨가 심혈을 기울여 그림을 새기고 있었다. 인두 하나로 능란하게 나무 판 위에 한 폭의 그림을 그려 내는 아저씨가 신기하기까지 했다. 물레방앗간의 그림을

완성한 아저씨는 구경하고 있는 나와 미혜에게 웃으면서 말했다.

"두 분 사랑을 여기 나무판에 서약하시지요?"

두 사람은 멋쩍은 듯 서로를 보며 웃었다.

"다음에 하겠습니다."

"지석 씨, 제가 묵주 하나 사드릴게요."

묵주는 나무 구슬들이 고무줄 끈에 엮여 있었다. 미혜는 모양이 똑같은 묵주 두 개를 사서 하나를 나의 손목에 직접 끼워 주었다. 그리고 다른 하나는 자기 손목에 끼웠다.

"항상 지니시면 부처님께서 보살펴 주실 거예요."

연인이 커플 반지를 하듯 두 사람은 똑같은 묵주를 나누어 끼웠다. 돌아오는 버스 안에서도 두 사람은 손을 꼭 잡았고 미혜는 고단했는지 나의 어깨에 머리를 기댄 채 눈을 감고 있었다. 달리는 버스 안에서 내내 포근한 마음으로 생각에 젖어 있었다. 아직은 내가 미혜보다 육체적으로나 정신적으로 건강하므로 미혜를 지켜 주어야겠다는 생각을 했다. 나는 자신의 처지도 망각하고 약자에 대한 동정과 연민의 감정이 범벅 된 그런 마음이었다.

그날 이후 나와 미혜는 안정 시간 이외에는 법당에서 거의 같이 보냈다. 그들에게 법당의 사랑방은 보금자리처럼 아늑한 곳이 되었다. 때때로 효선을 동반하여 산책을 다녔다. 아무래도 두 사람만 붙어 다니게 되면 주위의 눈총과 간호사실의 감시가 마음에 걸렸기 때문에 조심스럽게 행동해야 했다.

원칙적으로 병원 내에서는 이성교제가 금지되었다. 그러나 간혹 환자들끼리 불륜의 관계가 이루어지기도 했다. 가정을 가진 사람이 병원에 장기간 입원하게 되면 가족과 멀리 떨어져 지내야 하므로 두고 온 배우

자에게서 이상한 낌새를 느끼는 경우가 종종 있었다. 병원에 있는 환자는 또 다른 가슴앓이를 하게 되고 비슷한 상황을 겪는 병원 내의 이성에게서 위로와 사랑을 구하게 된다. 병원 내에서의 불륜은 마음에서부터 시작되기 때문에 단순한 육체적 불륜보다 더 돌이키기 어려워서 풀기 힘든 실타래가 되어 버렸다.

법회가 끝나고 환우들은 제각기 행사이야기로 웅성거리며 활기 있는 분위기로 떠들썩했다.
"형, 정훈 씨 모르시죠?"
옆구리에 호스가 연결된 병을 차고 서있는 반듯한 용모의 청년을 가리키며 상진이 나에게 말했다.
"형이 법당에 처음 올 때쯤 수술하러 들어갔을 거예요. 우리 법당에서 교무를 보았어요. 무사히 수술 잘 마치고 오늘 처음 법당에 나온 겁니다. 정훈 씨, 인사해요. 새로 오신 지석이형이에요."
"안녕하세요. 김정훈입니다."
"반갑습니다. 정지석이라고 합니다."
정훈은 대전의 C 국립대학교 국문학과 재학생이었다. 나보다 세 살 아래였고 미혜보다는 두 살 아래였다. 정훈은 허파에서 공기가 새는 기흉으로 수술을 받았다. 늑막에서 수술 후 생기는 이물질과 공기를 빼 주는 호스가 달린 플라스틱 병에는 버얼건 핏물이 삼분의 일 쯤 고여 있었다.
"정훈아, 이리 와, 내가 머리 감겨 줄게."
법당 사랑방에 있던 미혜가 정훈을 불렀다.
"도대체 며칠이나 머리를 못 감은 거니?"
수술 후 집중치료실에서 거의 일주일 동안 씻지 못해 정훈의 머리는 번들번들했다.

"아파서 움직이지 못하니까 씻을 엄두도 못 냈죠."

미혜는 의자를 가져다 방구석에 있는 싱크대 앞에 놓고 정훈의 옆구리에 달린 병을 올려놓았다. 그리고는 정훈의 머리를 감겨 주었다. 평소에는 별로 웃지도 않고 표정도 별로 없던 미혜의 얼굴에는 생기가 돌았다.

"면회 못 가서 미안해. 2차 감염 때문에 들어가지 못 하게 하더라고."

"아니에요. 누나가 기도 해 준 덕분에 수술 잘 마친 걸요."

"진짜, 내가 기도 많이 했다."

"고마워요."

내가 법당에 나타나기 전에 정훈과 미혜는 아주 친하게 지냈었다. 정훈이 수술하기 위해 중환자실로 간 사이에 내가 미혜 앞에 나타났던 것이다. 두 사람의 전공이 국문학이었고 정훈이 미혜를 특히나 잘 따랐다. 정훈은 미혜에게 단순히 친한 누나 이상의 감정을 가지고 있었고 미혜 역시 정훈을 이성으로 대했었다.

평상시 별로 다른 사람들과 말이 없는 정훈은 미혜 앞에서는 순한 양이 되어 밝은 모습이었다. 분명 누가 보아도 둘은 연인처럼 보였고 잘 어울리는 한 쌍 이었다.

"누나, 내가 어저께 우리 엄마한테 누나 얘기 했어."

"응, 그래?"

"누나가 병원에서 잘 보살펴 주었다니 했더니 고맙다고 전해 달라 하셨어."

"언제 퇴원하니?"

"글쎄요, 일단 경과를 봐야 한다니까 아직은 모르겠어요."

미혜는 헤어 드라이기로 정훈의 머리를 매만지며 말했다.

"균은 다 잡혔대?"

"예, 이제 균은 안 나온다고 하던데요."

두 사람은 주위 사람들을 의식하지 않고 서로에게 빠져 있었고 그런 생활은 며칠간 계속되었다.
그러던 어느 날, 법당 내의 이상한 기류를 파악한 상진이 슬며시 나를 끌며 밖으로 나가자고 했다. 상진은 나에게 눈앞의 상황을 설명하려는 듯 했다.
"두 사람이 아주 친하게 지냈어요. 정훈 씨가 착하니까 주위에서도 예쁘게 봐 줬고요."
"그랬어?"
"형, 그런데 요즘 법당 사람들이 말이 많아요."
"무슨 말?"
"형하고 미혜 누나하고."
"왜, 뭐라고 입방아들 찧는 모양이구나."
"어저께 성진이 형하고 윤태 형이 그러더라고요."
"뭐라고?"
"마른 장작이 잘 타는 거래나 하면서 비아냥조로……."
"나한테 하는 말같다?"
"사실 성진이 형이 미혜 누나를 좋아하거든요. 성진이 형도 정훈 씨 하고 미혜 누나의 관계에 대해서 알긴 하지만 그리 심각한 사이라고 생각은 안했어요. 그런데 요즘 형하고 미혜 누나가 어울리는 것을 보고 화가 많이 난 것 같아요."
"그래?"
성진이라면 내가 법당에 처음 왔던 날 윤태와 함께 바둑을 두고 있던 사람이었다. 서른일곱의 나이에 살집이 좀 있고 건강해 보였으며 2차 약을 먹고 있었다.
"형, 내가 듣기로는 미혜 누나가 성진이 형한테는 그런데요. 정훈 씨는

그냥 동생처럼 생각하는 거니 신경 쓰지 말라고."
　상진과 나는 어느새 테니스장이 있는 산책로까지 와 있었다. 나의 마음은 갑자기 혼란에 빠졌다.
　"성진이 형이 그러는데 미혜 누나가 그랬대요. 형이 일방적으로 자기를 귀찮게 군다는 식으로."
　"그랬대?"
　나는 잠시 동안 아무 말도 못하고 생각에 잠겼다. 상진과 벌써 몇 바퀴째 산책로를 걷고 있었다.
　"상진아, 네가 생각하기엔 이런 상황에서 내가 어떻게 처신해야 되겠니?"
　"형은 미혜 누나를 어떻게 생각하는데요?"
　"글쎄, 뭐라고 해야 되나? 미혜 씨에게 애틋한 감정을 갖고 있는 것은 사실이지."
　"제가 생각하기엔 형이 뒤로 빠지는 것이 좋지 않을까요? 성진이 형은 나이도 있고 진지하게 미혜 누나와 장래까지 생각하고 있는 것 같아요."
　"나는 장난으로 그러는 줄 아니?"
　"그런 뜻이 아니고 형은 젊으니까 급하지 않잖아요. 그리고 성진이 형 말투에서 은연중에 형이 젊으니까 양보 해 주었으면 하는 눈치더라고요."
　"물론 미혜 씨가 성진이 형을 마음에 두고 성진이 형도 미혜 씨를 진정으로 사랑한다면 중간에 내가 끼어서는 안 되겠지."
　"내가 보기에는 미혜 누나도 태도를 확실히 하지 않는 게 문제예요. 형은 그렇다 치고 우리가 보기에도 정훈이하고도 보통의 감정이 아닌데······."
　"고맙다. 이런 이야기를 해 줘서."

나는 병실로 올라와 조용히 눈을 감고 마음의 정리를 하고 있었다.
'내가 잘못 생각하고 있었구나. 나보다 더 미혜를 아껴줄 수 있고 오래도록 그녀를 지켜 줄 수 있는 사람이 필요한 건데, 내 감정만 앞서서 오히려 그녀에게 혼란을 주었을 수도 있겠구나.'

"뭐 허니?"
옆자리의 황 씨가 특유의 코맹맹이 소리로 웃으면서 나의 옆구리를 쿡 찔렀다.
"예, 좀 피곤해서요."
"피곤 허것지. 요즘 연애하느라 좀 피곤하것어?"
"연애는 무슨……."
"야, 소문 다났어! 너 법당에 단발머리 키 큰 아가씨하고 외출도 했다면서."
"누가 그래요?"
"누가 그러긴 누가 그려. 여기서는 다 알게 돼 있어."
"법당 댕기는 키 크고 얼굴 매끈한 아가씨 말이여?"
가만히 맞은편에서 듣고 있던 태식이 눈을 치뜨면서 말했다. 태식은 마흔 아홉의 나이에 완전 만성 환자였다. 요즘에는 몸도 제대로 가누지 못할 정도로 거의 누워 지내는 사람이었다. 한동안 꼼짝도 않고 지내다가도 가끔씩 기운이 나면 자기 과거 이야기를 하면서 사람들을 웃기곤 했다. 자기가 한창 잘 나갈 때는 술집에서 기도를 맡기도 했고 춤바람 난 아줌마들에게 인기가 최고였고, 지금도 집에 가면 색깔 별로 바지가 몇 벌이고 춤 복이 몇 벌이며 하얀 백구두며 신발이 한 차는 된다고 콜록콜록 가래를 내 받으면서 우쭐대곤 했었다.
"거기가 그 아가씨를 어떻게 알어?"

황 씨가 태식에게 되물었다.

"왜 몰러, 제 작년에도 여기 입원 했었는디. 한동안 안보이더니 몇 달 전에 또 왔더구먼. 그 아가씨하고 연애 헌다고?"

"아닙니다, 아저씨."

"아니 먼 다행이고. 그 아가씨 사귈 생각 말어. 해마다 남자 바꿔 가지고 퇴원해서 다시 올 때는 혼자 와. 그래서 우스갯말로 우리가 뭐라고 불렀는지 알어?"

"뭐라고 혔간디?"

황 씨가 재미있다는 듯 웃으면서 태식에게 묻는다.

"남자 잡아먹는 구미호라고 그렸어."

황 씨와 나는 웃음을 터트렸다. 태식 아저씨가 말하는 여자가 미혜인지 확실하지 않았지만 명료하게 미혜에 대한 감정이 정리가 될 것도 같았다.

"내가 뭐랴, 씰데 없이 시간 낭비 허지 말고 병이나 열심히 치료 허라고 했잖여."

황 씨가 자기의 말이 옳았음을 증명이라도 한 것처럼 나에게 타이르듯이 말했다.

"그냥 마음의 친구로 생각하려고 했어요."

"남녀 간에 친구는 무슨 친구여, 남녀 간에 친구가 될 수 있다고 생각혀? 이 병에 걸리면남자나 여자나 거시기를 더 밝힌댜! 몸이 쇠약해진께 말초 신경이 보통 사람보다 더 예민혀지고 마음도 공허하고 외롭거든."

"저는 병원에 와서 한 번도 그런 생각이 안 들던데요?"

"그럼은 네가 고자지 남자여?"

"정말입니다."

"옛말에 이런 말이 있어, 우리 남자들만 있응께 말이다, 아침에 거시기도 서지 않는 사람한테는 돈도 빌려 주지 말라고 혔어."

"맞어, 아침에 그것도 안서면 죽을 날이 가까우니께 꿔준 돈 못 받는다고 그런 겨."

듣고 있던 태식이 한마디 거들었다.

"그때가 좋았지, 인생 일장춘몽이라더니 벌써 갈 때가 다 되었으니!"

태식이 한숨을 쉬면서 천정을 바라보며 과거를 회상하는 듯 허무감을 표시했다.

"왜 벌써 가, 아직 멀었는디."

"자네나 나나 좋은 시절은 다 갔어, 이 사람아."

"아무리 잘 난 사람도 어차피 죽어야 허고 못 난 사람은 못 난 데로 살다가 죽기 마련 아녀? 그러니께 버둥거리고 살아 봐야 저만 힘든 겨. 욕심 부리지 말고 팔자대로 살면 그게 행복이지, 제 명만 다 살아도 행복한 것이여."

"제 명을 다 못 사니까 문제지, 명대로 다 살면 소원이 없것다."

"오래 못 살아도 그게 다 지 명인 겨. 지 명이 그것 밖에 안 되니까 일찍 죽는 거지."

"그럼 거기는 뭐허러 병원에 왔어? 명이 짧으면 그냥 죽지?"

"병원 와서 아무리 바둥거리고 살라고 혀도 안 되는 놈은 안 되는 겨. 살 놈은 어떻게든 살게 돼 있어. 10층에서 떨어져 봐라, 살 놈은 다리 하나 안 부러지고 살어. 명 짧은 놈은 저녁 잘 먹고 잠 잘 자다가도 죽는 겨."

"허 참, 듣고 보니 일리가 있는 말일세. 나 좀 봐주소, 얼마나 더 살것어?"

"오늘 밤을 조심허게."

세 사람은 배꼽이 빠지듯이 웃어댔다. 두 사람이 하는 이야기를 들으며

나도 어렴풋이 공감이 가는 것 같았다. 경험에서 나오는 삶의 지혜는 복잡하게 느껴지는 인생을 때로는 간명하게 정리할 수 있게 해주었다.

  나는 상진과의 대화 이후 거의 열흘 동안 법당에 나가지 않았다. 일요일 법회에도 참석하지 않았다. 4층의 병실에서 북쪽 창을 내다보면 법당의 마당이 보였고 법당에 드나드는 사람들이 훤히 내려다 보였다. 미혜 역시 혼자 법당을 오가는 모습이 간혹 나의 눈에 들어 왔고 땅만 바라보며 걷는 미혜의 모습이 애처로워 보였다. 정훈은 수술을 끝내고 옆구리에서 호스를 끼웠던 곳이 아물자 바로 퇴원한 상태였고 미혜와 깊은 마음을 나눈다던 성준도 거의 모습을 볼 수가 없었다. 갑자기 외톨이가 된 듯한 미혜는 마치 내가 나타나 주기를 바라는 것처럼 예전보다 더 고독하고 처량한 모습을 하고 있었다. 주변 상황에 따라 몸의 색깔을 바꾸는 카멜레온처럼 적어도 나의 눈에는 미혜도 그렇게 바뀌어 있었다.

  유난히도 초겨울의 바람이 쓸쓸함과 외로움을 싣고 마냥 불던 날, 나의 발걸음은 어느새 법당으로 향하고 있었다. 법당 안은 고요했다. 모처럼 찾은 법당이지만 부처님의 얼굴에는 여전히 미소를 머금고 있었다. 한참 동안 명상을 마친 후에 사랑방으로 건너갔다. 미혜와 함께 이곳에서 보냈던 날들이 이제는 나에게 쓸쓸한 기억으로 되살아나고 있었다. 활기차고 포근했던 법당의 사랑방이 이제는 방바닥까지 차가운 것이 썰렁함을 더했다. 잠시 움직이지 않고 서있던 나는 앉을 생각도 못하고 몸을 돌려 밖으로 나올 때였다.

  "어머! 지석 씨. 오랜만에 나오셨어요?"

  미혜는 가볍게 목례를 하며 법당 문을 열고 들어왔다. 천연덕스럽게 말을 건네고는 있었지만 미혜의 얼굴은 긴장하는 모습이 역력했다.

  "예, 오랜만이네요. 몸이 안 좋아서 바깥출입을 한동안 안했습니다."

미혜의 말을 받아 쳤지만 미혜를 바라보는 나의 눈은 이미 미혜의 속을 넘겨보고 있었다.

"차 한 잔하고 가세요."

"그럴까요?"

냉정하게 돌아서 나온다는 것이 미혜에게 너무 냉혹한 것 같아 마지못해 대답했다. 미혜는 차 주전자에 물을 끓이는 내내 어떻게 말을 할 지 모르는 양 불안한 태도를 보이다가 마침내 나에게 말을 건넸다.

"정훈이는 그냥 동생이었어요. 같은 국문학도여서 공감대도 많았고 저를 누나 누나하며 잘 따라서 남 같지 않게 잘 해주었어요."

미혜는 묻지도 않은 말을 불쑥 꺼냈다. 나의 입안에서는 그럼 성진은 어떤 존재냐는 물음이 맴돌았지만 그저 듣고만 있었다. 미혜 역시 나에게 미안한 마음이 있긴 있었는지 자신의 근황에 대해 변명하고 있었다.

"행사 준비는 잘 되가나요?"

"네. 지석 씨가 시 낭송하기로 하셨다면서요?"

"예, 그러긴 했는데……."

병실에 올라오면서 미혜에 대한 요즈음의 감정이 조금은 너그러워지고 있었다. 사실 미혜가 나에게 직접적인 말이나 글로 감정을 표현하지는 않았다. 나 자신만이 자기감정에 빠져 착각하고 있었는지도 몰랐다. 침대에 누워 눈을 붙이고 다시 생각에 잠겼다. 나를 향한 미혜의 무언의 감정 표현은 오히려 나에게 더 큰 믿음을 주었기에 말 못하는 괴로움을 겪어야 했다. 나는 혼자서 애정을 느끼고 이별마저 혼자 해야 하는 기분치고는 억울한 마음이 들었다. 미혜와 함께 했던 시간들과 나눈 대화를 회상해 보았다. 분명 일방적인 혼자만의 감정은 아니었다는 확신이 들자 마음속에서 조그만 분노가 오르는 것을 느꼈다. 마음속으로 이별 없는 결별을 하고 있었다. 내가 미혜에게 느낀 감정은 남녀 간의 사랑이

라기보다 연민과 동정이 섞여 범벅이 된 그런 감정이었다.
　남녀 관계란 아무리 깊은 관계라 해도 둘 사이에는 깊은 골짜기가 존재하기 마련이다. 애정이 그 골을 메워주지만 그 애정의 고리가 끊기면 건널 수 없는 골짜기가 다시 드러나고 만다.

2박 3일의 외박

거의 보름 만에 참석한 일요일 법회는 다소 어색했지만 나는 초연하게 마음을 추스르고 있었다. 대부분의 주위 사람들은 자신들의 힘든 하루하루의 삶에 버거워서 나와 미혜에 관심을 가질 여유가 없어 보였다. 법당을 나와 앞마당에서 혼자 쓸쓸한 기분으로 햇볕을 쬐고 있었다. 그때 뒤에서 말을 붙이는 사람이 있었다.

"햇볕이 이렇게 좋은 줄 몰랐어요."

그녀는 168센티 정도의 큰 키에 균형 잡힌 몸매와 하얀 피부를 가진 아주 이지적인 미인이었다. 사려 깊어 보이는 눈은 매우 인상적이었고 강한 이미지를 풍겼다. 말할 때는 가지런히 고르게 잘 나있는 윗니는 옥니였는데 입 모양을 예쁘게 해 주었다. 그녀는 법회에 참석했지만 거의 말이 없었고 언제나 몇 만원씩 성금을 해서 주위의 눈길을 끌었었다. 보통 환자들은 법회 때에 천원에서 많아야 몇 천 원정도 성금을 했고 아예 못하는 사람이 더 많았다.

"아 예, 저도 햇볕의 소중함을 여기 와서 느꼈습니다."
"제 고향 보문산의 일요일 오전 햇볕처럼 느낌이 좋아요."
"대전 보문산 말인가요?"
"예. 아세요?"
"그럼요. 저는 D고등학교 나와서 대사동에서 하숙 했었습니다."
"어머, 그러세요?"
"하숙집은 우리 학교 테니스 선수인 선배의 집이었는데 덕분에 라켓도

하나 얻고 주인아저씨와 일요일 아침엔 보문산에 올라가 테니스를 쳤었습니다."

"저도 D여고 나왔는데요. 대사동 저희 집에서도 D고 학생들이 하숙하고 있었어요."

윤정은 내가 대전의 D고교 출신이라는 말을 법당에서 사담을 나누면서 했던 말을 우연히 들었었고 나에게 관심을 갖게 된 것도 자신 역시 대전 출신이었기 때문이었다.

"그래요? 집이 어디 쯤 이었어요?"

"아파트에서 개천 따라 올라가다가 보면 첫 슈퍼와 세탁소 골목 오른쪽 첫 번째 집이었어요."

"기억날 것 같네요. 분홍색 대문 아니었나요? 들어가면서 조그만 2층이 있고요."

"맞아요. 어떻게 잘 아시네요?"

나는 중학생이었던 윤정을 똑똑히 기억하고 있었다. 그때 나는 처음 도시에 유학을 나왔었고 등교 길에 그 집에서 나오는 예쁜 여중생을 보고 가슴이 설레던 사춘기의 자신을 떠올렸다. 그녀는 너무 예뻤고 뒤에 따라가면서 가슴의 심장소리만 울리는 것 같았다. 세월은 무섭게 흘러 그녀는 이렇게 여자가 되어 있었다. 그리고 그녀를 이런 곳에서 다시 만나 이야기를 나누다니 믿기지 않는 일이었다. 사실 가끔씩 왜 내가 이곳에 있어야하는지도 믿을 수 없는 일이었지만.

"나는 그 골목으로 쭉 들어가면 대문 앞에 밭이 있는 2층 양옥집에 하숙 했었어요."

"저도 알아요, 그 집!"

"윤정 씨네 집을 갔었던 기억이 아직도 선명하게 나네. 처음 양옥집에 방을 구했는데 책상이 없었어요. 하숙집 아주머니가 윤정 씨네 집에 서울 S대 간 사람이 쓴 거라며 가져와서 쓰라고 해서 갔었지요. 왠지 그런 책상을 쓰면 나도 S대에 갈 수 있을 것 같은 기분이었거든요. 주변의 하숙집에는 S대 합격한 사람이 쓰던 책상이 흔해서 쉽게 구할 수 있었잖아요. 정말 반갑기는 한데 이런 곳에서 만나니 좀 아쉬운데요."

"저는 D고 오빠들이 존경스러웠어요. 모자의 흰색 삼선만 봐도 사람이 달라 보였거든요."

당시 D고교는 전국에 몇 안 되는 명문 고등학교였다. 사실 나도 교복에 모자를 쓰고 걸어갈 때면 사람들이 자신을 우러러보는 듯한 눈길을 의식하며 은근히 기분이 좋았다.

"지금 몇 이세요?"

"스물여덟요."

"그럼 1년 정도는 같은 고등학생이었겠네요. 제가 고1 때 그 쪽은 고3? 지나며 만났었을 지도 모르겠네?"

"내가 거기에 하숙 할 때는 고1이었으니까 윤정 씨는 아마 중학생이었겠지요."

거의 말수가 없던 그녀는 곧잘 이야기를 잘했다. 두 사람은 반가운 마음에 다소 흥분 된 상태였고 공감대가 형성되자 서로에게 쉽게 마음을 열었다.

"저는 윤정이라고 해요. 그 쪽은 정지석 씨 맞죠?"

"어떻게 내 이름을 ……."

"여자병동에서 지석 씨 이름이 많이 오가요. 모르셨죠?"

"그래요?"

왠지 나 자신의 최근 행적에 창피한 생각이 들었다. 마치 옆의 윤정도 자신과 미혜의 관계에 대해 이미 다 알고 있는가 싶기도 했다.

"저기, 운전하실 줄 아세요?"

윤정이 나에게 물었다.

"예."

"그럼 부탁하나 해도 될까요?"

"뭔데요? 운전 배우고 싶으세요?"

"그게 아니고 내일 모레에 어디를 꼭 가야 해요. 그런데 제가 먹는 피라지나마이드란 약 때문이라는데 무릎이 아파 오래 운전을 못할 것 같아서요."

결핵 약 중에 피라지나마이드라는 약은 간혹 환자에게 관절에 통증을 심하게 유발시키는 부작용이 있었다.

"차가 병원에 있어요?"

"네. 입원할 때 정문 앞에 세워놨어요."

"어디까지 가야 하는데요?"

"대전에 들렀다가 부산을 다녀와야 해요. 꼭 볼일이 있어서요."

"그럼 하루에 다녀오기 힘들겠는데요?"

"외박 증 끊을 수 있으면 좋고요. 경비나 모든 것은 걱정 마시고요. 지석 씨도 바람 쐰다 생각하시고. 아마 지석 씨도 머리 좀 식혀야 할 것 같은데?"

마치 그녀는 나의 착잡한 마음을 꽤 뚫고 있는 듯 했고 내가 결코 자신의 제안을 거절하지 않으리라 확신하는 자신감과 친밀감을 동시에 나타냈다.

"그럽시다."

나도 갑자기 이 병원이 싫어졌을 때였다. 미혜와 만남이 이상하게 꼬이자 천국처럼 느껴졌던 병원 생활에 염증이 나기 시작 했었다. 마침 그런 나에게 이곳을 탈출시켜 줄 귀인이 나타났고 결국 그녀의 제안을 거부하지 못하고 병원을 빠져 나갔다. 그녀의 차는 보기 드문 고급 외제 승용차었다. 커버를 씌어 놓아서 평소에 눈에 뜨이지 않았었다. 도대체 이 여자는 뭐 하는 사람이길래 이런 고급 외제차를 갖고 있을까? 미스터리 같은 윤정이라는 여자에 대해 갖은 추측을 하며 병원 정문을 향해 걷고 있었다. 혹시라도 다른 사람들 눈에 띠일까 봐 먼저 정문 밖을 걸어 금강이 보이는 도로까지 나갔다. 잠시 후 윤정의 차가 오른쪽 방향 지시등을 켜며 도로 한 쪽으로 미끄러져 왔다. 그녀는 클락숀을 가볍게 두 번 울렸다. 그리고는 차에서 내려 조수석으로 옮겨 앉았다. 나는 운전석에 앉았다.

"자동 기어네요? 자동은 안 해 봤는데!"

"브레이크와 가속페달 두 개이고요, 여기 D가 주행이고 R이 후진이에요. 더 쉬워요."

"대전으로 간다고 했죠?"

"대전은 안가도 될 것 같아요. 바로 부산으로 가야겠어요."

"어쨌든 부산으로 가려면 경부고속도로 타야 하니까 서대전으로 가야겠네요."

"어머, 길을 잘 아시네요."

두 사람을 태운 차는 부산을 향해 달렸다. 달리는 처음 한동안은 서로 말없이 앞만 바라보며 각자 생각에 잠겼다. 내가 먼저 말을 꺼냈다.

"지금도 부모님은 대전에 살아요?"

윤정은 운전하는 나를 한 번 바라보고 다시 앞으로 시선을 고정하며 말했다.

"아버지는 고2 때 돌아가셨어요."

나는 더 이상 아무 말도 하지 않았다.

"또 궁금한 것 있으실 텐데요?"

"글쎄요?"

"제가 뭐 하는 사람인데 이런 고급 차를 가졌느냐, 부산에는 뭐 하러

가느냐 등등…….”

나는 마음을 들킨 것처럼 미소만 짓고 있었다.

"지석 씨, 미혜 씨하고는 잘 안 돼가죠? 저도 병동에서 우연히 남들이 얘기하는 것 들어서 알고 있어요. 잊으세요. 시간이 지나면 잊힐 거예요."

나는 아무 말도 하지 않은 채 듣고만 있었다. 윤정은 젊은 여자치고 말하는 것이 무척 어른스러웠고 어딘지 모르게 삶이 무거워 보였다. 자신은 형편이 어려워 대학을 못 갔고 최근에는 어머니마저 암으로 돌아가셨으며 외동딸이라 가족도 없다는 등 자신의 이야기를 했다. 나를 마치 알고 지냈던 사람처럼 서슴없이 이야기했다. 윤정은 이야기에 지쳤는지 부산에 이를 때까지 옆자리에서 잠이 들었다.

"윤정 씨! 양산 지나갑니다."
"벌써요!"

차는 광복동으로 향하고 있었다.

"지석 씨, 저 여기서 내려주시고요. 오른쪽으로 돌면 용두산 공원이 있어요. 제가 볼 일 보려면 시간이 좀 걸릴 거예요. 부산 구경도 하시고 드라이브 하시다가 3시간 후에 용두산 공원 입구에서 만나요. 돈 필요하시면 여기 있으니까 부담 갖지 마시고 쓰세요."

나는 자갈치 시장이며 광운리 해수욕장과 해운대 등을 돌며 시간을 보냈다. 윤정은 거의 4시간이 넘어서야 돌아왔다. 이미 밤 8시가 가까워지고 있었다.

"미안해요. 약속한 사람이 늦게 와서 일이 좀 길어 졌어요. 식사는 아직 못하셨죠?"

"윤정 씨하고 같이 먹으려고 기다렸지요."
"고마워요. 제가 맛있는 거 사드릴게요. 생선회 드실 줄 아시죠?"
"없어 못 먹죠."
두 사람은 자갈치시장 입구의 횟집으로 들어갔다.
"여기요! 소주 한 병 주세요."
그녀는 소주를 시켰다.
"술은 혈액순환을 빠르게 해서 병을 악화 시킵니다. 술은 마시지 말아요."
"조금만 마실게요."
윤정은 어느 정도 술기운이 돌았고 나도 마지못해 한 잔을 받아놓고 조금씩 흉내만 내고 있었다. 그녀는 평소 병원에서 말없던 모습과는 달리 목소리도 밝고 예쁘게 잘 했다.
"제가 오빠라고 불러도 돼요? 저는 오빠가 없어 정말 불러 보고 싶었어요."
"나는 동생이 없는데 잘 됐네."
"오빠! 그럼 이제 나 진짜 오빠 생긴 거야?"
윤정은 눈에 눈물이 고이면서 자신의 이야기를 하기 시작했다.
"고등학교 2학년 때 아빠 병원비 때문에 하숙집이 남에게 넘어가고 엄마는 식당을 다니시며 저와 힘들게 사셨어요. 그나마 자식이라고는 저 하나 밖에 없어서 엄마나 저는 많이 외로웠어요. 감히 저는 대학 진학은 꿈도 못 꾸었어요. 저는 항상 반에서 2-3등은 했었고 대학에 가기만 하면 길이 있을 거라며 담임선생님이 어떻게든 대학에 보내려고 엄마와 저를 설득했지만 저는 포기했어요. 그때 제 생각은 빨리 돈을 벌어야겠다고 생각했지요. 식당에 나가시던 엄마가 너무 불쌍했어요. 집에 돌아오시면 힘들어서 끙끙 앓으시며 주무시는 엄마를 보면서 저는 눈물도 많이

흘렸어요. 오빠는 대학 다녔지?"

"응."

"대학 생활이 어땠어? 나는 평생 대학생이 부러울 거야."

"아직도 늦지 않잖아?"

"몸도 병들어가지고 대학은 무슨……."

"나아서 공부하면 되지 않겠어? 경제적으로도 여유가 있어 보이는데?"

"처음엔 졸업하고 H자동차 판매 대리점에 다녔는데 엄마까지 대장암 진단을 받으니까 병원비가 정말 많이 들더라고요. 대장 절단 수술을 두 번 받을 때까지는 버틸 수 있었는데 또 수술을 받게 되면 정말 방법이 없었어요. 그래서 대리점은 그만 두었어요."

윤정은 더 이상 말을 잇지 않았다.

"오빠! 나 홍도 가고 싶어요. 학교 다닐 때 우표에 나온 홍도가 그렇게 멋있었던 기억에 언젠가 한 번 가고 싶었거든요. 내일 같이 가줄 수 있어요?"

"그러지 뭐."

그날 밤, 취해 잠들어 있는 윤정을 바라보며 많은 생각을 했다. 정말 예쁜데 안고 싶다는 마음은 들지 않았다. 그냥 바라보는 것만으로도 충분했다.

아침에 눈을 뜬 윤정이는 간밤에 별 일 없었다는 것이 믿기지 않는 듯했다.

"제가 많이 취했었나요? 술은 많이 안 마신 것 같은데. 오랜만에 마셔서 취했나 봐?"

"낮에 무슨 일이 있었는지 잠꼬대까지 하면서 자던데?"

두 사람은 간단이 식사를 마치고 남해 고속도로로 진입했다. 홍도에 가려면 목포까지 가야 했다. 윤정은 CD플레이어를 켰다. 잔잔한 멜로디의 Midnight blue가 좁은 자동차 안에 울리면서 차분한 분위기는 다소 슬퍼졌다.
"오빠! 어젯밤에 왜 그냥 잤어?"
윤정은 다소 자존심이 상한 말투로 나에게 말했다.
"침대에 눕자마자 그냥 잤잖아."
"그랬어? 그럼 깨우지 그랬어?"
그녀의 자연스런 반말은 오래 알고 지낸 사람처럼 친근했다. 그녀는 더 이상 나에게 거리감을 두지 않았다.
"어떻게 깨워? 피곤해 자는 사람을."
"정말 그 뿐이야? 내가 병에 걸렸다고 피하는 건 아니고?"
"나도 똑 같은 입장인데 그럴 수 있다고 생각해?"
"하긴! 그럼 내가 그렇게 매력이 없어? 안 그랬음 강제로라도 어떻게 했어야 하는 것 아냐?"
나는 웃음을 터트렸다. 그렇게 힘들게 살아온 윤정에게도 여자의 본능이 살아있었다는 것이 오히려 나는 다행이라 생각했다.

목포의 여객 터미널에 도착하니 거의 오후 한 시가 되어가고 있었다. 하루 두 번 다니는 홍도 쾌속정은 오전 8시경과 오후 1시였다. 급히 표를 구해 선착장으로 달려가 겨우 배를 탔다. 빠른 속도로 달리는 쾌속정의 갑판에서 바라보는 바다는 정말 마음속까지 후련하게 해주었다.
홍도의 항구는 콘크리트로 쌓은 제방과 언덕 위에 지어진 집들이 서울의 달동네 같은 촌가를 이루고 있었다. 배를 타고 독립문바위, 병풍바위, 기둥바위, 석화굴 등을 돌며 오후 내내 홍도를 구경했다. 바위의 이끼에서 푸르게 자생하고 있는 난으로 보이는 식물들이 강한 생명력을 보여주

고 있었다. 해가 질 무렵 노을은 홍도 앞 바다를 벌겋게 물들여 정말 장관을 연출했다. 홍도라는 이름도 해질 무렵 섬이 붉게 달아오른다고 해서 붙여진 이름이라 했다. 피곤에 지친 두 사람은 쉽게 눈에 띄는 민박집에서 여정을 풀어야 했다. 민박집 주인이 잡어탕을 해서 저녁상을 보았고 홍도는 식수도 나오지 않아 육지에서 가져와야 한다고 했다.

"오빠! 밤바다 보러 나가요."

홍도의 밤바다는 정말 야릇한 기분을 주었다. 그들도 사람들로부터 떨어져 살아야 하는 것이, 육지에서 멀리 떨어진 외로운 섬과 똑 같은 처지였다. 두 사람은 사람들로부터 멀리 떨어져 있다는 생각 때문인지 외로움과 고독감을 느꼈다. 윤정은 나의 어깨에 머리를 기댔다. 누군가에게 의지하고 싶어 하는 윤정을 나는 안타까운 마음으로 받아 주었다. 슈퍼에 들러 음료수와 과자를 샀고 윤정은 슬며시 캔 맥주도 비닐봉지에 넣었다. 텔레비전도 없는 밤을 보내기 위한 최소한의 준비였다.

"병을 앓은 지가 얼마나 됐어?"

내가 물었다. 사실 윤정은 전혀 환자처럼 보이지 않았다.

"1년 전에 보건소에서 약 타다 먹고 나았는데 두 달 전에 또 발병 했어요. 그때는 감기약 먹듯이 어떤 날은 잊어버리고 안 먹기도 했던 것 같아. 주위에서 보건소가면 낫는다고 해서 보건소에서만 치료 받았어요. 6개월 정도 돼서 다 나았다고 약을 끊으라고 해서 끊었거든. 겨우 세 달 있다가 다시 기침이 나고 가래가 생겨서 보건소에 갔더니 공주병원으로 가래."

"치료 잘 해야 해. 이번에도 실패하면 듣는 약이 없어 진짜 힘들어져."

그녀는 자동차 판매 대리점을 그만두고 돈을 벌기 위해 동창 친구가 있던 부산의 고급 요정에 들어가게 되었고, 거기서 만난 중견 기업체 사장을 만나 살림을 차렸다는 것이다. 40대의 유부남인 남자는 부산에 큰 아파트도 자기 이름으로 사주었으며 처음 병이 났을 때는 아주 극진하게 돌봐 주었다고 한다. 그러나 두 번째 다시 병이 나자 돌연 연락을 끊었다는 것이다. 부산에 내려온 이유는 아파트를 팔기 위한 계약을 하러 왔다고 했다. 그녀는 그 돈으로 다시 조그맣게 가게를 할 예정이라고 했다. 아마도 그녀가 말하는 가게라는 것은 양주를 파는 술집을 의미했던 것 같았다.

병을 치료하고 나서 시작해도 늦지 않다고 그녀를 설득하고 말렸지만 다시 병원으로 돌아가지 않겠다는 뜻을 꺾지 못했다. 그녀의 아는 사람이 이민을 가게 돼서 사정상 가게를 내놓았는데 조건도 좋고 영업도 잘 되는 곳이라 놓칠 수 없다고 했다. 배운 게 도둑질이라고 윤정은 자신의 환경에서 탈피하려는 의지가 없어 보였다.

나는 아침에 일어나 홍도를 한 바퀴 돌았다. 운동 삼아 바위투성이 길을 돌아다니다 객담을 받았는데 실처럼 피가 섞여 나왔다. 혈담이 나온 것이다. 순간 정신이 번쩍 나는 것 같았다. 스스로를 절제하지 못하고 무리하게 생활하면 영락없이 그 대가가 따랐다. 자칫 돌이킬 수 없는 상황으로 치닫는 것은 한 순간이다. 그래서 일이년도 버티지 못하고 죽어가는 환자들도 간혹 있었다.

두 사람은 각자 자신들의 생각에 몰두하며 고속도로를 달리고 있었다. 지석도 잡념에 몰두하다 서대전을 지나쳤다. 천안까지 갔다가 다시 국도를 타고 공주로 내려왔다. 천안에서 공주로 가는 도중에 차령 고개를 넘어야 했는데 정상에 휴게소가 있었다. 두 사람은 김이 올라오는 우동으로 간단히 간식을 먹었다. 윤정은 매점에서 봉투와 펜을 샀고 화장실에 다녀온다며 제법 높은 계단 위로 올라갔다. 지석은 멀리 보이는 산 아래를 바라보며 잠시 뒤에 다시 돌아가야 할 병원 쪽을 바라보고 있었다. 2박3일의 나들이는 그에게 병원 생활의 염증을 어느 정도 희석시켜 주었고 투병

에 다시 열중해야 한다는 경각심을 갖게 하는 좋은 계기가 되었다.

　가파른 길을 내려가 금강을 따라 난 도로를 지나 두 사람은 병원 앞에 도착했다.
　"들어가 오빠. 나는 나올 때 퇴원수속 하고 나왔어."
　"다시 한 번 생각해 봐. 우리 같은 사람들에게 여기처럼 치료하기 좋은 곳이 없어. 사회에서 치료한다는 것은 자기 절제가 힘들어 쉽지 않아."
　"고마워, 오빠. 생각해 볼게. 이건 법회 때 성금으로 내주세요. 그리고 이건 내가 오빠에게 몇 자 적어봤어요. 들어가서 펴 보세요. 생각나면 편지할게."
　내가 병실에 돌아와 두 개의 봉투를 열었다. 법회 성금으로 내 달라는 봉투에는 백만 원권 수표가 들어있었고, 다른 봉투에는 자신과 같은 여자에게 따뜻하게 대해줘서 고맙다는 내용과 부끄러운 돈이지만 조금이라도 좋은 일에 쓰고 싶다며 꼭 나아서 퇴원 하라는 메모와 오백만 원 권 수표가 들어 있었다. 그때 당시에는 승용차 한 대를 살 수 있는 큰돈이었다.
　유흥업에 종사하는 여자는 돈의 노예이거나 자존감도 없는 천박한 부류라고 생각했던 나의 편견은 다소 흔들리고 있었다. 개같이 벌어 정승같이 쓰라는 옛말이 있지만, 정승같이 쓰기만 한다면 어떻게 벌었든 용서가 되고 미화 될 수 있는 것일까? 부도덕한 방법이나 사기적인 방법으로라도 돈을 번 자는 승자로 처우 받는 것이 현실이 아니던가? 돈은 권력이 되었다. 어떤 형태의 권력이든 손에 쥐게 되면 안하무인의 인간성이 나타나게 된다. 나는 이런저런 생각을 했다. 그래도 윤정은 그 권력을 아름답게 써보려고 하지 않는가!
　그 이후로 그녀를 그리워하지는 않았지만 넘겨버린 달력의 그림처럼 마음속 한 뒤편에 한동안 매달려 있었다.

"인경아, 미혜 쟤 왜 저러니?"

효선은 석 달 전에 여기 와서 미혜를 처음 알았다. 법당에 다니면서 자연스레 미혜를 가까이 하게 되었고 때로는 언니가 되어 주고 때로는 벗이 되어 주곤 했었다.

"뭐가요?"

"왜 있잖니? 이 남자 저 남자 꼬리 치는 모양이야."

"설마 그러겠어요. 남자들이 쫓아다니니까 그러겠지요. 남자들이 좋아하게 생겼잖아요? 청순해 보이는 가지런한 단발머리와 늘씬한 몸매에 윤기 나는 하얀 얼굴, 남자들이 반할 만도 해요."

"정지석 씨가 요즘엔 미혜를 멀리 하는 것 같아. 한동안 미혜하고 친하게 지냈거든. 정훈이라는 애가 수술 끝나고 나오니까 미혜가 좋아서 어쩔 줄 모르는 거야."

"정지석 씨가 누구에요?"

"왜 내가 얘기 했잖아. 가끔 미혜하고 나하고 함께 산책 다니던……"

"미혜 좋아하는 것 같다던 그 남자 말이에요? 저는 멀리서만 봐서 얼굴은 잘 몰라요. 사람들이 그 남자가 미혜 전 남편이라는 얘기도 있던데요?"

"전 남편? 아니야, 하여튼 사람들 소문은 못 말린다니까."

"정훈이는 누구에요?"

"왜 허리에다 병 차고 다니던 젊은 사람 못 봤어?"

"봤어요."

"그 애야. 아직 대학생인데 너처럼 기흉이 있는데 저번에 수술하고 퇴원 했어. 수술은 잘 되었나 봐. 정훈이가 수술하기 전에 미혜하고 사귄다는 말이 있을 정도로 아주 법당에서 친하게 지냈어. 정훈이가 법당 교무였는데 그 애 목탁도 참 잘 쳤어. 법당에 앉아서 목탁 치는 거 보면 꼭 스

님 같아. 어디서 배웠는지 몰라?"

"사실 저도 예전에 절에 다니기는 했어요."

"인경아, 얘 너도 나하고 법당에 다니자. 마음이 정말 편해지거든. 교회에서는 기도하거나 찬송가 부를 때 신에게 너무 흠취 해서 마음의 안정이 필요한 우리한테는 안 맞는 거 같아."

"알았어요. 다음부터 언니 나하고 같이 나가요."

"참, 연말에 법당에서 문학의 밤 송년 행사 할 거야. 인경이 너도 뭐 한 가지 해라 얘."

"글쎄요, 뭘 해야 할까요?"

"연극할 사람이 부족하다는 거 같던데. 일단 일요일에 나가서 알아보자."

운명의 만남

　일요일 아침, 효선과 인경은 법당에 나갔다. 법회가 끝나고 법당은 연말에 있을 '문학의 밤' 행사에 분주했다. 지난 법회에서 총무가 바뀌었는데 삼십대 중반의 영환이 총무를 맡게 되었다. 영환 역시 병을 3년 째 앓고 있는 만성 환자 중의 한 사람이었고 185cm 정도의 구부정한 큰 키에 경상북도의 말씨가 다정스럽게 느껴졌다. 지적이고 잘 생긴 외모와 커다란 키가 아까울 정도로 병원에 어울리지 않는 사람 중의 한 사람이었다. 영환은 부산의 D대학교 법대 출신이었고 3년 전에 사법고시에 합격했으며 공인회계사를 준비하며 기업전문 변호사의 꿈을 키워가던 중 병이 났는데 1차 치료에 실패하고 2차 치료를 하고 있었다. 언어논리인 법을 공부하던 사람이 수리논리인 회계학을 공부하는 것은 반대의 경우보다 훨씬 어려워서 영환도 스트레스를 많이 받았다고 언젠가 법당 마당에서 지석에게 토로 했던 적이 있었다. 영환은 사법고시를 공부할 때 깊은 산의 절에서 몇 달을 기거 했었고 그것이 불교와 인연이 되어 병원에서도 법당을 찾고 있었다.

　"연극에 사람이 부족한데 좀 해주실 분 없을까예?"
　영환이 효선에게 미소를 지으며 도움을 청했다.
　"인경아! 네가 한 번 해볼래?"
　효선은 옆에 있는 인경을 바라보며 말했다.
　"잘하지는 못하는데, 괜찮나요?"
　"여기 있는 사람 다 아마추업니다. 극본대로 하시면 됩니다."

영환이 경상도 사투리로 반갑게 받아 주었다.
"해 볼게요."
그래서 인경도 행사 준비에 동참하게 되었다. 행사가 불과 삼 주정도 밖에 남지 않았다. 틈틈이 각 조별로 법당에 모여 떠들썩하게 연습을 하는 풍경으로 보아 그들은 아픈 환자들이 아니었다. 모두가 정말 생기가 넘쳤고, 병마로 인한 고통을 잊을 수 있는 시간들이었다.
법당의 마이크를 통해 지석의 시가 잔잔한 음악과 함께 낭송되고 있었다.

난초처럼

얼핏
고상합니다

고뇌 감추려
도도한 날개 뻗었지만

무성한 잡초에 묻혀
그늘진 곳 틈사이로

겨우 숨만 이어 갑니다

그래도
풀과 다른 것은

샘물처럼 깊은
영혼을 가졌습니다

썩은 뿌리에서도
꽃을 피우는

난초처럼 살렵니다

어둠의 끝은……

한쪽 가슴 떼어
이식해 준다던
누나의 울음소리도

측은하게
눈시울만 적시던
어머니의 소리 없는 눈물도

왜
아무런 위로가 되지 않을까요?

누구도 대신 질 수 없는
이 병마의 고통은
혼자서 감내해야 하기에

너무 외롭고
두렵습니다

어둠 덮이는 밤이 되면
이 마음은 이미
저승행 열차에 몸을 싣습니다

> 주위에 별들도 많을 텐데
> 칠흑 같은 어둠과 적막뿐입니다
>
> 그래도 언젠가는
> 빛이 있는
> 종착역이 있으려니
> 오늘 하루도 살고 있습니다

　인경은 움직임을 멈춘 채 시 낭송소리에 몰입하고 있었다. 분명 지석의 시에 깊은 감명을 받은 듯 했다.
　"인경아!"
　효선은 넋을 잃고 시 낭송에 빠졌던 인경의 어깨를 만지며 불렀다.
　"언니! 저 사람 누구에요?"
　"누구? 지금 시 낭송한 사람?"
　"예."
　"저 사람이 정지석 씨야. 처음 보니?"
　"시가 너무 좋지 않아요? 마치 내 마음을 대신 말하는 것 같아요. 그리고 아파하는 결핵환자들의 마음과 마지막에는 어떤 희망도 느낄 수 있어요."
　"언니! 저 사람 잘 알면 소개 좀 시켜 주세요."
　"무슨 소개?"
　"저 시 좀 얻고 싶어서 그래요. 그리고 목소리가 너무 시와 어울리지 않아요?"
　"너, 반했구나."

지석이 문 쪽으로 걸어 나오자 효선이 지석에게 말을 건넸다.
"지석 씨! 인사해요. 이쪽은 오늘 처음 법당에 나온 인경이에요."
"아, 그러세요? 처음 뵙겠습니다. 정지석입니다."
"안녕하세요? 인경이에요."
인경은 수줍은 얼굴로 지석에게 목례를 하며 인사를 건넸다.
"지석 씨! 인경이도 문학의 밤 행사에서 연극을 하기로 했어요. 앞으로 잘 지내세요."
이번에는 인경이 지석에게 웃으며 말을 건넸다.
"잘 부탁합니다."
"반갑습니다."
"저기, 조금 전에 낭송한 시를 좀 얻을 수 있을까요?"
"부끄럽네요. 그건 시라기보다 그냥 저의 낙서 같은 건데. 다음에 좀 더 다듬어서 드리겠습니다."

지석은 수줍은 듯 급히 자리를 떴다. 사실 그 즈음에 병원에서 지석의 평판이 썩 좋지는 않았다. 미혜와 어울리면서 이를 시기하던 사람들이 뒤에서 그에 대해 입방아를 찧고 있었다. 인경도 처음에는 그의 소문에 대해 듣고 있어서 약간의 편견을 가지고 있었다. 하지만 시 낭송을 듣게 된 후로는 지석에게서 진실한 면을 발견하고 상당한 호감을 느끼게 되었다.

그 날 이후 지석은 조용한 안정시간이 되면 그녀를 떠올렸다. 미혜와의 만남에서 실망감을 느낀 지석은 허탈함과 쓸쓸함이 마음을 누르고 있던 참이었다. 지석은 빈 노트에 낙서를 하며 인경을 연모하고 있었다. 그녀는 지석이 처음 입원하던 날 엘리베이터에서 지석에게 강렬한 인상을 남겼던 여자였다. 한없이 맑고 예쁜 눈가 오뚝한 콧날, 그리고 전체적으로 웃는 얼굴에서 오는 선한 인상이 지석의 마음을 사로잡았다. 절망과 좌절감에 사로잡혀 공주병원에 입원했던 지석은 우연처럼 여자들과 만남이 이어지면서 청춘의 심장이 다시 뛰기 시작했다. 만나는 여자마다 운명으로 느껴졌고, 정말 마른 장작에 불이 붙듯 쉽게 마음이 열렸다. 그러나 지석은 인경에게 사랑을 구한다는 것이 선뜻 내키지 않았다. 자신이 마치 철새처럼 사랑을 찾아 이리 저리 옮겨 다니는 가벼운 존재처럼 느껴졌기 때문이었다.

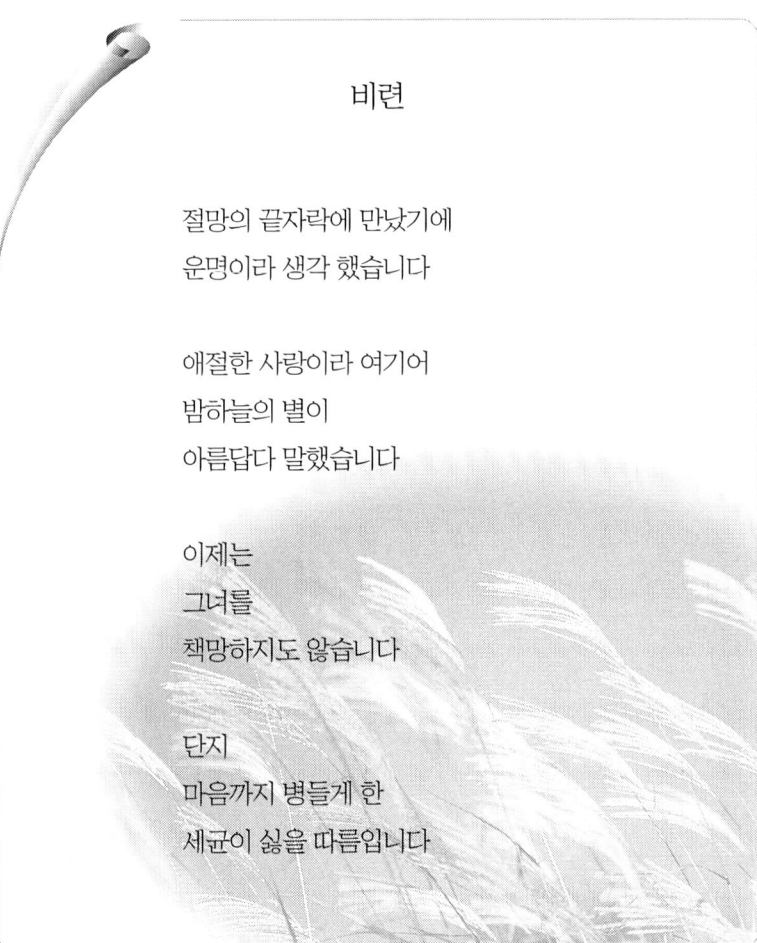

비련

절망의 끝자락에 만났기에
운명이라 생각 했습니다

애절한 사랑이라 여기어
밤하늘의 별이
아름답다 말했습니다

이제는
그녀를
책망하지도 않습니다

단지
마음까지 병들게 한
세균이 싫을 따름입니다

지석은 현재 자신의 마음을 인경에게 얘기하고 싶었는지도 몰랐다. 굳이 자신의 사적인 아픔을 처음 만난 그녀에게 전할 이유가 있었을까? 지석은 이미 마음속에 인경을 품고 있었다. 여느 날처럼 법당에 나가 행사 준비를 하고 있었다.

"안녕하세요?"

"안녕하세요?"

인경이 먼저 지석에게 인사를 했고 지석도 인경에게 인사를 나누었다. 인경이 웃으면서 지석에게 말을 이었다.

"저기, 저번에 부탁한 거……."

"이렇게 읽어 주신다니 고맙습니다. 부족해도 이해 해주세요."

지석은 낭송한 시 외에 '비련'이란 제목의 한 편을 추가하여 고무줄로 동그랗게 묶어 인경에게 건네어 주었다. 인경은 곧바로 펴 보려는 듯 고무줄을 벗겼다. 그때 지석이 웃으면서 인경을 제지하며 말했다.

"인경 씨! 나중에 연습 마치고 조용히 보시면 안 될까요?"

"그럴게요. 감사합니다."

"감사하긴요? 제 마음의 글을 읽어 주시는 것이 감사한 걸요. 저는 시를 배우지도 써 보지도 않았습니다. 워낙 글치라서 부족하지만 저의 마음의 낙서이니 큰 기대는 마시고 읽어 주세요."

인경은 법당에서 연습을 마치고 병실로 돌아와 조용해 질 때까지 기다렸다가 지석이 준 글을 읽었다. 인경은 생각에 잠겼다. 지석이 왜 '비련' 이란 시를 자기에게 주었을까? 그때 옆자리에서 지켜보던 호기심 많은 효선이 참견을 했다.

"어머! 그게 뭐야?"

"응, 언니. 아무것도 아냐."

"아무것도 아니긴. 정지석 씨가 준 거지? 어디 한 번 보자."

효선은 인경에게서 종이를 뺏다시피 건네어 받았다. 잠시 후 효선은 호들갑을 떨며 말했다.

"얘, 이거 무슨 뜻이야?"

"글쎄, 나도 잘 모르겠어요."

"가만, 가만, 이거 말이야, 비련의 대상이 미혜인 것 같아."

"예! 무슨 말이에요?"

"응, 기분 나쁘게 받아들이지는 마. 내 생각에는 정지석 씨가 너에게 무언가 암시를 하기 위해 준 것 같은데?"

"무슨 암시요?"

"인경아, 너도 소문 들었잖아. 미혜하고 정지석 씨하고 만나었다는 거."

"예. 들은 것 같아요."

"그러니까 말이지, 정지석 씨가 미혜하고는 끝났다는 것을 얘기하는 것 같아."

"그런데 그걸 왜 나한테 이야기해요?"

"너는 센스가 없는 거니, 모르는 척하는 거니? 정지석 씨가 분명히 너한테 관심이 있는 거야!"

"그렇게까지 말하면, 꿈보다 해몽이 좋은 것 아니에요?"

"어머! 두 사람이 기다렸다는 듯이 어쩜 호흡이 그렇게 척척 맞니?"

인경은 긍정도 부정도 하지 않고 얼굴만 붉혔다.

"인경아! 정지석 씨 마음에 있으면 내가 연결해 줄까?"

"아니에요. 인연이라는 게 인위적으로 되는 건가요?"

"그렇긴 해. 두 사람이 인연이라면 잘 되겠지. 내가 지켜 볼 거야."

효선은 안경 위로 올려 보는 특유의 표정을 지으며 웃어 보였다. 사실 인경이 가까이에서 지석과 대면하기는 처음이었다. 시낭송은 과거 투병

할 때의 외로움과 아픈 기억들을 떠올리게 해서 그녀의 마음에 공감을 주어 지석에 대해 호감을 갖게 해주었던 결정적 계기가 되었다. 그 사람의 병이 얼마나 깊은 지, 나을 수 있는 사람인지는 생각하지 않았다. 이런 병원에서의 만남은 자칫 감정에 빠져 잘못 된 선택을 할 수도 있었다. 어느 한 사람은 완치될 수 있는 상태이고 다른 한 사람은 영영 치료될 수 없는 난치의 상태로 만난다면 분명 현실적으로 잘못 된 만남이 될 수도 있었다. 더욱이 전염성이 강한 결핵의 특성 상, 그런 만남은 상태가 양호한 한 사람마저 불행으로 몰고 갈 위험성이 크기 때문이었다. 환자들 간의 만남은 금지된 만남이며 그들의 사랑은 곧 금지된 사랑이었다. 병원의 환자들은 대부분 이런 점을 잘 알고 있었다. 또한 병원에서도 이성 교제를 원천적으로 금지하는 것도 그런 이유였다.

인경은 여기에 오래 머무를 사람이 아니었다. 기흉만 수술하면 빨리 떠나야 할 사람이었다. 이미 결핵은 치료된 상태이므로 이 병원은 오래 머물러서 인경에게 득 될 것이 없는 곳이었다. 하지만 지석은 언제 퇴원할 수 있을 지 기약할 수 없는 사람이었다. 아직은 두 사람은 서로의 병에 대해 모르는 상태였고 단지 그들은 젊고 순수한 감정에만 충실할 뿐이었다.

인경은 수술 일정에 따라 수술을 받았다. 다행이 인경의 수술은 담당 의사가 자기가 한 수술 중에 가장 잘 되었다고 자찬할 정도로 성공적으로 끝났다.

일요일 오전, 효선은 지석에게 인경의 얘기를 안 할 수 없었다.

"정지석 씨! 인경이 수술이 잘 되었대요."

"그래요? 축하 해줘야겠네요. 저기 부탁이 있는데 들어 주시겠어요?"

"무슨 부탁인데요?"

"지금은 아니고 저녁 식사 끝나면 법당에서 좀 보시죠."

"그러세요."

지석은 정문의 경비 아저씨에게 잠간 바로 앞의 꽃집에 다녀오겠다고 부탁을 하고 나갔다. 지석은 하얀 백합 꽃다발을 주문했다. 그리고 쾌유를 기원한다는 몇 자의 메모를 꽂아 효선에게 전해달라고 부탁을 했다. 효선은 흔쾌히 승낙을 했다. 지석은 인경에게서 진한 수수꽃다리의 향기처럼 은은하고 그윽한 체취를 느꼈고 인경의 웃는 모습은 활짝 핀 하얀 백합과 너무 닮았다고 생각했다. 이튿날 아침 식사를 하기 위해 지하실에 줄 서 있는 지석에게 효선이 다가가 말했다.

"꽃다발은 전하지 못했어요. 집중치료실에는 생화를 반입할 수 없대요. 그렇지만 인경이가 지석 씨의 마음을 고맙게 받았다고 전해 주래요."

"하여튼 고맙습니다. 꽃다발은 어떻게 하셨습니까?"

"걱정 마세요. 인경이 병실 침대에 잘 꽂아 두었으니까요."

"감사합니다."

효선은 지석이 인경을 좋아하고 있다고 확신하고 있었다. 효선도 미혜의 여러 남자에게 보이는 태도를 좋지 않게 보던 터라 내심 인경과 지석이 잘 되기를 바라고 있었다. 인경은 1주일 정도 집중치료실에서의 치료를 마치고 일반병실로 옮겼다.

아침 회진 시간이었다.

"황인경 씨는 이제 퇴원하지요?"

수술 담당 의사인 장 선생이 말했다.

"아직 갈비뼈가 많이 아파요."

"수술할 때 장시간 갈비뼈를 벌리고 있었기 때문에 통증이 다소 있을 거지만 수술이 잘못된 것은 아니니 좀 더 봅시다. 보통은 갈비뼈를 한두 개 잘라 내지만 미혼 여성이기 때문에 그렇게 한 거니까 참아 보세요."

"감사합니다."

인경도 나중에 알게 된 사실이지만, 수술시간 내내 집기로 갈비뼈를 벌

리고 있어야 하는데 몇 시간 동안 같은 힘으로 잡고 있다는 것이 쉬운 일은 아니었다. 인경의 갈비뼈를 잡고 있던 신참 의사의 실수로 갈비뼈에 금이 간 상태였다. 인내심이 강한 인경이었지만 수술이 끝난 집중 치료실에서 고통을 호소했었다. 보통 외과 수술을 받으면 수술 직후 객담을 모두 배출해야 한다. 마취제 성분과 찌꺼기를 모두 밖으로 내 보내야 염증이 생기지 않는다. 강제로 기침을 해야 하는데 그때 느끼는 통증이 심하기 때문에 특히 여자 환자들은 매우 힘들어 했다. 어떤 여자 환자는 움직이지도 못해서 수술 부위가 짓무르고 기관지에 염증이 생겨 구멍이 난 경우도 있었다.

집중치료실에서 일반 병실로 내려온 인경에게 효선이 말했다.

"간호사들이 말하는데 너 독하다고 그러더라. 집중 치료실에서 다른 환자들과 너무 비교되게 잘 참았대."

"사실 얼마나 아팠는데요? 수간호사 언니가 한 말이 기억이 나요."

"뭐라고 했는데?"

"병원에서는 당신의 썩은 부위를 잘라 줄 뿐이다. 그러나 당신의 목숨은 자신에게 달렸다. 살려면 기침을 해서 잔여물을 모두 배출해라. 그 말을 듣고 나니 이를 악물고 기침을 하게 되더라고요."

"인경아! 203호에 성숙이 좀 봐. 걔는 수술하고 한쪽으로만 누워 기침도 못해서 수술자리가 다 곪고 기관지에 구멍이 생겼잖아. 치료할 때 보면 뒷목에서 기관지까지 호스를 끼웠어. 매일 거즈를 갈아주는데 보면 거즈가 기관지 안으로 길게 들어가는데 들여다보면 기관지 안이 다 보여. 얼마나 소름 끼치는 줄 아니?"

"어머. 그럼 구멍 난 기관지가 다시 메워 진데요?"

"아마 힘들 대지?"

"그럼 평생 그렇게 살아야 돼요?"

"그러니까 말이야. 순간의 고통을 이겨내지 못해 평생 고생을 하잖아."

"언니! 저는 늑골에 진통제까지 맞았어요. 갈비뼈가 얼마나 아픈지 살고 싶지가 않을 정도였어요. 진통제를 맞고 난 후에 통증은 많이 줄었는데 입맛이 뚝 떨어 졌어요."

"정말 고생 많았구나. 이젠 잘 사는 것만 남았네."

"고마워요, 언니."

효선은 갑자기 생각이 났는지 다소 호들갑스런 표정으로 눈을 치켜뜨고 수다스럽게 인경에게 말했다.

"인경아! 너 수술하고 지석 씨가 꽃다발 보냈을 때 네 침대 옆 꽃병에 꽂아 두었잖아? 그거 보고 미혜가 얼마나 질투했는지 알아? 걔 웃기더라."

효선도 진작부터 미혜보다 인경에게 더 마음을 주고 있었다. 일요일 오전, 수술 후 거동이 가능해지자 인경은 효선과 함께 법당에 갔고 법회가 끝나고 지석과 마주쳤다.

"지석 씨, 고마워요. 꽃도 보내주시고."

"수술이 잘 되었다니 정말 축하합니다. 언제 퇴원 하세요?"

"글쎄요. 곧 퇴원하게 될 것 같아요."

"좋으시겠습니다. 퇴원 하시면 집으로 가시겠네요? 댁이 어디세요?"

"강원도에요."

"강원도가 전부 인경 씨 집이에요?"

"호호호! 지석 씨 지금 유머 하시는 거예요?"

옆에서 듣던 효선이 깔깔 웃어댔다. 인경도 모처럼 웃음을 보였다.

"지석 씨는 표정하나 변하지 않고 말하니까 더 웃겨요."

"강원도 동해에요."

"동해라고요? 그럼 혹시 인어공주 아세요?"

효선과 인경은 또 한 번 웃어 주었다.

"동해시 모르세요?"

"아아, 강릉 옆에 동해시요?"

"예, 지도에서 본 것 같네요."

"가 보지는 않았지만 한 번 가보고 싶네요. 다음에 놀러 가도 될까요?"

"정지석 씨! 지금 프러포즈 하는 건가요?"

효선이 또 참견을 했다.

"아니, 그냥……."

지석은 멋쩍은 듯 인경을 보고 웃었다. 지석은 어떻게든 인경에게 마음을 표현하고 싶었는데 그렇게 해서 한시름 덜었다. 그리고 우울증까지 겪던 당시의 심경에서 그녀와 웃으면서 얘기할 수 있었던 자신에게도 놀랐다. 분명 그의 심장은 다시 뛰기 시작했다.

"지석 씨! 오늘 우리 애기 아빠가 면회 오는데 음식을 좀 가져올 거니까 인경이 하고 같이 점심 식사나 해요."

"불편하지 않으실까요?"

"괜찮아요. 같이 가요."

세 사람은 정문 앞쪽의 잔디밭에 앉았다. 잠시 후에 효선의 가족이 왔고 따뜻한 곳에 자리를 잡고 준비해 온 음식들을 맛있게 먹었다. 정말 오랜만에 느끼는 일반 사람들과의 만남이었다. 마치 여기에 있는 사람들과 다른 세계의 사람들처럼 느껴졌다. 지석은 효선의 남편이 하는 말들을 들으면서 어쩌면 병원 밖에서 살아가는 사람들이 더 힘든 일과를 보내고 있을지도 모른다는 생각을 했다. 불현듯 그는 휴양소에서의 생활처럼 먹고 쉬고 푹 자는 이곳의 일상이 그리워지는 날도 있으려니 하는 생각을 해 보았다. 효선의 남편과는 초면인지라 대화가 간간이 끊기자 더 이상 어색하게 앉아 있기가 불편했던 지석은 자리에서 일어서며 말했다.

"오늘 정말 잘 먹었습니다. 저희는 먼저 일어나겠습니다."

지석이 일부러 저희라고 말한 것은 인경과 같이 일어서겠다는 의중이었다. 자연스럽게 인경도 따라 일어났다. 지석과 인경은 산책코스를 따라 걷기 시작했다. 천천히 걷던 지석이 먼저 인경에게 말했다.

"퇴원하시면 강원도 집으로 가시겠네요?"

"예. 지석 씨는 댁이 어디세요?"

"서울인데 돌아갈 날이 있을지 모르겠습니다."

"왜 그렇게 약한 말씀을 하세요? 지석 씨는 젊고 건강하신 편인데요."

"글쎄요. 제가 지금 약해진 건지, 현실인지 도무지 어떻게 말할 수가 없네요."

"제 이야기가 도움이 되실지 모르겠는데요, 사실 저는 의사 선생님이 보름밖에 못 산다고 했었어요. 며칠 동안 깨어나지 못한 적도 있었어요. 주위에 정말 고마우신 분들 덕분에 이렇게 재생의 삶을 찾았어요. 제가 겪었던 투병 생활에 비하면 지석 씨는 정말 양호한 거예요. 제가 보기엔 지석 씨가 너무 비관적인 것 같네요."

"그렇게 보일지도 모르죠. 저는 항생제에 거의 내성이 와서 듣는 약이 없습니다. 단지 인간이 가진 면역력을 키워 스스로 이겨내는 길 밖에 없다고 합니다. 다행이 병이 크게 진행되지 않고 있다고 하니 아직 희망은 갖고 있습니다."

"병을 오래 앓으셨나요?"

"몇 개월 되지는 않아요."

"그런데 왜 내성이 왔을까요?"

"저도 그래서 답답하고 더 힘이 듭니다. 제 몸에서 처음 발병한 것이 아니고 내성균에 감염된 거죠."

인경과 지석은 잠시 아무 말 없이 걷기를 계속했다. 산책길을 벌써 한

바퀴 돌아 효선의 가족이 담소하는 모습이 보였다. 효선이 웃으며 손짓을 해 보였다.
지석이 다시 인경에게 말을 건 냈다.
"저기, 퇴원하시고 제가 편지 보내도 될까요?"
인경은 선뜻 대답을 하진 않고 그저 미소만 보였다.
"부담은 갖지 마시고 그저 글동무 하나 생겼다고 생각하시면……."
"글쎄요?"
인경의 마음속은 갑자기 혼란스러웠다. 아픈 사람들이 서로 만나 의지해서 낫는다면 그 보다 좋은 일은 없겠지만 행여 두 사람이 잘못되면 서로의 만남을 후회하고 평생 원망하는 결과가 올 수도 있음을 알고 있기 때문이었다. 인경과 지석이 각자의 상념에 빠져 땅만 바라보며 걷는 사이 어느덧 건물에 올라와 있었다.

지석이 병실에 도착하자 황 씨 아저씨가 능청스레 말을 건 냈다.
"또 애인 생겼냐?"
"무슨 애인 요?"
"하여튼 심심치는 않을것. 말동무 하나 있는 것도 좋지. 너무 깊게 사귀면 몸과 마음에 오히려 해로운 것이니 알아서 혀."
임 간호사와는 만남을 부추겼던 황 씨도 환자간의 만남은 반기지 않는 듯 했다.

나의 마음은 시인이 되고 있었다. 추워진 날씨였지만 마음을 따뜻하게 하는 사람이 생겼으니 마음이 안정 되었고 삶의 의지 같은 것이 생기는 것 같았다. 사람에게 삶의 희망이나 의지가 없어지면 무기력해지고 면역체계도 무너질 수 있다. 이튿날 아침부터 내리기 시작한 첫눈이 제법 쌓여 갔다. 한 해가 하얀 눈과 함께 지나가고 있었다. 점심 식사 후 병원의 환우들도 동심으로 돌아가 내리는 눈을 바라보느라 한창이었다. 밖의 눈을 바라보는 환우들의 눈빛은 추억에 젖은 사람처럼 왠지 좀 서글퍼 보였다. 나는 현관에 서서 황 씨 아저씨와 종이컵에서 김이 올라오는 따뜻한 자판기 차를 마시고 있었다. 황 씨 아저씨가 엘리베이터 쪽을 바라보며 나에게 말했다.

"저 어기, 네 애인 온다 이놈아. 나는 올라갈 거인께 놀다 오니라."

"왜 가세요?"

나는 황 씨의 팔을 잡으며 붙잡았다. 인경이 웃으며 다가와 인사를 했다.

"안녕하세요?"

"안녕하세요? 첫눈이 정말 많이 오네요. 인사하세요. 제 옆자리 아저씨입니다."

황 씨는 인경의 인사를 받고 서둘러 자리를 떠났다.

"이렇게 눈이 멋있게 오는데 바라만 본다는 것이 안타까워요."

인경이 밖에 내리는 눈을 바라보며 나에게 말했다.

"그럼 나가서 눈싸움 할래요?"

인경은 활짝 웃으며 말을 이었다.

"제 고향은 정선인데요, 어릴 적에 눈이 내렸다 하면 동네가 사라졌어요. 길도 없어지고 바로 앞집도 지붕만 보였던 기억이 나요."

"눈이 그렇게 많이 왔어요?"

"어른 키도 넘게 왔던 것 같아요. 옆집에까지 눈 속에 굴을 파서 다녔으니까요."

"인경 씨! 어서 내려가요."

두 사람은 산책 길 사이로 걸어 내려갔다. 잔디밭이 온통 하얗게 눈으로 덮여 있었다. 양 옆 쪽의 소나무 위에 이미 눈꽃이 아름답게 피어 있었

다. 지석은 나무 밑을 지나다 나무를 흔들었다. 인경의 머리 위로 눈이 하얗게 떨어졌다. 인경은 소리를 지르며 피했고 두 손으로 눈을 뭉쳐 지석에게 던졌다. 지석도 인경에게 눈 뭉치를 던졌다. 두 사람은 어느덧 동심으로 돌아가 눈싸움을 하고 있었고 병원의 5층 건물의 창밖으로 환우들이 내려다보고 있었다. 그나마 병원에서 이렇게 뛰면서 눈을 즐기는 사람들은 행복한 편이었다. 숨이 차서 걷기도 힘든 사람들에게는 보는 것만으로도 잠시나마 추억 속을 다녀올 수 있었다. 그 날 두 사람은 눈 놀이를 통해 많이 가까워진 느낌이었다.

연적(戀敵)

 안정 시간에 조용히 생각에 잠기어 있었다. 안정시간에는 규칙상 환자들이 돌아다니지 못하게 되어 있었다. 그런데 조용한 안정 시간에 나의 병실에 문을 살짝 열고 들여다보는 사람이 있었다. 법당의 새 총무를 맡고 있는 영환이었다. 마르고 커다란 키에 어깨가 굽은 것이 영락없는 환자의 모습이었고 부드러운 인상은 진실 되어 보였다.
 "정지석 씨! 잠깐만요!"
 영환은 나지막이 나에게 손짓해 보였다. 복도로 나온 나는 무슨 영문인가 싶어 영환을 바라보았다.
 "이번 문학의 밤 행사에 정지석 씨 시 낭송을 뺐으면 하는 데예."
 "왜요? 제 시가 너무 부족한가요?"
 "다른 사람들이 별로 좋아하는 것 같지 않아서……."
 "그래요? 알았습니다."
 침대에 돌아와 다소 흥분되고 모욕을 당한 기분을 느꼈다. 그때까지 나는 영환에게 사법고시 합격자로서의 예우와 존경심 그리고 평소 친절한 성품의 그에게 친근감을 느끼고 있었다. 그러나 그날 영환의 말투는 나를 다소 비웃고 있는 듯한 느낌을 주었다. 영환은 성진과 동년배였고 윤태와도 셋이서 잘 어울리는 사이였다. 그들 사이에는 내가 미운 오리 새끼처럼 보였을 것이다. 성진이 좋아하던 미혜와 어울리더니 이제는 나를 인경에게 접근하여 법당의 분위기를 흐리는 사람으로 간주해 버렸다. 그러나 실상은 영환이 인경을 좋아하고 있었기 때문이었다. 동병상련이라

고 성진과 영환은 윤태와 더불어 나를 공격하기 시작했다. 나는 세 사람의 의중을 모르는 채 법당에 나갔다. 총무인 영환이 행사 준비에 앞서 사람들에게 나의 시 낭송이 빠진다는 언급과 프로그램이 다소 수정되었다는 말을 했다. 듣고 있던 효선이 정색을 하고 반기를 들었다.

"정지석 씨 시 낭송을 왜 빼요? 그래도 이번 행사에서 제일 감동적인 코너 같은데?"

"저도 같은 생각인데요? 굳이 빼야 할 이유라도 있는 건가요?"

듣고 있던 인경 역시 한 마디 거들었다. 영환은 시간이 부족하다는 궁색한 변명을 늘어놓았다.

"행사는 집행부가 계획하고 진행하니 따라 줍시다."

앞전의 총무였던 상진이 영환을 두둔하며 말했다.

효선이 다시 상진의 말을 받았다.

"환자들에게 잠시나마 위안의 시간을 만들려는 것이 행사의 취지 아닌가요? 그럼 환자들의 뜻에 따라 행사가 이루어져야지 몇 사람의 뜻에 따라 행사를 독단적으로 끌고 가면 안 된다고 생각해요."

이번에는 미혜가 돌발적인 발언을 했다.

"요즈음에 법당 분위기를 어지럽히는 사람이 있어요. 신성한 법당이 무슨 연애 장소로 착각하는 사람들이 있는 것 같아요. 그런 사람들은 법당에 나오지 않아야 된다고 생각합니다."

순간 법당의 분위기는 싸늘해졌다. 나는 궁지에 몰리고 있었다. 나에게 호의적이던 상진마저 등을 돌렸다는 것을 알 수 있었고 미혜 역시 내가 인경과 친해지는 것에 질투를 하고 있음이 분명했다. 미혜의 발언은 나와 인경을 두고 하는 말이었다.

"어휴, 기가 막혀! 실제로 누가 법당 분위기를 흐리는 지는 양심이 있는 사람이라면 스스로 잘 알 텐데? 하여튼 정지석 씨 시 낭송을 빼면 우리 행사에 참석 안 할 거예요!"

미혜의 이중적인 태도에 화가 난 효선의 큰 소리에 분위기는 다시 반전이 되어 영환과 미혜 그리고 상진 쪽이 난감한 상황이 되었고 결국은 나의 시 낭송은 예정대로 하게 되었다.

그 날 이후로 영환의 인경에 대한 사랑의 고백은 본격적으로 시작 되었다. 법당에서 인경의 주위를 맴돌며 인경에게 관심의 표현을 아끼지 않았고 인경이 연극연습 할 때에는 과잉 된 친절을 베풀며 몸짓 동작까지 해보이기도 했다. 거의 10년의 나이차에도 불구하고 영환은 인경에게 자신의 마음을 편지로 속삭였으며 효선과 인경이 매점에 갈 때면 줄곧 따라가 계산을 해 주었다. 영환은 병원에서 틈틈이 시를 써서 시집을 준비하고 있었고 인경에게도 자신의 마음을 시를 써서 인경을 감동시키기도 했다.

사랑에 빠지면 나이나 체면은 허울에 불과하게 된다. 나이라고 하는 숫자는 단지 그 사람의 행동을 제약하는 그물과 같은 것이어서, 어떤 이는 그 그물 속에서 벗어나지 못해 육체뿐 만 아니라 마음도 같이 나이를 먹는다. 그러나 실제 나이가 먹어도 사람의 마음은 젊을 때와 마찬가지로 여전히 사랑이 가슴에 느껴지고 심장은 가쁘게 뛴다. 영환이 인경에게 적극적으로 사랑의 불을 당긴 것은 자신의 연적이 생겼기 때문이었다. 아마도 내가 인경과 가까워지는 모습이 보이지 않았다면 인경에 대한 영환의 태도는 상당히 차분하고 서두르지 않는 사랑이었을 것이다. 나와 인경 그리고 영환이 삼각관계가 이루지게 되자 영환의 사랑은 정열적인 사랑으로 돌변 하였다.

예상치 못한 상황이 전개되자 나는 가급적 법당에 모습을 나타내지 않았다. 그저 지켜볼 수밖에 없는 입장이 되었다. 연말은 분주하고 행사준비로 인해 활기차게 지나가고 있었고 마침내 문학의 밤 행사도 성공적으

로 치러졌다. 행사를 알리는 인사말과 더불어 영환은 예정에 없던 자신의 시 낭송을 했는데 어휘가 너무 어려워 그다지 환자들에게 큰 감동을 주지는 못했다. 그로 인해 영환은 사람들에게 시 낭송 코너를 자신이 하기 위해 나의 시 낭송을 빼려고 했다는 비난을 들어야 했다. 나에 대한 견제와 시기는 행사 당일까지 이어져서 내가 시 낭송을 할 때 배경음악을 맡고 있던 상진은 중간에 음악을 꺼 버렸다. 음악 없이 낭송된 나의 시는 오히려 듣는 이들로 하여금 더욱 감동을 주었다.

그저 누워 지내거나 상념에 빠져 틀에 박힌 하루를 보내고 있었던 환자들에게 법당의 연말행사는 신선한 활기를 불어 넣어 주었다.

예전에도 한번 임 간호사는 야근할 때 간호사실에 음식을 시켜 나를 불러 같이 먹었었다. 열 시가 되면 병실은 소등을 했고 텔레비전도 꺼야 했지만 열 시에 텔레비전을 끄는 병실은 거의 없었다. 간호사가 병실에 와서 꺼줄 것을 요구하지만 20여 개의 병실을 관리해야 하는 야간에는 어쩔 도리가 없이 묵인해 줄 수밖에 없었다.

간호사실 바로 앞의 화장실에 갔던 내가 나오자 임 간호사는 조용하게 나를 불렀다.

"잠깐 들어오세요."

간호사실 안에는 포장된 족발이 시켜져 있었고 임 간호사는 나에게 같이 먹을 것을 권유했다. 두 사람은 스스럼없이 족발을 같이 먹었다.

"지석 씨, 왜 병원에서 여자를 찾으세요? 이다음에 낫게 되면 한 사람이라도 튼튼해야 되지 않을까요?"

임 간호사는 이미 나와 미혜 그리고 최근 인경과의 만남까지도 눈치 챈 듯 했다.

"서로를 이해할 수 있고 위로 받고 싶은 거지요. 그렇다고 몸에 해가 될 정도로 깊게 사귀지는 않으니까요."

"그렇더라도 환자간의 만남은 결코 바람직하지 않아 보여요. 처음에는 지석 씨처럼 순수하게 시작하지만 결국엔 두 사람 모두 치료에 도움이 되기보다는 극한 상황으로 가는 것을 많이 보았어요. 마음이 많이 힘들면 제가 힘이 되어 드릴게요."

임 간호사가 하는 말의 뜻을 알고 있었다. 임 간호사는 모든 것을 알고 있으면서 나를 지켜보고 있었고 언제든 내가 의지할 수 있는 마음의 공간을 열어 놓고 있었다. 나에겐 항상 임 간호사가 큰 사람으로 느껴졌다. 그러나 나의 자존심은 그녀를 허락하지 않았다. 그녀는 젊고 건강한 여자이었기에, 현재의 병든 처지를 그녀에게 의탁하는 것 같아 더욱 그녀를 마음속에 품을 수가 없었다.

그녀의 품

때로는
그녀의 큰 품에 기대고 싶다

자석에 끌리는 쇳가루 마냥
그곳은
심장의 피를 쏠리게 한다

그녀의 열린 두 팔은
조그만 영혼을 기다리고 있다

하지만 그곳은
너무 희고 높아

오염되고 초췌한
이 가슴 들어가기에는

염치와 작은 양심이
가시를 돋게 하여 앞을 막는다

행여
새 하얀 그곳에
얼룩이 질라

한편 계속되는 영환의 구애에 인경은 웃지 못 할 처지가 되었다. 자신을 좋아한다는 사람을 무시할 수는 없는 일이었고 영환의 고백의 편지 역시 상당한 감동과 진실이 엿보였다.

"인경아, 너 태도를 확실히 해야 해. 미혜처럼 주위 사람들에게 희망을 갖게 해놓고 자신에게 좋은 감정을 가지고 있는 사람들을 농락해서는 안 돼."

효선은 인경에게 지석과 영환 중에 누구를 선택할 건지를 확실히 하라는 말이었다. 인경 역시 자신이 애매한 태도로 있을 수만은 없었다. 자신은 곧 퇴원할 것이기에 굳이 사람들의 관계를 무 자르듯이 마무리하고 싶지는 않았다. 하지만 효선의 말에 인경은 그렇게 할 필요성을 공감하게 되었고 영환에게 의사 표시를 해야겠다고 마음먹었다. 인경은 영환에게 편지를 써서 좋은 분인 것을 알고 있으며 자신에게 잘 해주어서 감사했다는 뜻을 전했다.

그 후로도 영환은 애절해 보일 정도로 인경에게 계속 편지를 보냈다. 인경은 더 이상 법당에 나가지 않았고 매점에도 모습을 보이지 않았다. 병원에서 연말이란 단어는 외로움과 쓸쓸함을 느끼게 했다. 병동에도 어김없이 새 해는 다가왔다. 설날은 아니지만 지석은 떡국이 생각났다. 지석은 공중전화로 병원 정문 앞에 있는 정육점에 전화를 했다.

"여기 국립병원인데요, 쇠고기 한 근과 떡국 한 봉지만 갖다 주실 수 있나요?"

잠시 후 오토바이 소리와 함께 정육점 아저씨가 왔다.

"아저씨, 이것 좀 308호 황인경 씨 앞으로 배달 부탁드리겠습니다."

"예, 그러죠."

정육점 아저씨는 흔쾌히 승낙하고 곧장 병실로 올라갔다.

"황인경 씨가 누구세요?"

"예, 전데요."

"이거 받으세요."

"이거 뭐예요?"

"저는 배달만 부탁 받았습니다."

"누가 보냈어요?"

"누군지는 모르고 저 아래 있을 겁니다."

인경은 급히 아저씨를 따라 내려갔다.

"어머! 지석 씨가 보냈어요?"

"새 해이고 한데 떡국 끓여 드시라고요."

"감사하게 먹을게요."

인경은 어떻게 이런 생각을 했을까 하는 마음이 들었다. 도시 풍의 외모에서 느꼈던 첫 인상과는 달리 시 낭송과 몇 번의 만남에서 인경은 지석이 감정이 풍부한 사람이라 생각했다. 인경에게도 이미 사랑 같은 감정이 싹트고 있었다. 인경은 퇴원하는 것이 아쉬웠으나 병원에서는 갈비뼈도 다 아물었으니 빨리 퇴원하라고 계속 종용을 했다. 인경은 병원에서의 마지막이 되는 법회에는 참석을 했다. 인경은 영환에게 평소보다 더 깍듯하게 예의를 지키며 영환의 눈을 피했다. 이미 법당 안의 분위기는 파벌이 생겼고 인경과 효선 그리고 지석이 어울리자 미혜는 일찌감치 모습을 감추었고 영환과 일행도 자리를 피해 버렸다. 몇몇이서 법당의 방에 모였고 지석 그리고 인경과 효선도 오랜만에 쌀밥을 해서 식사를 했다.

"저, 내일 퇴원해요."

인경이 지석에게 말했다.

"축하합니다. 빨리 나가셔야죠."

효선이 한마디 거들었다.

"정지석 씨 섭섭해서 어떡해요?"
"섭섭하긴요, 다 나았는데 병원에 있어 좋을 게 뭐가 있다고요."
"그래도 인경이를 못 보는 게 좀 섭섭하잖아요?"
"밖에서 만나면 더 좋지 않겠어요?"
"어머! 밖에서 만나게요?"
지석은 은연중에 인경과의 만남을 계속하겠다는 의지를 보여줬다. 인경도 나의 말이 싫지 않은 표정이었다.

별이 된 사람들

 이튿날 인경은 예정대로 퇴원을 했다. 비록 몸은 서로 떨어졌지만 마음만은 옆에 서 있듯 가까이 느껴졌다. 인경이 퇴원한 후 마음이 차분해졌고 가슴 속에는 밝고 따뜻한 기운이 스며들어 살아 있음을 느끼는 시간들이 이어졌다. 미혜와 만났을 때와는 또 다른 느낌이었다. 인경이 퇴원한 후, 나는 생일 날 미혜에게 예쁘게 포장된 CD를 선물 받았다. 내가 엘리베이터를 타지 않고 항상 계단으로 다니는 것을 알고 미혜는 2층의 비상계단에서 기다렸다. 미혜는 법당의 입회원서에서 나의 생일을 알아내었다. 미혜가 준 그 선물의 의미가 도대체 무엇이었을까? 그 당시 정훈도 퇴원을 했었고, 미혜가 대전의 정훈 집에 전화를 했는데 정훈의 어머니가 다시는 정훈을 만나지 말아 달라고 했다는 말을 효선에게 들었다. 미혜를 좋아하던 성진 역시 다소 미온적인 태도로 미혜에게 침묵으로 대하고 있었다. 얼떨결에 미혜가 준 선물을 받기는 했지만 선물 꾸러미는 나에게 차가운 물체였을 뿐이었다.
 며칠 후, 나는 발신자 주소가 없는 한 통의 편지를 받았다. 인경에게서 온 편지였다. 기다릴 것 같아 안부 차 글을 썼다는 단순한 내용이었지만 나는 마음이 벅차올랐다. 거의 일주일을 매달려 독백에 가까운 편지들을 썼지만 한 통도 보내지 못했다. 현재의 고난이 인경과 만나기 위한 예정된 운명의 수순이라고까지 생각하기도 했다.

 인경은 퇴원 후 동해시의 집으로 갔다. 인경의 집 뒤쪽으로는 사람이 올라갈 수 없을 만큼 높은 산이 둘러져 있었고, 집 앞으로는 달방 댐이 아름답게 펼쳐져 있었다. 몇 년 전에 수몰된 동네는 댐 위쪽으로 올라와 몇 가구가 조그만 마을을 이루고 있었다. 전형적인 강원도 산골 냄새가 물씬한 동네였다. 그런 곳에서 인경은 다시 한적한 시골 생활을 하고 있었다. 인경의 마음도 산골의 경관만큼이나 때 묻지 않은 깨끗한 마음이었다. 인경의 마음도 오직 한 사람, 지석만이 크게 자리 잡고 있었다. 인경은 병원에 있는 효선 언니에게 편지를 썼다. 지석에 대한 궁금한 마음을 전해 듣고 싶은 심정에서였다. 편지를 받은 효선 또한 그런 인경의 속내를 알아차리고 지석에게 인경의 주소를 알려 주었다.

그들은 한 달 이상 편지로 그리움을 전했고 지석에게는 어느새 밤 아홉 시만 되면 인경에게 전화하는 것이 일과가 되어 있었다. 시골에서는 저녁 아홉 시만 되어도 깊은 밤처럼 느껴진다. 그 시간에 고요하기까지 한 동해의 달방 마을 인경의 집에 전화 벨소리가 울렸.

인경은 오늘도 전화기 옆에서 약속이라도 한 것처럼 누군가의 전화를 기다리고 있었다.

"여보세요?"

당연히 지석의 전화려니 전화를 받는 인경의 목소리는 기대와 반가움과 설렘이 동시에 느껴졌다.

"오늘은 뭐 했어요?"

"그냥, 산책도 하고 책도 보고 일기도 쓰고 ……."

"내 생각은 안 했어요?"

"항상 하고 있죠."

두 사람은 소녀와 소년이 되어 있었다.

"인경 씨, 지금 전화 어디에서 받고 있어요?"

"지금 무선전화 가지고 밖에 나가고 있어요."

"인경 씨, 지금 북쪽하늘에 북극성이 보이나요?"

"네. 보여요."

"북극성 오른쪽에 별 두 개 보이죠?"

"네. 보여요."

"북극성은 너무 밝고 혼자여서 싫고 북두칠성은 대열에서 빠져나와 다른 별을 만나러 갈 수 없을 테니 그 사이에 있는 이름 없는 별을 드릴게요."

"정말요?"

"예. 대신 조건이 하나 있습니다."

"무슨 조건인데요?"

"저한테도 별 하나 주세요."

"알았어요. 그럼 지석 씨는 그 옆별을 가지어요."

"그 별 이름 모르시죠?"

"무슨 별인데요?"

"그나별입니다. 지금 제가 이름 지었어요. 어때요?"

"그나별 요? 무슨 뜻이에요?"

"그대와 나의 별이라는 뜻입니다."

"어머, 이름 너무 좋아요. 천문가들에게 편지 써야겠어요. 별 이름 등록 해달라고."

"이왕 쓰던 동화니까 마저 하겠습니다. 그나별을 보면서 들으세요."

지석은 즉석에서 인경에 대한 자신을 마음을 시로 대신했다.

시인이 되고 싶소

시인이 되고 싶소
가난한 마음
그대 사랑으로 채울 수 있기에

시인이 되고 싶소
이 작은 세상에
그대 가둘 수 있게

시인이 되고 싶소
밤하늘의 별들이
맑은 사랑의 등대가 되게

시인이 되고 싶소
지금 마음
영원할 수 있도록

　준비한 동전 스무 개가 다 떨어졌다. 공중전화에서 마지막 떨어지는 동전 소리를 듣고서야 아쉬운 인사를 했다.
　"꿈속에서 만나요."
　"알았어요. 늦지 마세요."
　밤하늘의 별을 바라보며 서로 사랑을 나눈다는 것이 진부하고 유치하게 느껴지기도 했지만 당시 두 사람에게는 지극히 자연스럽고 꾸밈없는 마음의 표현이었다.

1992년 1월은 그렇게 두 사람은 멀리서 사랑과 그리움을 키워 갔다.

인경이 퇴원한 후 영환은 두 번 씩이나 동해에 찾아 갔다. 처음 법당에 나오게 되면 입회 원서를 작성했는데 총무를 보고 있던 영환은 쉽게 인경의 주소와 전화번호를 알아낼 수 있었다. 영환은 인경을 쉽게 포기할 수 없었기에 몸에 무리를 하면서까지 인경을 찾아 갔다. 연애하기에는 다소 늦은 나이와 10여 년 연하의 인경에게 빠진 영환의 모습은 처절하기까지 했다. 무엇이 그로 하여금 인경에게 집착하게 했는지 모르지만 영환은 동해에까지 달려가 전화를 해서 극구 만나줄 것을 요청했고 인경은 두 번씩이나 정중하게 거절했다.

별이 된 사람들

사람들은 태양 아래 삶을 살지만
그네들은 태양 앞에 모습을 내보일 수 없었다.

어두운 그늘에서 숨죽이며 살아가는
달빛이라고 하기에는 너무 슬퍼

태양보다 더 높아
비를 맞지 않는
밤하늘의 별이 되었다

터널 끝자락에 빛이 보이다

　어느 날, 강원도 횡성에서 요양생활을 하고 계시던 큰 형님이 면회를 오셨다. 형님은 나에게 죄책감을 많이 느끼고 있었다. 내가 내성균이라는 결과를 알았을 때 큰 형님은 자신에게 전염되었다는 생각에 괴로워하고 있었다.
　"조금 전에 의사 선생님 보고 왔다. 너 수술해라. 서울 을지로 B 병원에 흉부외과 김 박사 선생님 찾아 가."
　"너는 아직 젊고 체력이 있으니까 수술하면 잘 될 거다."
　형님의 말에 따르겠다고 했다. 나는 한 번도 형님이나 형수를 탓하거나 원망하지는 않았다. 오히려 나 자신에게 미안해하시는 형님에게 미안했다. 나 자신이 건강관리를 제대로 하지 못한 것이 후회스러울 뿐이었다. 왜 수술 같은 방법은 생각하지 못했을까 하는 자책도 했다. 나는 곧바로 담당 의사에게 면담 신청을 해서 상담을 했다. 담당 의사도 크게 말리지는 않았다. 서울에 가서 수술하는 쪽으로 결정을 내렸다. 결과는 누구도 장담할 수 없었기 때문에 어느 누구도 대신 판단할 수는 없는 사안이었다.
　그 날 밤도, 나는 인경에게 전화를 했다.
　"인경 씨, 오늘 형님께서 다녀가셨어요. 형님이 절제 수술을 권해서 의사 선생님과 상담을 했는데 말리지는 않았습니다."
　"공주 병원에서 하실 거예요?"
　"아뇨, 서울 B 병원에 가보려고요."
　"언제 가실 건가요? 저도 갈게요."

내가 수술을 하기 위해 서울로 가기 전 일요일, 마지막이라 생각하면서 법회에 참석 했다. 그 날 나는 이 병원에 다시는 입원 하러 오지 않게 되기를 마음속으로 기도했다. 병원에서의 몇 개월 동안의 시간이 나에게는 매우 기나 긴 날들이었고 많은 것을 얻고 간다는 사실만은 틀림없었다. 정좌 상태에서 눈을 아래로 뜬 채 생각에 잠겨 스님의 설법도 귀에 들어오지 않았다. 난치를 넘어 불치로 생각해오던 병을 고칠 수 있다는 희망 그리고 우울과 외로움에 시달려 피폐한 마음속에서 사랑의 씨앗이 자라고 있음에 벅찬 가슴을 누르고 있었다.

그때, 오른쪽 뒷자리에서 누가 나의 옆구리를 살짝 찔렀다. 무의식적으로 고개를 오른쪽으로 돌린 나는 깜짝 놀랐다. 윤정이 부처님처럼 온화한 미소를 지으며 바라보고 있었다. 한 달 만에 윤정은 병원으로 돌아 왔다. 겉으로 보기에 윤정은 예전보다 크게 달라져 보이지는 않았다. 단지 마음이 안정되어 보였고 모든 일이 잘 풀려가는 듯 여유를 찾은 모습이었다. 약속이라도 한 것처럼 법회가 끝나고 나와 윤정은 법당 앞마당으로 나왔다.

"잘 왔어. 인생이 그리 급하게 살 만큼 바쁜 것만은 아니잖아?"

윤정은 말없이 웃는 얼굴로 대답을 대신했다.

"나 내일 퇴원하고 서울에 가서 수술을 받을 거야. 수술 끝나고 다시 볼 수 있을지 모르겠네?"

"수술 잘 되도록 제가 여기서 기도해 드릴게요. 오라버니!"

윤정은 나에게 오라버니라며 재치 있고 간결하게 자신의 마음을 표현했다. 병원에 무엇인가 빠뜨리고 가는 기분이었다. 아무런 애정도 없었다지만 그녀와 이틀 동안 밤을 같이 보냈고 나에게 상당한 호의를 베푼 여자였다.

퇴원하는 날 은행에 들러 윤정이 주었던 돈을 찾아 병원으로 돌아와 경비실에서 면회를 신청했다. 그 돈이 여러 모로 부담스러웠고 돌려주어야 한다고 생각했다. 심지어 그 돈이 하룻밤의 대가처럼 느껴지기도 해서 자존심이 약간 상하기도 했었다.

　윤정은 그 돈이 자신에게는 적은 액수이고 누군가를 위해 소중하게 쓰여 진다면 자신도 다소 마음이 편할 거라며 극구 받아 주기를 원했다.

서울에서

　인경은 설레는 마음으로 서울 갈 준비를 했다. 새벽 6시에 올라오는 마을버스를 타고 달방 댐을 돌아 묵호역에 도착해서 청량리 행 열차에 몸을 실었다. 인경은 열차를 타고 차창 밖을 바라볼 때면 언제나 누군가를 그리워하며 달려가곤 했었다. 아버지 생신 때 동해로 내려갈 때는 아버지와 동생들 선물 꾸러미를 한 아름 사가지고 동생들 얼굴을 그리며 열차를 탔었다. 명절 때도 그랬고 엄마 생신 때도 그랬었다. 그러나 이번엔 서울 행 열차를 타고 사랑하는 이를 마음에 그리며 열차를 타고 있었다. 북적거렸던 청량리에서 열차를 탈 때와는 사뭇 다른 기분이었다. 평화롭고 한적한 시골을 떠나 서울로 향하는 마음은 그리운 사람이 더 간절히 느껴졌고 열차를 기다리던 시간도 설렘으로 가득 차 있었다. 인경은 순박한 시골 소녀 그대로였다. 이렇게 누군가를 그리워한 적도 없었고 마음속에 오래도록 담아 본 적도 없었다.
　나는 청량리역에서 그녀를 기다리고 있었다. 동해 발 열차가 도착했다는 방송에 잠시도 눈을 떼지 못하고 개찰구를 빠져 나오는 한 사람 한 사람을 바라보고 있었다. 하얀색에 노란 털이 가득한 모자가 달린 파카를 입은 인경이 환한 웃음을 지으며 나를 발견하고 손을 흔들며 나왔다.
　"많이 기다렸어요?"
　"조금요."
　반가운 마음을 어찌 표현해야 할지 몰라 그저 서로 바라만 보고 있었다.
　"전철역으로 가요. 멀미는 안 했어요?"

나는 자연스럽게 오른손으로 인경의 왼손을 잡았다. 우리는 처음으로 손을 잡았다. 마치 여러 번 했던 것같이 어색하지 않게 많은 사람들을 뚫고 청량리역 지하로 들어갔다. 많은 사람들 앞을 당당히 연인처럼 걷고 있었다.
　"지석 씨, 수술하려면 입원해야 하잖아요? 누가 간호해 줄 사람이 있어야 할 텐데요?"
　"일단 진찰 받아보고 생각 해야지요."
　어느덧 을지로 2가에 도착했고 두 사람은 약간의 긴장감을 가지고 병원으로 향했다.
　나는 형님이 말한 흉부외과의 김 박사님의 진료를 신청했다. 잠시 후 나의 이름이 호명되었고 진찰실로 들어갔다. 이미 환갑도 넘어 보이는 노 의사였다.
　"안녕하세요?"
　공주병원에서 준 소견서를 내밀었다. 소견서를 읽은 김 박사는 돋보기 안경을 벗고 말했다.
　"일단 엑스레이를 찍어봅시다."
　간단한 한 마디로 진찰을 마치고 엑스레이 사진이 나올 때까지 기다렸다. 사진이 나오고 다시 진찰실로 들어갔다.
　"사진 상으로 한 달 전보다 많이 좋아졌어요. 이 부분이 공동인데 공동도 많이 줄었네요. 수술을 하게 되면 좌측 상엽을 제거해야 돼요. 좌측 폐는 위아래 두 쪽인데 위쪽을 잘라내는 거지. 이거 하나 없다고 숨 쉬는 데는 아무 지장 없고 아래쪽이 위쪽 공간으로 늘어나서 폐가 펴지게 돼. 준비되는 데로 바로 입원해요."
　"알겠습니다."
　김 박사는 옆의 인경을 흘깃 바라보며 말했다.

"애인인가?"

두 사람은 그저 웃어 보였다.

"걱정 말아요, 아가씨. 나을 수 있으니까."

"감사합니다."

의사가 나에게 나을 수 있다는 말을 한 것은 처음이었다.

"어떡하실래요?"

인경이 나를 바라보며 말했다.

"입원해야지요. 참, 인경 씨 남산타워 가봤어요?"

"아직 이오."

"우리 남산 구경할까요?"

"피곤하지 않으면요."

두 사람은 남산으로 향했다. 남산 시립도서관 앞을 걸어 올라서며 내가 말했다.

"방학 동안 서울에 왔었을 때에 1시간씩 기다리다 도서관에 들어 간 적이 있어요. 학생들이 여기서 저 쪽까지 표를 갖고 줄 서서 기다렸지요."

마침 따뜻한 햇살이 도서관의 넓은 유리창에 반사되어 반짝였다. 인경이 자판기에서 따뜻한 음료를 빼서 가져왔다. 한 동안 두 사람은 따뜻한 양지를 즐겼다. 남은 오후 내내 서울 타워에 올라가 수족관이며 모든 전시장을 둘러보았고 서울의 야경 불빛이 하나 둘 켜질 무렵 조금씩 피곤함을 느낀 두 사람은 시내로 내려 왔다.

"뭐 먹고 싶지 않아요?"

"배고파요."

두 사람 모두 오랜만의 외출에다 공기도 탁한 서울에서 종일 돌아다니다 보니 많이 피곤했다. 인경의 얼굴 역시 피곤함이 역력했다. 묵묵히 식사를 마치고 두 사람은 지하철을 탔다.

"이젠 서울에서는 살 수 없을 것 같아요. 서울 공기가 좋지 않다는 것이 확실히 느껴져요."

"저도 그래요."

인경과 나는 미아삼거리역에서 내렸다. 계단을 올라오니 대지극장이 바로 앞이었다.

"인경 씨, 우리 영화 볼까요?"

"답답할 것 같아요. 좀 눈이 피곤하기도 하구요."

"그럼, 저기 커피숍에 가서 차나 한 잔 하죠."

젊은 사람들이 쌍쌍이 앉아 있는 것이 두 사람에게는 새로운 세상에 온 것만 같았고 둘은 이방인 마냥 잠시 찻집의 분위기에 적응해야 했다.

"지석 씨, 순임이도 퇴원 했다던데요. 집이 이 근처 미아동이었던 것 같아요."

"그래요? 몸도 안 좋은데 왜 퇴원 했을까요?"

"전화 한 번 해볼까요?"

"보고 싶으면 전화해 보세요."

인경이 공중전화에 가서 한 참 통화를 하고 돌아왔다.

"통화 했어요?"

"예, 석준 씨하고 같이 나오겠대요."

"석준 씨라면 순임이하고 사귄다는 사람 말인가요?"

"예."

두 사람은 다른 연인들처럼 이야기하면서 시간을 보내고 있었다. 한 시간이 지났을까, 석준이 순임을 부축하여 커피숍에 올라오는 모습이 보였다. 순임은 숨을 몰아쉬며 한동안 멈춰 서있었다. 내가 일어나려 하자 인경이 모르는 척 앉아 있으라고 나에게 눈짓해 보였다. 배려가 오히려 그

녀의 자존심을 상하게 할 수 있었기 때문이었다. 한 참 후에 순임은 석준의 어깨를 잡고 다시 인경 쪽으로 다가왔다.
"순임아, 힘들지?"
인경이 일어서서 순임을 잡고 앉혔다. 순임은 대답대신 아직도 거친 숨을 내쉬며 입을 다물고 미소를 만들며 고개를 위 아래로 저었다.
"석준 씨, 오랜만이에요? 석준 씨도 퇴원했나 봐요."
"예, 병원에서 그만 퇴원하라고 해서요."
"여기 지석 씨 아시죠?"
인경이 나를 가리키며 석준에게 말했다.
"얼굴은 알고 있어요."
내가 웃으면서 석준과 순임을 보며 말했다.
"저도 얼굴은 잘 알고 있습니다. 순임 씨는 저한테 퇴원한다 말도 없이 언제 퇴원 했어요?"
순임은 이제야 숨이 좀 편한지 나를 보며 미소를 지으며 말했다.
"저번에 법당에서 말한 것 같은데요?"
"언제요? 정말 몰랐어요."
인경이 순임에게 말을 말했다.
"순임아, 너 왜 퇴원했어? 그래도 병원이 좋을 텐데?"
"언니, 병원에 있어도 별수 없는데 집에서 죽을래요."
"애, 무슨 말을 그렇게 해."
"언니도 알잖아. 나 오래 못살아."
"너 갑자기 숨차고 그러면 어떡하려고 그래?"
"언니, 집에 산소통도 가져다 놓았어."
순임은 인경의 말에 대답하기도 힘들어 했다.
"보고 싶은 사람들 얼굴이라도 한 번씩 보려고 퇴원했어. 언니, 정말 못난 내 인생이 후회스러워. 중학교 때부터 술 담배에 못할 짓만 하고 다녔어. 그때는 엄마 아빠 이혼하셔서 내 멋대로 사는 게 좋았는데. 지금 생각하니 모두 내 핑계밖에 안 되는 거 같아."

순간 옆에 듣고 있는 세 사람 모두 가슴이 아려 오는 것을 느꼈다. 순임은 양 쪽 폐 모두 망가져서 더 이상 희망이 없는 상태였다. 석준과 순임을 보내고 난 후 인경은 한동안 말을 잇지 못했다.

"인경 씨, 너무 심각하게 생각하면 몸에 해로워요."

"제 직감으로 순임이 진짜 오래 못 살 것 같아요. 윤태 아저씨 보세요. 작년 연말에 같이 연극하고 그랬는데 갑자기 죽었대요."

"죽었어요?"

"예, 당뇨까지 합병증이 있었는데 술을 그렇게 먹더라고요. 당뇨에 술은 극약이라던데 자제를 못하고 ……."

"퇴원했다는 말은 들었는데 ……."

"퇴원하고 원 없이 술을 마셨겠지요."

"그래서 환자들은 병원에 있어야 한다니까요."

병원 이야기를 하다 보니 두 사람은 갑자기 커피숍의 이방인처럼 느껴졌다.

"인경 씨, 잘 곳은 있어요?"

"예, 걱정 마세요. 예전에 다니던 회사 기숙사에 전화 해 놨어요."

"내일 아침에 입원할 겁니다."

"그럼, 내일 병원에서 만나요."

"뭐 하려요? 기숙사에서 놀다 내려가세요."

"지석 씨 때문에 올라 왔는걸요."

"고마워요. 그럼 내일 병원에서 만나요."

이튿날, 나는 입원 수속을 마치고 외과 병동에 입원했다. 수술에 필요

한 검사들을 종일 해야만 했다. 인경은 나의 보호자가 되어 검사실마다 동행해 주었다. 수술 날짜는 5일 후 토요일로 잡혔다.

"수술하려면 5일이나 기다려야 하는데 인경 씨는 집에 내려가세요."

"안성 이모님 댁에 가 보려고요. 뵌 지도 오래됐고 엄마한테 들으니까 제 걱정 많이 하셨다고 해서."

인경은 안성에서 농장을 하는 이모 집으로 갔다. 버스를 타고 안성으로 가는 동안 인경은 기쁨에 넘쳐 있었다. 사랑하는 사람을 위해 자신이 할 수 있는 일이 있다는 것이 그녀를 행복하게 했다. 세상에 사랑하는 사람 한 명만 있어도 삶은 충분히 행복한 것이었다.

그들의 슬픔

"안녕하세요?"

"인경이 왔니? 그래 얼마나 고생이 많았니? 아플 때 한번 가 보지도 못해 미안하구나."

"별 말씀을요. 걱정해 주신 덕분에 다 나았어요."

인경의 외가는 친정아버지 제사 때면 큰 외삼촌이 서울에 살았기 때문에 서울에서 일 년에 한 번씩 모였다. 외삼촌이며 이모들도 모이면 인경 걱정을 많이 하곤 했다. 그러나 정작 인경이 D 병원에서 사경을 헤맨다는 소식에도 외가(外家)에서 병문안은 한 사람도 오지 않았었다.

이모부는 인경이 낫기만 하면 아는 제약회사에 소개해서 취직도 시켜주겠다는 말을 하기도 했다. 그런 말을 전해들을 때마다 인경은 두 분께 고마움을 느꼈었다. 그런데 인경이 이모님 댁에 머물던 다음 날, 인경은 이모부와 이모가 나누던 듣지 말았어야 할 말을 본의 아니게 엿듣게 되었다.

"명희 아빠! 인경이 다 나았다고는 하지만 우리 애들한테 병 옮으면 어떡해요? 걱정되고 불안해서 죽겠어요."

"인경이는 언제까지 있겠다는거?"

"모르죠. 빨리 가라고 할 수도 없고, 당신이 어떻게 좀 해봐요."

"당신이 명희하고 영준이한테 인경이 옆에 가지 말라고 허지."

인경은 갑자기 얼굴이 달아올랐다. 와서는 안 되는 집에 왔다는 것을 알았다. 그래도 자기를 위해 많이 걱정하고 생각해 준다는 엄마의 말에

고맙게 여겨 온 터라 인경은 더욱 당황스러웠다. 인경은 찬바람 몰아치는 들판을 달리고 또 달렸다. 그리고 쭈그리고 앉아 펑펑 울었다. 눈물이 더 이상 나오지 않을 만큼 한참을 울고 난 인경은 다짐했다. 앞으로 두 분 앞에 나타나지 않겠노라고. 인경은 어떻게 나왔는지 모르게 이모 댁을 빠져 나와 동해로 향했다.

그해 겨울 그리고 봄

수술 날을 기다리며 며칠 동안 나는 마음의 동요를 일으켰다. 폐를 한 쪽 자른다고 생각하니 마치 병신이 되는 게 아닌가 싶기도 했다. 수술 후에 갑자기 악화된 사람도 있었다는 말을 공주병원에서 들었던 기억도 있었다. 처음 하는 수술에 대한 불안감과 초조한 마음도 있었다. 수술 바로 전 날, 아침 회진 시간이 되었다.

"정지석 씨는 엑스레이 상으로 계속 좋아지고 있어요. 식사는 잘 하지요?"

"예."

회진이 끝나고 갈등에 빠졌다. 가슴 사진이 계속 좋아진다니 굳이 수술까지 할 필요가 있을까 하는 생각이 들었다. 곧바로 내과진료 신청을 했다. 내과에서 긍정적인 진료 결과가 나온다면 수술을 미뤄 보고 싶었다.

"선생님, 사실 수술하려고 왔는데 가슴 사진이 두 달째 좋아진다니 갈등이 생깁니다."

"내가 수술해라 말아라 하는 말은 할 수 없습니다. 단지 우리 내과에서는 약물치료를 우선으로 합니다. 약이 잘 듣는다면 위험을 무릅쓰고 수술까지 할 필요는 없겠지요. 지금 상황으로 보면 좀 더 지켜보는 것도 나쁘진 않을 것 같네요."

내과 선생님의 말을 듣고 나서 몇 달 더 약물 치료하기로 결정했다. 그 날 수술을 하루 앞두고 퇴원해 버렸다. 후에 나는 경솔하게 퇴원했던 것을 후회했다.

때 마침 건축업을 하는 매형이 빌라단지 건축 때문에 공주에 이사와 있었다. 누나의 권유로 공주에 내려갔는데 공주 교대에서 가까운 금학동 안 쪽 마을이었다. 뒷산에 약수터도 있었고 규칙적으로 운동도 할 수 있었다. 무엇보다도 누나가 잘 챙겨주어 병원 못지않게 안정된 치료를 할 수 있었다.

겨우 내내 우리는 따뜻한 방바닥에 엎드려서 노트에 서로를 그리워하는 글로 채워 갔다. 각기 다른 모습의 겨울 풍경을 바라보고 있었지만 마음속엔 오직 서로를 담고 있었다. 멀리서 그리워하며 참아 내는 그런 사랑이었다. 병이 난 이후 가장 행복한 겨울이었다. 그렇게 그 해의 겨울은 아름답고 소중한 시간들로 채워져 지나갔다.

어느덧 봄이 왔고 그러던 4월의 어느 날 인경에게서 두 통의 편지가 함께 왔다. 편지 봉투를 개봉하자 그리움을 재촉하는 강한 꽃냄새가 나를 취하게 했다. 수수꽃다리 꽃잎들이 편지지 사이에서 쏟아져 나왔다.

To ……
한 해가 저물어가는 길목에서 나의 사랑을 찾게 될 줄은 꿈에도 몰랐습니다. 죽음에 대한 지독한 공포증에 시달리고 있는 사람이 내 사랑일 줄은 더욱 더 몰랐습니다.

우리는 왜 이런 모습으로 만나야 했을까요? 좀 더 나은 환경에서 더 좋은 모습으로 만날 수도 있었을 텐데…….

지석 씨, 왜 하필이면 나 같은 여자를 좋아하게 됐어요? 모든 면에서 나보다 나은, 지석 씨에게 어울릴 그런 사람도 얼마든지 많을 텐데. 처음에는 자신이 없었어요. 확신도 없었고요. 믿음 또한 없었습니다. 믿으려고 노력도 안 해 봤지요.

그러나 지금은 지석 씨에 대한 나의 믿음보다는, 나에 대한 지석 씨의 믿음에 금이 가지 않도록 노력하며 살고 싶어요. 처음에 자신이 없었던 이유를 혹시 짐작하세요? 저에 대한 지석 씨의 마음을 알고 나서 병원에서 함께 지냈던 언니가 생각났어요. 그 언니도 우리와 똑 같은 사랑을 했었답니다. 그런데 두 사람 모두 다시 병이 도져 결국에는 불가능한 몸으로 재입원을 했었습니다. 그때 그 언니가 제게 말했던 '우리들의 사랑이 아무리 진실한 사랑이었을지언정 정녕 불행한 삶을 자청한 것이었다' 라는 말이 생각났어요.

그런데 그 두 사람이 왜 재입원하게 되었는지 아세요? 그때 그 아저씨가 지석 씨처럼 죽음에 대한 심한 공포증에 시달리고 있었고, 그 언니는 몇 번의 재 발병으로 병치레를 거듭하고 있었던 상태였답니다. 두 사람은 만나면서 본인들 나름대로 몇 년 동안이나 살 수 있을까에 대해 생각하고 결정해서, 남은 세월을 아주 멋지게 살려고 했다고 그랬답니다. 그러나 그 잘못된 생각이 결국에는 그네들의 인생을 망쳐 놓은 겁니다. 잘못된 마음으로 그 아저씨는 죽음에 대한 공포보다는 죽을 수 없는 안타까움에 이르렀고, 지석 씨의 시(詩)처럼 타인들의 짐으로만 남게 된 겁니다.

제가 지석 씨에 대해 자신이 없고 믿음이 없었던 절반이 바로 지석 씨의 비뚤어진 병에 대한 정신 자세였었습니다. 처음엔 그런 지석 씨를 강하게 만들어 줄 자신도 없었습니다.

그러나 언제부터인가 지석 씨에 대한 나의 마음이 조금씩 커지고 있다는 것을 알았을 때 미쳐버릴 것만 같았던 제 마음을 지석 씨는 모를 거예요.

지석 씨!

이젠 믿을 수 있어요. 그리고 지석 씨에게 의지하고 싶어요. 그러니 마음 약하게 갖지 마세요. 조급하게 생각하지 말고 나을 수 있다는 긍정적인 생각과 자신감으로 지내길 바라요. 제가 의지하고 싶다고 해서 부담

같은 거 느끼지 마세요. 다만, 마음을 굳게 가지라고 하는 말이니까요. 지석 씨는 이길 수 있어요. 지석 씨 의지가 강한 사람이잖아요. 항상 용기 잃지 마세요. 이제 지석 씨나 저는 혼자가 아닙니다. 지석 씨 곁에는 항상 인경이 서 있다는 것을 잊지 마시고요. 앞으로 더 많이 사랑할 수 있도록 노력 할게요.

지석 씨의 건강한 밤을 위하여 이만 줄입니다.

지석 씨, 사랑합니다.

1992.4.28 PM 11시30
동해 아가씨 인경

P.S 직장 사무실 컴퓨터 앞에서 잠깐 여유부린 사진이에요. 얼굴이 제일 희게 나왔네요. 예쁘게 보세요.

사랑하는 이에게

오늘 산에 올라갔었어요. 계곡을 따라 계속 올라가다 보니 높은 바위가 있지 않겠어요? 그 바위 위에서 뛰어 내릴까 생각도 해보았지만 용기가 없어 그냥 주저앉았어요. 또 올라가보니 썩은 나무가 낭떠러지에 걸려 있더군요. 용감하게 한 번 뛰어 내려 봐? 어떻게 될까? 과연 죽을까? 아니면 병신이 되어 고생만 더 하게 될까?

이런 저런 생각하다 그냥 사진만 찍고 내려 왔어요. 저 참 바보 같은 애죠? 용기도 없고. 예전에는 친구들과 오르내리던 그 산 길에 이제는 무성한 잡목들이 자기네 땅이네 하고 그 자리를 메우고 있네요.

지금은 동생들이 밀고 당기어 주는데도 반도 못 가 주저앉으니 한심하기 짝이 없어요. 마음 한 구석이 슬프기도 하지만 또 다른 구석에는 알 수 없는 희망이 보이는 것은 아마도 내 마음속에 정지석이라는 사람이 조용

히 자리 잡고 있기 때문일 거예요.

사람에게 있어서 그리워할 그 누군가가 있다는 것이 이토록 아름다운 건지 예전엔 정말 몰랐습니다. 예전에 사람들에게서 느낄 수 없었던 풋풋한 그 무엇을 표현할 수는 없지만 이제는 느낄 수 있는 까닭도 정지석이라는 사람 때문일 겁니다.

지석 씨의 하루하루가 건강하고 희망찬 생활이 되기를 기도드리며…….

1992년 4월29 P.M 23:15
그대를 그리워하는 인경

참, 우리 집 앞마당에는 수수꽃다리 꽃이 피었어요. 향기가 정말 매혹적이고 진해요. 밤이 되면 우리 집 전체가 은은한 꽃냄새로 가득합니다. 이 향기 정말 지석 씨하고 같이 나누고 싶어요. 몇 잎 따서 편지지에 넣습니다.

편지를 읽고 난 나는 인경이 무척 힘들어 하고 있다는 사실에 마음이 무거워졌다. 나는 누나가 옆에 있어 마음이 안정되어 있고 시내에도 가끔씩 나가 도시 생활을 했기 때문에 외로움은 그다지 느끼지 않았다. 그러나 인경은 산골에서 얼마나 답답할까하는 생각을 했다. 갑자기 인경을 만나야겠다는 조급한 마음이 생겼다. 매일 아침과 저녁에 일과처럼 전화를 하지만 서로의 심경까지는 이해할 수는 없었다.

나와 인경의 만남을 제일 이해해 주는 사람도 누나였다.

"누나, 차 좀 빌려주세요. 강원도에 좀 갔다 와야겠어. 인경이 마음이 편치 않은 것 같아요."

"그렇게 해. 힘든 데 운전할 수 있겠니?"

"천천히 쉬면서 갈게요."

그 길로 바로 동해를 향해 떠났다. 인경에게 전화도 하지 않고 출발했다. 인경이 깜짝 놀라는 모습을 생각하며 마음 속 온통 인경만 생각하며 먼 길을 달렸다.

대관령의 정상을 넘어 내리막이 시작 되었다. 길가의 쉼터에 잠시 차를 정차했다. 오른쪽 아래로 펼쳐진 강릉시의 모습이 눈에 들어왔다. 조선시대에는 명주군이었다. 옛날에는 이 높은 고개를 걸어서 다녔을 것이다. 나의 사랑이 저쪽 아래에 있다는 생각에 전혀 낯설지 않게 느껴졌다. 아내가 예쁘면 처갓집 말뚝에다가도 절을 한다는 말이 생각났다. 나에게는 대관령 아래로 보이는 곳이 한없이 아름답게 보였다. 강릉을 지나 동해로 가는 고속도로에 이를 때쯤은 벌써 태양이 지평선에 걸려 있었다. 동해시의 한 주유소에서 인경이 보낸 편지의 주소로 약도까지 그려 받아 쉽게 길을 찾아가고 있었다.

이윽고 효가리라는 마을을 지나 무릉계곡이라는 이정표를 보며 삼화를 지났다. 무엇인가 잊은 마음에 잠시 차를 세웠다. 굴다리를 지나 다시 차를 돌려 우측의 삼화 마을로 향했다. 인경이 필요로 하는 무엇인가 사가고 싶었다. 무엇을 살까 고민하다가 인경에게 전화를 했는데 마침 인경이 전화를 받았다.

"인경 씨, 지금 뭐하고 있었어요?"

"으응, 지석 씨 전화 기다리고 있었어요."

"이젠 전화 받는 실력이 많이 늘었네요. 전화 할 시간도 안 되었는데."

"정말인데……."

"알았어요. 믿을게요. 인경 씨 지금 뭐 먹고 싶어요?"

"지금요? 글쎄요? 삼겹살?"

"알았어요. 지금 배달시켜 줄게요. 조금만 기다리세요."

"맛있게 먹은 걸로 할게요."

인경은 내가 농담하는 걸로 알았다. 삼겹살이며 인경이 필요로 할 것 같은 몇 가지 생필품을 사서 달방으로 향했다. 인경에게 그 곳 이야기를 많이 들어서 쉽게 찾을 수 있었고 머릿속에 상상하던 것과 거의 맞아 떨어졌다. 댐 왼쪽 산허리를 따라 굽이굽이 난 도로를 따라 달방 마을로 향했다.

해는 이미 산을 넘어 버린 상태였고 저녁노을은 달방 댐의 물을 붉게 달구고 있어 한 편의 풍경화를 보는 듯 했다. 길이 좁아서 차가 비켜 갈 수 있게 마련된 공간에 차를 세웠다. 그리고 댐을 내려다보며 인경의 과거를 상상했다. 이 길을 걸어서 저 앞 동네의 학교에 다녔고 이렇게 멋있는 자연을 보며 자랐다고 생각하니 마음이 뿌듯함을 느꼈다. 정말 깨끗한 환경에서 티 없이 커 온 인경을 만난 자신은 행운아라는 생각도 했다. 인경은 이 세상에 가장 아름답고 순수한 여자이며 자신을 위해 태어난 사람이 아닐까 하는 착각을 하기도 했다. 물 중앙 쪽에는 청둥오리 떼가 평화롭게 유영을 하고 있었다. 내가 다시 차를 몰아 몇 굽이를 돌아서니 마을이 보였다. 눈에 들어오는 집은 빈 집같이 보이는 큰 기와집과 서너 채의 집뿐이었다. 마을 입구 바로 물가위로 기와집이 있었고 오른쪽 아래로 조그만 다리가 보였다. 누군가 다리 위에서 쭈그리고 앉아 턱을 괴고 있는 모습이 보였다. 직감적으로 인경임을 확신했다. 차를 세운 나는 걸어서 물가로 내려갔다. 인경은 무슨 생각에 잠겼는지 꿈적도 하지 않았다. 가까이 가서 인경의 목 부분에서 가지런히 잘린 갈색의 생머리를 확인했다.

"누구 생각하세요?"

인경은 깜짝 놀라 고개를 들고 일어섰다.

"어머, 지석 씨!"

인경은 어쩔 줄 몰라 기쁨을 감추질 못했다. 지석은 주위를 한번 돌아보고는 인경을 껴안았다. 두 사람은 한동안 아무 말도 하지 않고 그렇게 있었다. 주위에 내려앉고 있는 어둠은 그들의 포옹을 감추어 주고 있었다.

"인경 씨한테 꽃 냄새가 베어있네요."

"여기요. 꽃나무한테는 좀 미안하지만 제가 가지 하나 꺾었어요."

인경의 손에는 수수꽃다리 꽃가지가 들려 있었다.

"꽃냄새 때문에 지석 씨가 더 그리운가 봐요. 밤에도 지석 씨 생각나면 꽃을 따다가 방에 꽂아 놔요."

인경의 예쁜 큰 눈에는 눈물이 고여 촉촉해 보였다.

"지금 울어요?"

"조금요."

나는 인경의 허리를 다시 꼭 안았다. 아주 조그만 다리 위에서 두 사람은 마치 이 몽룡과 춘향의 만남처럼 포옹을 하고 있었다. 그것이 그녀와의 첫 포옹이었다. 인경의 부모님께 큰 절을 올려 인사를 드렸다. 인경의 부모님은 그런 나를 무척이나 흡족해 하셨다. 특히 인경의 아버님이 더 맘에 들어 했다. 내가 사온 삼겹살을 구어 인경의 가족과 함께 저녁을 먹었다. 인경의 어머니는 가리지 않고 잘 먹는 내가 무척이나 보기 좋으셨는지 칭찬을 아끼지 않으셨다.

"시골이라 찬도 없는데 밥을 맛있게 먹어줘서 고마우이. 서울 사람이라 먹는 것도 가리고 그럴 줄 알았는데 참 맛나게 먹네."

나는 인경이 쓰는 사랑방으로 갔다. 사랑방은 보일러도 없었고 재래식의 불을 지피는 무쇠 솥이 걸린 아궁이가 있었다.

"아궁이에 불을 지피는 시골집이에요. 여기가 아랫목이에요."

방안은 인경이 꺾어다 꽂은 수수꽃다리 향내가 물씬 풍기고 있었다. 책상도 없이 몇 권의 책과 노트와 오래되어 보이는 옷 서랍장이 전부였다. 껍질을 벗긴 한주먹 됨직한 나무 두 개를 양쪽 벽에 걸쳐 선반으로 쓰고 있었고 그 위에는 인경의 추억들이 가득해 보이는 것들이 라면 박스 등에 올려져 있었다.

"여기서 주무세요."

"인경 씨, 방에 텔레비전도 없이 심심해서 어떻게 지내요?"

"저 쪽에서 볼 것 다보고 잠잘 때만 건너와요. 그래도 혼자 있는 시간이 좋은걸요. 늦잠 자도 방해받지 않고 좋아요. 지석 씨 전화 때문에 늦잠도 못자지만요."

"그럼 앞으로 아침에 전화 안해야겠네요?"

"사실은 전화 받고 와서 또 자요."

인경은 쑥스러운 듯 해맑은 웃음을 해 보였다. 아직 이곳은 밤이 되면 여전히 겨울날씨처럼 쌀쌀했다. 밖에서 인경의 어머니서 사랑방 아궁이에 불 지피는 인기척이 났다. 사랑방은 아직도 땔감을 태워 난방을 하고 있었다.

"엄마가 아궁이에 불 피우시나 봐요."

아랫목이 금방 따뜻해져 왔다.

"건너가서 텔레비전 보실래요?"

"아뇨. 저녁을 많이 먹어서 배가 부르니까 졸린 데요."

"그럼 일찍 쉬고 내일 봐요."

이튿날 아침 밖에서 들리는 싸우는 듯한 소리에 잠을 깼다. 강원도 사투리를 쓰는 이웃집 아주머니의 목소리였다..

"웬 손님이 왔소?"

"아니래요. 우리 인경이 찾아온 사람이래요."

"인경이 애인이래요?"

"글쎄 애인인지 서울에서 어제 저녁에 왔어요."

이웃이라고는 뒷집의 심씨네 뿐인지라 으레 아침부터 마실 오는 사람은 심 씨네 아주머니뿐이었다. 억양이 강한 강원도 사투리를 처음 듣는 나에게는 이야기하는 것이 싸우는 것처럼 들렸다. 혹시나 무슨 일이 있나 싶어 가만히 밖에 귀를 기울였다.

"인경이가 몸이 약하니께니 신랑이라도 튼튼한 사람 얻어야 하지 않겠소?"

"그렇지요. 모르겠소. 가리지 않고 밥은 얼마나 잘 먹는지……."

나는 다시 자리에 누웠다. 조금 전 옆 집 아주머니의 말이 귀에 울리는 것 같았다. 내가 무엇인가 큰 실수를 하고 있는 것 같은 마음을 억제 할 수가 없었다. 자리에 누워 다시 눈을 감고 곰곰이 생각에 잠겼다. 정말 그러했다. 한 쪽이 약하면 다른 한 쪽이라도 건강해야 상대를 보살필 수 있는 것이다. 그 사실은 누구보다도 나 자신이 잘 알고 있었다. 새삼 자신은 건강을 되찾은 인경에게 짐이 될 수 있다는 생각을 했다. 나는 그런 생각에 집착하기 시작했다.

"지석 씨, 아직 안 일어나셨어요? 똑똑! 지석 씨 일어나서 아침 드세요."

밖에서 인경의 목소리가 들렸다.

"예, 나갑니다."

인경의 안내에 따라 간단히 세면을 마치고 식사를 했다.

"지석 씨, 제가 매일 보고 생활하는 곳들을 보여 드릴게요."

나와 인경은 식사를 마치고 산책삼아 동네 이곳저곳을 걸었다. 마을 뒤쪽으로 올라가니 시멘트로 포장이 되어 있는 구부러진 길이 산 아래까지 나 있었다. 길옆에는 오래된 감나무들이 있었고 돌담이 쳐진 바로 뒷집을 지나니 높은 산에서 내려오는 개울이 큰 돌 사이로 흐르고 있었다. 산

아래쪽에는 멀리 떨어져 있는 두 세 집이 전부였다.
　인경은 높은 산을 가리키며 허라리라고 알려 주었다. 산 허리아래가 허라리로 불리게 되었다고 했다.
　"어렸을 적엔 저 산에 올라가서 놀곤 했어요. 산 중턱에 한 집이 있었는데 지금은 아마 없을 거예요."
　어릴 적 얘기를 재미 있게하는 인경의 말을 하나도 빼놓지 않고 듣고 있었다.
　"바다 구경 가실래요?"
　인경은 내가 심심할까 봐 애쓰는 눈치였다.
　"여기도 너무 좋은데요. 바다까지는 얼마나 걸리는 데요?"
　"멀지 않아요. 지석 씨 오토바이 탈 줄 아세요?"
　인경의 집엔 오토바이가 두 대나 있었다. 인경의 두 동생들은 중학생인데도 키가 어른 키만큼이나 컸다. 아래 시내까지 교통이 불편하기 때문에 오토바이는 동생들의 좋은 교통수단이었다.
　"못 탈 것 같죠?"
　나는 군대 가기 전에 친구들과 오토바이를 타고 여행을 다니며 시골길을 달렸던 적이 있었다.
　"갑시다."
　"정말 탈 줄 아세요?"
　나와 인경은 오토바이로 댐을 내려와 묵호로 내려왔다. 촛대바위 해수욕장이라는 바닷가에 갔다. 왼쪽 편에 촛대모양의 바위가 의젓하게 바다 위에 떠 있었고 오른쪽으로 넓게 펼쳐진 백사장은 마음껏 뛰어보고 싶은 충동을 주었다. 해수욕장 앞으로 보이는 넓은 바다는 또 다른 이국적인 느낌을 갖게 해 주었다.
　나는 육지에서 성장해 바다를 볼 기회가 별로 많지 않았다. 먼 바다 저

편에 고깃배 한 척이 아련하게 보였고 한참을 바라보니 바다의 지평선 끝 부분이 뒤로 내려앉은 듯한 모습이었다. 정말 지구는 둥근 모양이 맞는 것 같았다.

"인경 씨는 참 좋은 환경에서 살았네요. 깊은 산골과 바다를 모두 볼 수 있었으니 말이에요."

"클 때는 몰랐는데 서울에서 살다 보니 고향이 좋은 것을 알겠어요."

"고향이 있다는 것 자체가 행운이라고 생각해요. 도시 사람들은 고향이라는 말이 별로 와닿지 않아요. 고향이라는 두 글자에서 포근해지고 향수를 느끼는 것이 시골에 고향을 가진 사람들의 공통된 마음이죠."

"여기는 어려서 친구들과 여름에 자주 놀러 오던 곳이에요. 묵호에서 가깝고 해수욕장도 크지 않아서 우리들한테는 딱 좋은 곳이었어요. 저쪽 왼쪽으로 가면 바위가 많아서 발 담그고 놀기가 참 좋아요."

인경이 밝은 얼굴로 옛 일을 추억하며 내게 설명하는 동안 나는 아침에 옆집 아주머니가 말했던

'신랑이라도 튼튼한 사람 얻어야 하지 않겠소?' 라는 말을 머릿속에서 되새기고 있었다.

"인경 씨, 할 말이 있는데요."

"뭔데요?"

나를 바라보는 인경의 눈은 정말 맑고 사랑스러웠다. 인경의 눈을 보며 차마 우리의 만남을 다시 생각해 보자고 말할 수가 없었다.

"다음에요. 오늘은 아무 생각 없이 멋있게 사진이나 찍어요."

슈퍼에 가서 일회용 카메라를 사고 아주머니에게 사진을 부탁했다. 이쪽저쪽을 향해서 포즈를 취하고 각자의 독사진도 찍었다. 우리는 해안을 따라 바닷가의 절경을 즐겼다. 오토바이 바로 뒤에서 나의 허리를 꼭 잡은 채 인경은 머리를 나의 옆구리에 기대고 있었다. 나는 마음 한 쪽 구

석에 이것이 인경과의 마지막 만남이 될 지도 모른다는 생각을 했다. 왠지 서글퍼졌다. 자신이 왜 이렇게 초라해 졌는가? 한 여자를 사랑할 자격도 없단 말인가? 그런 잡념을 떨쳐버리기라도 하듯 오토바이의 오른쪽 레버에 힘을 주기 시작했다. 오토바이는 굉음을 내며 달리기 시작했다. 인경은 뒤에서 아무 말 없이 나를 더욱 힘껏 껴안았다. 그렇게 마지막 추억을 만들기라도 하듯이 하루를 보냈다. 나는 다시 공주로 돌아가기 위해 운전석에 올랐다.

"잠깐만요!"

인경이 기다리라는 말에 잠시 출발을 멈췄다. 잠시 후 인경은 조그맣게 포장된 선물과 수수꽃다리 꽃다발을 건네주었다.

"전기면도기에요."

"면도기 있는데……."

"아침마다 면도할 때 인경이 생각하기. 그리고 꽃은 가면서도 내 생각하라고요."

인경은 깜찍한 미소를 지으며 수줍은 듯 손을 흔들어 주었다.

나는 집에 와서야 여행 가방에 가지고 갔던 면도기가 없어진 것을 알았다. 나중에 알게 된 사실이지만 인경은 내가 아침에 면도할 때마다 자신을 생각하라고 나의 면도기를 집 앞 댐 물에 던져 영원히 보관하겠다고 했다.

이별 선언

공주로 돌아온 지석은 다시 인경의 뒷집 아주머니가 한 말이 자꾸 마음에 걸렸다. 분명 자신은 인경을 사랑할 자격이 없는 사람이라는 자격지심이 억누르고 있었다. 어렵게 병을 이겨낸 인경에게 내성균을 가진 자신이 접근해서는 안 되었다.

"강원도 가서 안 좋은 일 있었어?"

지석의 누나는 방에서 좀처럼 나오지 않는 지석에게 이상함을 느끼고 거실로 불러내어 과일을 깎으며 물었다.

"누나 사실은 인경 씨와 나의 만남이 바람직할까요?"

"왜? 어떤 면에서?"

"인경 씨도 몸이 약하고 내 처지도 이런데 한 사람이라도 건강해야 상대방을 감쌀 수 있는 것이 아닐까 해서."

"하긴 그 말이 맞긴 해. 지금은 두 사람이 건강을 빨리 되찾는 것이 중요하지 벌써 거기까지 생각하면 서로 힘들어 지는 거야."

지석은 마음을 비우려고 노력했다. 늘 인경과의 만남을 그만해야 한다는 강박관념이 자신을 괴롭히고 있었고 남자답게 결단을 실행하지 못하는 자신이 부끄럽기까지 했다. 뒤쪽 약수터 위에 조그만 암자가 있었다. 아침 식사를 마치면 약수터를 찾아 물을 마시고 암자에 올라가 법당에 앉아 명상을 하곤 했다. 자신이 인경을 계속 만나서는 안 된다는 이성적인 판단은 때때로 그의 마음을 편하게 했다. 아침과 저녁에 두 번씩 걸던 전화를 아침에만 하기도 하고 어떤 때는 저녁에만 하기도 했다. 어떻게

든 인경을 자신의 마음속에서 서서히 지워 보려고 노력했다. 혼자 있을 때마다 흔들리는 감정적인 동요를 억제하기 위해 책을 읽으면서 마음의 흐트러짐을 막았다. 때로는 약수터가 있는 뒷산에 올라 산속을 돌아 다녔다. 뛰어 보기도 하고 마음껏 소리를 질러 보기도 했다.

지석은 마음속에

'잊어야 한다, 내가 진정 인경을 사랑한다면 인경을 놓아 주어야 한다, 나의 이기적일 수 있는 행복을 위해 인경이 희생될 수도 있다, 나는 강하다, 여태껏 혼자서 감당해오지 않았는가!'

라는 생각을 하면서 산길을 걷고 또 걸었다. 그리고 나면 지석은 혼자서 얼마든지 버텨낼 수 있고 살아갈 수 있다는 가식의 자신감도 얻을 수 있었다. 지석은 용기를 내어 펜을 들고 인경에게 편지를 쓰기 시작했다.

인경 씨에게

오늘도 약수터에 가서 시원한 물을 한 바가지 마시고 머리를 들어 하늘을 올려다보았습니다. 언제부터인가 하늘을 올려다보면 생각나는 사람이 떠올랐지요. 그 순간만큼은 지구상에 인경 씨와 나, 둘 만이 서있는 착각에 빠져 듭니다. 그 순간 세상은 모두 사라집니다. 다시 눈을 아래로 내려 세상을 보면 정말 아름답게 보입니다.

산과 나무들, 물병을 들고 약수터에서 물을 떠가는 아저씨, 그 아저씨의 뒤를 따라 다니는 강아지 한 마리, 모두가 행복해 보입니다.

인경 씨, 어떤 때는 이런 생각을 해봅니다. 인경 씨와 만나지 않았다면 지금 나는 어떻게 살아가고 있을까? 이 순간 무엇을 하고 어떤 마음으로 하루하루를 보내고 있을까?

아마도 자신 없는 생활들을 하고 있을 겁니다. 낫는다는 확신도 자신도 없고 밤이 되면 죽음에 대한 두려움과 싸우고 있겠죠. 나의 모든 꿈과 희

망 그리고 미래를 앗아 가버린 병에 대한 원망이 하루하루를 짓누르며 고된 걸음을 하고 있을 겁니다.

그러나 지금은 살고 싶습니다. 미치도록 살고 싶습니다. 인경 씨는 제가 살아야 하는 이유를 주었습니다.

그렇지만 그토록 소중한 그대에게 저는 오염물질일 수 있다는 것이 너무 가슴 저립니다. 자신도 지키지 못하는 내가 어떻게 누구를 사랑할 수 있는 걸까요? 인경 씨를 위해 아무 것 하나 해줄 수 없는 나 자신의 초라한 모습이 거울에 비취지면 남자지만 슬퍼지는 마음을 피할 수가 없습니다.

인경 씨, 미안합니다. 무능한 사람의 옆에 있게 해서. 그저 먼발치에서 인경 씨의 사랑을 느끼는 것만이라도 허락해 준다면 그것으로 만족 하겠습니다.

진정 내가 인경 씨의 행복을 위한다면 저는 인경 씨를 잊어야 한다는 것을 알고 있습니다. 우리가 지금 아픈 이별을 한다면 당분간은 힘들고 고통스럽겠지만 시간이 지나면 상처가 아물 듯 서로가 인내할 수 있을 거란 생각도 해봅니다. 그럼에도 결연하게 인경 씨를 잊어야 한다는 결단을 실행하지 못했던 나약한 나 자신의 초상이 미워서 더욱 괴로웠습니다.

하루에도 몇 번씩 홀로 걷기를 다짐 해봅니다. 인생은 누구나 결국은 혼자서 걸어가는 외로운 여행일 테니까요. 혹 이런 생각을 하는 제가 비겁하다고 비난할 지도 모릅니다. 그렇지만 지금의 상황에서는 더 이상 인경 씨가 제 삶의 가시밭길을 걷게 할 수는 없습니다.

인경 씨, 제가 남자답게 살 수 있게 도와주세요. 혼자서 일어서겠습니다. 부디 저를 잊어 주시고 건강하고 좋은 분 만나셔야 합니다.

같은 하늘 아래 사는 동안 인경 씨는 언제나 그나별과 함께 제 마음속에 존재할 겁니다. 인경 씨는 저를 이해해 주시리라 믿습니다.

지석

힘든 밤을 지새우고 밤새의 번민을 털어내기 위해 약수터로 향했다. 그래도 움직이면 마음이 한결 가벼워졌고, 산 위 자락에서 내려다보면 자신의 처지를 조금은 조감할 수 있는 여유도 생겼다. 그래서 지석은 산에 오르기를 좋아했다. 산속에서 가슴을 모아 객담을 최대한 배출하고 흙에 묻는 것도 아침의 습관이 되었다. 아마도 그의 이런 노력이 병을 진행시키지 않고 치료에 좋은 영향을 주었음에 틀림없었다. 지석은 가벼운 마음으로 산을 내려왔다.

"누나! 배고프네요."

"너무 무리하게 운동하지는 마. 배고플 정도로 활동을 하면 체력 소모가 너무 크지 않겠니?"

"그저 걷는 정도인데요 뭐."

지석은 인경에게 마지막 편지를 보낸 이 후, 산에 오르는 시간이 점점 많아졌다. 방안에 있으면 심약해지는 자신을 가눌 수가 없었기 때문이었다. 그가 인경에게 이별을 고한 이후 하루하루는 처절한 인고의 시간이었으며 아침에 눈을 뜨면 비장한 각오로 자신을 다스려야 했다. 그러나 그것도 그때뿐이었다. 마치 마약 중독자가 마약을 하지 못해 안절부절 못하는 사람처럼 그의 마음은 안정을 찾지 못했다. 밥을 먹을 때도 그랬고 텔레비전을 보아도 정확하게 몰두하지 못하고 마음이 허전해 허공에 뜬 기분의 연속이었다. 인경을 만나 채워졌던 가슴속의 모든 기쁨과 희망은 안개가 걷히듯 사라지고 우울과 불안과 허전함이 그 자리를 대신했다. 그는 인경에게 금빛의 사랑을 하지는 못했다. 잠시라도 혼자 있는 시간을 줄이기 위해 부지런히 움직였다. 누나와 함께 시내에 자가 돌아다니기도 하고 재래시장에 가서 열심히 살아가는 상인들의 얼굴에서 삶의 생기를 느껴보기도 했다.

어둠이 지기 시작하면 텔레비전에 애써 몰두해 잠들기 전까지 보기도 했다. 좀처럼 잠을 이룰 수 없을 때는 베개를 높이 하여 머리로 올라가는 혈액을 줄이면 잠이 들게 되는 것도 터득했다. 그는 자신을 생각 없이 살아가는 하루살이가 되기 위해 의식적으로 노력했다. 그저 먹고 놀고 졸리면 잠을 자는, 병을 고치기엔 가장 좋은 동물형의 인간이 되고 싶어했다.

객혈

 산에 오르내리며 나의 체력은 정상인과 다를 바 없을 정도로 좋아졌다. 점차 산행의 거리를 늘려갔고 시간도 두 시간 정도로 길어졌다. 높은 산을 오르다 보면 숨이 가쁘게 차오를 때까지 멈추지 않았다. 때때로 심한 기침이 그칠 줄 모르고 나왔다. 한참을 기침하면 눈물이 눈가를 채우고 흘러서 화가 치밀어 오르기도 했다. 만취상태에서 토할 때처럼 기진맥진해서 멍하게 앉아 이렇게 살아서 무엇 하나 하는 생각도 들었다. 그래도 그런 고통 없이 기침할 때엔 폐부 깊숙한 곳에서 올라오는 가래를 배출시킬 때마다 가슴속이 깨끗해지는 것 같아 기분이 좋았다.
 새벽 1시 50여분.
 잠자던 나는 기관지에서 많은 양의 가래가 올라오는 느낌에 잠을 깼다. 급히 옆을 더듬어 휴지를 뽑아 입에 대고 기침을 해서 객담을 받아냈다. 그런데 이상한 비린내가 입가에 풍기는 것을 느꼈다. 일어나 불을 켰다. 하얀 휴지에는 선홍색의 피가 빨갛게 물들여져 있었다. 나는 깜짝 놀랐다. 말로만 듣던 각혈을 한 것이었다. 예전에 객담에 실처럼 묻어나는 정도의 혈담은 두세 번 본 적이 있지만, 이렇게 피를 토하기는 처음이었다. 잠시 후, 기관지에서 또 다시 무엇인가 오르는 듯한 느낌이 왔다. 나는 급히 화장실로 달려갔다. 변기에 머리를 갖다 댈 시간도 없이 바닥에 피를 토하기 시작했다.
 우엑거리는 소리에 나의 누나가 깨어 달려 나왔다. 누나는 화장실 바닥에 펼쳐진 피를 보고 당황해서 어찌할 바를 모르고 있었다. 그때에 내가

토한 피의 양은 종이컵으로 반 컵은 되었을 것이다. 내가 어느 정도 진정이 되어 허리를 펴고 화장실 벽에 걸린 거울에 자신을 들여다보았다. 두 눈 속엔 구토할 때처럼 눈물로 채워져 눈동자가 잘 보이지 않았다. 세안을 하고 문 쪽으로 얼굴을 돌렸다. 화장실 문 밖에는 누나가 눈물을 흘리면서 나를 바라보고 있었다.

5월 10일

 공주 국립병원에 외래를 보러 갔다. 병원 정문을 지나 들어가자 잔디와 나무들은 초록의 새 잎을 키워가고 있었다. 녹색 철조망에는 장미 넝쿨이 매달리어 활짝 핀 자태로 누군가를 기다리고 있었다. 병원 주위의 철조망에 핀 장미들은 아마도 이 병원을 거쳐 간 아름다운 영혼들이 꽃이 되어 머물고 있는 듯 했다. 내가 이곳을 퇴원하고 넉 달 만의 방문이었다. 엑스레이 사진을 찍고 나서 담당 의사와 면담을 하기 시작했다.
 "왜 수술한다고 하더니 아직도 수술을 받지 않았습니까?"
 "가슴 사진이 계속 좋아지고 있어서 잠시 보류 했습니다."
 "지금 사진 상으로 별다른 큰 호전은 없네요. 엑스레이 사진만으로 판단할 수 없는 것입니다. 주기 으로 사진이 좋아지다가 다시 안 좋아질 수도 있어요. 나빠지기 시작하면 급속하게 진행되기도 하니까 조심해야 합니다. 그나마 더 이상 악화되지 않는 것도 큰 다행이고 놀라워요. 정지석 씨는 약제 내성이 강한데도 다른 사람처럼 병변이 퍼지지 않는 것이 신기하네요. 모든 생활을 절제하고 지금처럼 몸 관리 잘해 보세요."
 "선생님, 사실 며칠 전에 심하게 각혈을 했습니다."
 "피가 얼마나 나왔습니까?"
 "종이컵으로 반 컵은 됐을 겁니다."
 "보통은 소주 컵으로 한 컵 정도인데 양이 많은 편이었네요. 각혈을 하다가 기도가 막히면 아주 위험합니다. 피가 올라올 때 너무 심하게 기침을 하면 가슴이 울려서 혈관이 더 파괴될 수 있으니 조심하세요. 고개를 숙이면 기도가 막히니까 고개를 들고 기도를 개방해야 합니다. 큰 걱정은 하지 마세요. 각혈이란 결핵균이 폐의 혈관을 파괴해서 기관지로 피가 나오는 결핵의 일반적인 증상중의 하나이니까 크게 신경 쓸 필요는 없습니다."

외래 진료를 마치고 1층의 로비에서 자판기의 차를 한 잔 빼내어 마시면서 건물 앞으로 난 산책길을 바라보았다. 몇 달 전 인경과 눈싸움하던 모습들이 추억의 활동사진처럼 한장 한장 넘겨지고 있었다. 불현듯 법당이 가보고 싶었다. 몸만 돌려 뒤돌아서니 법당으로 가는 언덕이 보였다. 안정시간이라 병원은 매우 한적했고 유유히 계단을 올라 법당의 마당 앞에 올라섰다. 법당 사랑방은 법당 출입문의 입구에 있어서 법당에 들어가려면 사랑방 창문을 지나게 되어 있었는데 창문에서 사람의 목소리가 들렸다. 미혜와 성진의 목소리였다. 더 이상 걸음을 옮길 수 없었다. 다시 현관 쪽으로 내려오는데 임 간호사가 챠트를 들고 원무과로 달려가는 뒷모습이 보였고 잠시 멈춰 섰다. 임 간호사가 반가웠지만 왠지 안보는 것이 낫겠다는 생각에 건물 뒤로 난 길로 정문 경비실에 다다랐다. 퇴원할 때 운정을 면회했던 기억에 운정을 떠올렸다. 수술하고 나아졌다면 그녀에게 면회를 신청했을 것이다. 나는 수술을 미룬 것에 뒤늦은 후회를 했고 집으로 돌아와 누나와 수술에 대해 상의를 했다.

"어떻게 많이 좋아 졌대?"

단지, 며칠 전의 각혈을 빼고는 기침이나 객담도 눈에 띄게 줄었기 때문에 누나도 내가 많이 좋아졌을 걸로 기대했다.

"누나, 3개월 전보다 크게 좋아졌다고 볼 수는 없대. 나 수술해야 될까 봐?"

"그래라. 병을 가지고 계속 시간만 보내면 수술할 기회도 놓칠 수 있어."

별빛은 구름 속으로

 인경은 이별 편지를 받고 많은 생각을 했다. 밤이 되면 흐르는 눈물을 주체할 수 없었고 낮에는 물가의 다리에 앉아 생각에 잠기거나 산에 올라 먼 산을 바라보며 그의 마음을 이해해 보려고도 했다. 아직 투병중인 그가 혹시나 마음의 상처가 깊어 치료가 힘들어 지지는 않을까? 그가 건강한 모습으로 떠났다면 인경은 그를 잊을 수 있을 것도 같았다. 자신에게 사랑을 알게 해주고 고상한 척 이별을 선언한 그 사람이 밉고 또 미웠다. 밤에는 새벽녘까지 잠을 설치며 삼 일 동안을 생각하고 생각해도 인경은 마음속의 사람을 지울 수가 없었다.
 새벽녘에 잠깐 눈을 붙이고 일어난 인경은 아침도 거른 채 공주 지석의 누나 집으로 전화를 했다.
 "안녕하세요? 저 인경이에요."
 "아침 일찍 웬일이에요? 지석이 지금 약수터에 갔는데 들어오면 전화하라고 할까요?"
 "저 사실은 지석 씨에게 편지를 받았는데 ……."
 인경은 누나에게 자초지종을 설명하고 지석이 잘 지내는 지 궁금하다는 말을 했고 지석에게는 자신이 전화했다는 것을 비밀로 해줄 것을 부탁했다. 항상 지석이 인경에게 전화를 했었지만 이제는 전화를 하는 것은 인경의 몫이 되었다. 지석의 누나 역시 팔은 안으로 굽는다고 동생이 나아서 건강한 사람을 만나기를 원했다. 그래서 지석에게는 인경에게서 연락이 오고 있다는 것을 알리지 않았다. 동생이 인경을 잊을 수 있기를 기다리는 마음이었다.

인경은 동해시의 간호학원에 등록을 했다. 언제까지나 쉬고 있을 수 없었고 새로운 일을 하고 싶었다. 자신의 투병의 경험과 앞으로의 건강을 위해서라도 간호사는 인경에게 매력적으로 느껴졌다. 인경도 시내에 나가 학원을 다니면서 그럭저럭 하루의 시간을 견디고 있었다. 친구 민숙을 만나면 예전의 학창 시절로 돌아온 것 같은 기분이 되어 좋았고 차도 마시고 영화 구경도 가끔씩 할 수 있었다. 그 당시 민숙은 남자 친구와 열애 중이어서 인경이 같이 만나기도 했는데 어느 날 민숙의 남자 친구는 아무런 예고도 없이 자기 친구를 인경에게 소개시켰다. 얼떨결에 소개받은 진호는 중학교 영어 교사였다. 그에게서는 전체적으로 안정감이 느껴졌다. 어딘지 모르게 지석과 닮은 외모가 인경에게 호감을 주었다.

"사실 저는 누구를 소개받으려고 나온 게 아니에요."

쑥스러움을 감추지 못하고 인경이 먼저 말을 꺼냈다.

"알고 있습니다. 친구가 그래 말을 하데요. 소개한다고 하면 인경 씨가 안 나오실 거라고. 사실은 제가 고등학교 다닐 때 인경 씨를 짝사랑 했는데……."

"저를 아셨어요?"

"그럼요."

인경보다 한 참 아랫마을에 살았던 진호는 인경의 2년 선배였다. 우등생이었던 진호는 활동적이지 않아 선후배들에게 이름만 기억이 될 정도였다. 이야기 도중에 진호가 공주 사범대학 출신이라는 것을 알게 되었지만 인경은 자신이 공주 병원에 입원했었다는 사실을 얘기할 수 없었다. 공주라는 지역적 공감대는 이상하게도 진호에 대한 친근감을 더 느끼게 했다. 인경은 자신이 공주라는 지역과 무슨 인연이 있지 않나하는 착각도 했다. 공주 병원에서의 나와 영환의 만남도 그렇거니와 동해에서

만난 진호까지 공주에서 공부했다니.

　아프기 전에는 돈을 모아야 한다는 생각에 열심히 직장 생활에 매달리다 보니 남자와 교제할 기회가 거의 없었다. 때로는 미인이 남자 친구 없이 더 외로운 경우가 많은데 인경이 바로 그랬다. 벌써 인경의 주위에는 나와 영환 그리고 진호 그렇게 벌써 남자가 셋이나 생겼다. 그 날 이후 진호는 시간 날 때마다 자동차를 몰고 달방 인경의 집을 찾을 정도로 적극적이었다. 인경의 아팠던 과거를 듣고 자신이 감싸주어야 한다는 진호의 순수한 마음이 용기의 원동력이었다. 진호가 조그만 달방 마을에 모습을 나타내기 시작하자 인경의 어머니와 이웃 집 심 씨네 아주머니 역시 진호에 대해 관심을 갖지 않을 수 없었다.

　"누구래요?"

　역시 그냥 지나칠 수 없는 심 씨네 아주머니가 인경의 어머니에게 말했다.

　"저 아래 효과리 이장 집 둘째 아들이래요."

　"중학교 선생한다던? 인경이 좋아서 오는가?"

　"글쎄요?"

　"그래도 인경이 인물이 이쁘니께 이 촌까지 찾아오는 남자들이 있제! 인경이 몸이 약하니께는 저래 건강한 사람이 좋지 않나."

　갑자기 나타난 진호 덕분에 인경은 지석을 가끔은 잊을 수 있었다. 그래도 그가 생각날 때 마다 공주 누나와 통화를 함으로써 지석과의 관계를 이어갔다. 인경은 한 시도 지석과 이별을 했다고 생각한 적은 없었다. 또한 시내의 도서관에 들러 책을 빌려다 읽는 것은 인경의 생활에 안정감을 주었고 삶을 다시 한 번 생각하게 되는 의미 있는 시간들이 되었다.

　그렇게 인경도 지석에게 마지막 편지를 받은 후 20여 일을 보냈다. 이삼일 꼴로 지석의 누나 집에 전화를 했던 인경은 어느 날 간밤에 꿈속에서 지석이 하얀 환의를 입고 있는 꿈을 꾸었다. 지석이 약수터에 올라가는 오전 아홉 시가 되기를 기다렸다가 인경은 공주로 전화를 했다.

"저 인경이에요. 별일 없으시죠?"

"으응, 별 일은 없지. 인경이도 잘 지내지?"

"어젯밤에 지석 씨 꿈을 꾸어서 전화해 봤어요. 정말 별일 없지요?"

지석의 누나는 잠시 망설였다. 지석이 수술을 하러 간다는 말을 해야 할 지 함구해야 할 지 입안에서 말을 더듬고 있었다. 인경의 재차 묻는 안부의 말에 누나의 마음이 움직였다. 그리고 며칠 동안 나를 간병하러 병원에 가면 이 삼 일에 한 번씩 오는 인경의 전화를 받을 수 없게 될 것 같아서 말을 해야겠다는 생각이 들었다.

"사실은 지석이 내일 모레 수술하러 서울에 갈 거야."

"어머! 수술하기로 했어요? 누가 옆에 있어줘야 하는데? 수술 날짜는 아직 모르겠네요?"

"으응, 어저께 올라가서 미리 예약이 되어 있어. 수술은 입원 후 3일 후야."

"예, 알았어요. 제가 올라갈 테니 걱정 마세요."

인경은 최소한 지석이 건강해 질 때까지는 그를 위해 헌신하려고 마음먹고 있었다. 그녀가 간호학원에 나가고 있는 것도 구체적인 계획의 일부였다. 마냥 대책 없이 별만 바라보고 있을 수는 없었기 때문이었다. 나를 위해 인경 자신도 무엇인가 할 수 있는 사람이 되고 싶었고, 아직 젊은 자신을 흐르는 시간의 강물 위에 아무렇게나 내맡기고 싶지는 않았다.

사랑하는 것은
사랑받는 것보다 행복하고 위대하다

　간단하게 입원 준비를 하고 서울로 향했다. 그 날은 오월 중순인데도 한 낮의 기온이 많이 올라 제법 날씨가 더웠다. 곧바로 입원수속이 이루어졌고 당일 바로 흉부외과에 입원을 했다.
　"네, 512호실입니다. 정지석 씨요?"
　같은 병실의 환자 보호자로 보이는 아주머니가 주위를 둘러보며 전화기를 들고 있었다. 나는 일어나 전화를 받았다.
　"여보세요?"
　"지석 씨, 저 인경이에요. 입원 하셨다면서요?"
　내가 서울로 떠나기 전에 누나는 인경도 나의 수술을 알고 있다고 말해 주었었다. 수술이 조금은 두려웠지만 한결 가벼운 마음으로 병원에 입원할 수 있었다.
　"인경 씨 모르게 하려고 했는데 어떻게 알았어요?"
　"낮에 시내에 볼 일 보러 나왔다가 생각이 나서 전화 했더니 누님께서 알려 주셨어요. 수술 날짜는 잡혔어요?"
　"예, 3일 후요."
　"그럼 내일 모레에 올라갈게요."
　"올 필요 없어요, 인경 씨."
　"간호해 줄 사람도 없잖아요. 수술하면 며칠 동안 옆구리에 병을 달고 다녀야 하는데요? 어쨌든 올라가서 봐요."

　인경은 거의 일방적으로 말하고 전화를 끊었다. 이 틀 후 인경이 올라왔고 나는 편한 마음으로 수술을 받을 수 있었다. 병실 안 사람들은 결혼도 하지 않은 젊은 사람들이 참 보기 좋다고 칭찬을 아끼지 않았다. 수술에 앞서 병원에서는 나에게 같은 혈액형의 피를 구해보라고 권했다. 8시간이나 진행되는 수술에 출혈이 많을 것을 염려해서였다.

　당시 수혈로 인한 에이즈 감염이 문제가 되고 있던 터라 가능한 지인에게 피를 구해보라는 병원 측의 배려였다. 믿을 만한 서너 명의 친구들에게 전화를 걸어 도움을 청했지만 같은 혈액형의 친구를 찾지 못했다. 나는 가족에게 앙금이 깊었던 이유로 가족에게는 수혈의 도움을 청하지 않았다. 다행히 수술 중 흘러내린 혈액을 다시 주사 받아 수술은 무사히 마칠 수 있었다.

　수술 후 인경에게 들어서 알게 된 사실이지만 수술 내내 나의 형님들은 있을지 모를 수혈을 위해 밖에서 대기하고 있었다. 형제의 우애는 부모님에게 받은 조건 없는 사랑을 다시 나누는 아름다움이었다. 수술은 장장 8시간에 걸쳐 이루어졌다. 중환자실에서 가족들이 한 사람씩 찾아와 나를 면회하고 갔다. 산소마스크를 쓰고 있으면서도 면회 오는 가족들에게서 따뜻한 사랑을 느꼈다. 이것이 가족이구나 하는 생각을 했다. 그 동안 나는 가족을 원망하며 가슴 한구석에는 한이 서려 있었다. 가족은 든든한 보험과 같은 존재이다. 인간이 태어나서 가족의 도움 없이 살았다고 말할 수 있는 사람이 몇이나 될까? 잘되면 제 탓이요, 안 되면 조상 탓한다는 옛말이 있다. 티끌만큼도 가족의 도움 없이 자수성가했다고 큰소리치는 사람도 더러 있다. 그러나 인간은 태어나서부터 가족의 도움으로 생존할 수 있었고 알게 모르게 가족의 도움으로 성장하게 된다. 유복하게 자란 사람이나 빈곤에 시달리며 자란 사람이나 정도의 차이가 있을

뿐, 누구에게나 가족은 마음의 고향이며 삶의 원천이다.

그럼에도 사람들은 남들보다는 가족에게서 배신감이나 소외감 그리고 원망의 마음을 오히려 더 깊게 갖는다. 가족이란 일체감은 본능적으로 가지고 태어났기 때문에 믿음 자체가 조건 없이 형성되었고, 그 본능적인 믿음이 깨어질 때에 자아의 파괴내지는 삶의 근원이 무너지는 것이나 다름없다. 그때 사람은 엄청난 분노를 일으키게 되며 파괴적인 행동을 보이기도 한다.

인경은 아가씨의 몸으로 보호자 침대에서 잠을 자며 간호해주었다. 체력적으로 젊고 양호했던 나는 별 후유증 없이 수술 상처가 빨리 아물었다. 인경과 함께 퇴원을 해서 공주 누나의 집으로 내려갔다.

"고생했다. 많이 아프지는 않았어?"
"참을 만 했어. 갈비뼈 2개를 잘라서 좀 허전하기는 해요."
"왜 갈비뼈를 잘라?"
"8시간 동안 갈비뼈를 벌리고 수술을 해야 하는데 수술 중에 그 부분이 부러지거나 금이 가면 고생을 많이 한대요. 남자니까 일부분을 잘라도 큰 무리가 없대요."
"너보다 인경 씨가 더 고생이 많았지? 고마워."
"뭘요. 수술 받은 사람만큼 힘든 사람이 있겠어요?"

인경은 공주에서 며칠간 더 머물면서 지석의 회복을 도왔다. 인경의 사랑 덕분에 마음도 아주 안정 되었다. 그렇다고 마냥 두 사람이 같이 있을 수는 없었다. 지석이 정상적으로 활동을 하게 되자 인경은 다시 동해로 갈 수밖에 없었다. 그들은 다시 헤어져야 했다. 두 사람을 바라보는 누나는 안타까워 눈물까지 글썽이며 인경을 배웅했다.

"네가 빨리 나아야 인경이와 함께 하는 것도 생각 할 수 있잖니? 이를 악물고 나아야 해."

누나도 더 이상 두 사람의 관계를 인정하지 않을 수 없었다. 지석 또한 독한 마음으로 인경을 잊으려던 노력도 한 달 만에 수포로 돌아가고 말았다. 지석의 무의식 속에는 인경에 대한 믿음이 있었기에 이별을 했었는지도 몰랐다.

지석과 인경, 두 사람에게는 마음을 기쁘게 하는 감미롭고 달콤한 사랑이 절대적으로 필요로 했다. 그로 인해 우리 두 사람은 삶을 지탱하는 힘을 얻고 있었음이 분명했다. 그러나 그들에게 절제되고 정제된 사랑이 따라주지 않았다면 나약한 연인에 지나지 않았을 것이다.

대부분의 여자들은 사랑 속에서 살고 사랑만을 기대하며 살겠지만 인경은 강한 생명력을 느끼게 하는 여자였다. 지석은 어느새 자신이 인경에게 의지하고 있다는 것을 알았다. 이래도 되는 걸까? 여태껏 인경과의 관계에 대해 냉철하게 판단하지 못하고 우유부단하게 처신하고 있는 자신에게 화가 났다. 자신이 너무 나약하지 않은가? 가끔씩 드는 죄책감과 자책감은 여전히 지석 자신을 괴롭히고 있었다. 그럴 때면 인경에게 편지를 써서 자신의 심경을 비추고는 했다. 그런 편지를 받은 인경도 마음이 편했을 리 없었다. 인경은 그런 지석의 마음을 높이 사고 있었고 더욱 지석을 사랑하게 만들었다.

한편으로 지석은 자신의 몸은 치료되어가고 있고 병을 치료해서 인경을 위해 살아간다면 그것도 큰 죄악은 아닐 것이라는 아전인수 격의 논리로 인경과의 사랑을 유지하고 있었다.

지석은 인경에게 전화만은 할 수 없었다. 최소한의 양심이라 느꼈다. 그런 지석의 마음을 알고 있는 인경이 매일같이 전화를 해 주었다. 인경에게 처음 사랑을 가르쳐 준 것이 지석이었고 자신이 죽음의 문턱에서 재생을 얻기까지 받은 것들은 받는 사랑이었다. 그러나 인경은 지석에게

사랑을 주고 있었다. 진정 사랑을 한다는 것은 사랑을 받는 것보다 행복한 것이며 위대한 일이었다.

인경의 행복을 빌며

　5월에 수술을 마치고 벌써 두 달이나 지났다. 나도 마찬가지였지만 인경도 몇 달 동안을 떨어져 누군가를 그리워하면서 기다리며 살아간다는 것은 고통이며 가혹한 형극이었다.
　모두들 여름휴가다 피서다 하며 나들이에 바쁜 계절.
　나는 그리움을 참다못해 결국 인경을 만나기 위해 동해로 향하고 있었다. 인경을 잊기 위해 그토록 노력했지만 수술 받는 내내 나와 함께 한 인경을 위해서라도 꼭 건강을 되찾아 그녀를 사랑할 수 있는 사람이 되겠다고 다짐했다. 마음속은 그녀에게 짐이 될 수 있다는 양심의 가책에서 벗어나 용기로 채워졌다. 아스팔트의 뜨거운 열기와 피서 차량들은 나에게 삶의 즐거움을 느끼게 해주었다. 한나절이 지나서야 동해시로 접어들었고 달방 댐 입구에서 차를 멈추었다. 두 번째 오는 길이었지만 댐 근처에만 다다르면 바로 올라가지 못하고 설레는 마음을 가라 앉혀야 했다. 높은 산에서 내려오는 시원한 물과 수천 년 동안 깎이어 만들어졌을 바위와 계곡들을 바라보며 인경을 그 곳에 비추어 보았다. 인경의 어린 시절에는 물로 가득한 댐 바닥은 넓은 계곡이었고 띄엄띄엄 시골집들이 있었을 것이다. 인경도 그곳을 걸어 학교에 다녔을 것이라고, 인경이 예전에 들려주었던 말들로 상상을 하고 있었다. 댐 물이 빠지면 옛날의 집터나 전봇대까지도 보인다고 했다. 댐 옆으로 난 시멘트 도로를 따라 몇 굽이를 돌아서 인경이 있는 동네로 접어들었다. 오랜만에 고향에 오는 것처럼 다소 가슴이 두근거리고 있었다. 이윽고 달방 마을에 들어섰다.

인경의 집 앞 공터에는 피서객으로 보이는 몇 대의 승용차가 여기저기 주차되어 있었고, 집 앞에는 인경과 건장한 젊은 남자가 웃으며 실랑이를 벌이고 있었다. 옆에는 옆집의 심 씨네 아주머니와 인경 어머니도 보였다. 차에서 내리지 않고 잠시 반대편 구석에 차를 대고 창문을 조금 내린 채 운전석에 앉아 있었다. 새로 산 매형의 지프를 빌려 와서 인경도 알아보지 못했고 나 또한 선글라스를 끼고 있었다. 건장한 남자는 진호였다. 진호는 인경에게 바닷가에 바람 쐬러 가자고 찾아 왔고 인경은 가지 않겠다고 버티고 있었던 참이었다. 그때 심 씨네 아주머니가 옆에서 두 사람을 부추겼다.

"그래, 심심한데 바람이나 쏘이고 와라 인경아. 선생님이 여기까지 일부러 오셨는데."

"그래요, 인경 씨. 제가 맛있는 거 사 드릴게요."

원군을 얻은 진호는 인경에게 더욱 강하게 대시했다.

인경은 어머니를 흘깃 쳐다보았다.

"그래라. 답답한데 다녀오너라."

어머니까지 거들자 진호는 더욱 적극적으로 인경을 차에 태워 시내 쪽으로 내려갔다. 부푼 마음으로 5시간을 달려온 나는 갑자기 멍한 기분이 되었다. 내자신의 모습이 작고 초라하게 느껴졌다. 물끄러미 댐을 빠져 내려가는 승용차를 보면서 행복해 하는 인경을 상상했다. 오히려 인경에게 잘 된 일이 아닌가! 나는 다시 인경을 잊으려던 마음으로 되돌아갔다. 저런 건강한 사람이 나보다 더 인경을 사랑해 줄 수 있을 거라는 생각을 했다. 차를 돌려 공주로 되돌아오는 동안 내내 스스로를 달래며 회유하고 있었다.

그 후에도 인경에 대한 진호의 구애는 매우 적극적이었으며 헌신적이었다. 인경이 아팠다는 사실을 친구에게 들어 잘 알고 있기 때문이었다. 인경의 친구인 민숙과 그녀의 애인 석규 그리고 진호는 가끔씩 인경을 찾았다. 진호는 아직 인경과의 둘 만의 시간이 어색해서 거의 민숙과 석규를 동행했다.

"인경 씨, 놀러 왔습니다. 놀아 주세요."

민숙의 애인인 석규가 넉살맞게 말하자 같이 온 민숙과 진호도 덩달아 웃었다.

"저 쪽 물 좋은 바위에서 고기 구워 먹으려고 왔습니다. 준비할 것 하나도 없습니다. 입만 가지고 오십시오."

말 한마디 한마디가 웃지 않을 수 없게 만드는 석규의 입담은 주위 사람들을 즐겁게 해 주었다. 달방 마을의 오른쪽은 깊은 산골에서 이어지는 낮은 계곡물이 흐르고 있었다. 넓적한 큰 바위가 많았고 흐르는 물은 동해 시민의 식수원인 달방 댐으로 흘러 들어가고 있었다.

"또 삼겹살이에요?"

민숙이 삼겹살이 펼쳐지자 한 마디 던졌다. 이번에는 진호가 말을 이었다.

"우리 한국 사람은 아직도 지방이 부족한 사람이 많답니다. 특히 여자들은 다이어트 한다고 너무 먹지 않아 병이 난데요. 인경 씨 민숙 씨 많이 드세요."

"쟈가 지 먹고 싶어 사와 놓고 생색은 다 낸다니. 니 항상 그러잖아? 분필가루 많이 먹어서 삼겹살을 많이 먹어야 기관지가 깨끗해진다고."

석규의 말에 또 한바탕 웃음소리가 터졌다.

"애들 가리키는 게 어떠세요? 재미있죠?"

민숙이 진호에게 물었다.

"재미있을 때도 있고 힘들 때도 있죠 뭐. 그런데 그런 말 있잖습니까? 먹

는 데 이런 말 해서 뭐하지마는 선생이 누는 거시기는 개도 안 먹는다고.”
"왜요?"
민숙이 재미있는 듯 물었다.
"왜긴 뭐 왜야. 개들도 공부하기 싫으니까 선생한테 질려서 그렇지?"
석규가 또 재치 있는 말로 일행을 웃겼다.
"얼마나 학생들에게 속 썩으면 뒤가 시커멓게 타서 나오겠습니까?"
인경은 친구들과 정말 오랜만에 그간 투병으로 잃어버린 시간들을 다시 찾은 양 즐거운 시간을 보내고 있었다.
"우리 고기 먹고 촛대바위 갑시다. 광식이 형이 바나나 보트 개업했잖아. 우리 가면 공짜다. 내가 책임진다. 갑시다."
달방에서 십여 분 만에 해수욕장에 도착했다. 넓은 모래사장을 지나 장엄하게 펼쳐진 짙푸른 바다에서 그들은 보트를 타고 달리며 같이 환호성을 질렀다. 장난 끼 많은 석규는 진호와 인경을 바닷물에 밀어 빠트렸다.
"가끔씩 그렇게 소금물에 몸을 담가야 살이 썩지 않는기다."
"그럼 니도 이리 들어와야겠네."
"아니다. 나는 너무 자주 들어가서 괜찮다."
"웃기지 마라."
진호도 질세라 석규와 민숙을 바닷물로 끌어 내렸다. 네 사람은 개구쟁이 어린 시절로 돌아가 있었다. 인경은 그들과 어울리는 것이 꿈만 같았다. 인경은 잃어버린 청춘을 되찾은 느낌이었다. 여름날들은 건강한 사람들의 계절이었다. 더불어 인경도 그들과 함께 건강한 젊은 여자가 되어 있었다.
놀기 좋아하고 잘 노는 민숙의 애인 덕분에 여름 내내 인경은 그들에게 이끌려 돌아 다녔다. 토요일 밤이면 민물과 바닷물이 만나는 북평 다리 밑에 가서 연어를 잡아 철판에 구워 먹기도 했다. 석규는 동해 강릉 할 것

없이 선후배가 많고 그들이 운영하거나 종사하는 횟집 또는 나이트클럽을 찾아다니며 놀기도 했다. 모두가 민숙과 석규의 인경에 대한 배려였다. 또한 진호와 인경이 잘 되기를 바라는 민숙과 석규의 우정이었다.

여전히 진호에 대한 인경의 마음은 쉽게 열리지 않았다. 인경의 마음속에는 항상 지석이 자리 잡고 있었다. 그래서 진호에게는 어떤 감정 표현도 하지 않았다. 남녀 관계란 쉽게 넘어가지 않을 때 더욱 간절해지고 애간장을 태우게 된다. 진호는 그런 인경의 태도에 더 매료되고 있었다.

기적

　여름도 지나고 어느덧 10월. 인경과 지석에게 지난날의 추억은 마음 속 구석구석에 향기처럼 스며져 있었고 시간이 흐르면서 그 향기는 그리움을 태우는 연료가 되었다. 사랑도 마약과 같은 중독성이 있다. 사랑의 그 느낌을 지속적으로 갈구하며 충족되지 못할 때에 신체에는 호르몬의 불균형으로 목숨까지 위협할 수 있는 독약이 될 수도 있다.
　부드러워지는 태양 볕과 가을이란 계절에 살아남기 위해 현란하게 몸 색깔을 변화시키는 단풍나무들, 한 여름 밤에는 느낄 수 없었던 그윽한 달빛 그리고 미소 짓는 별들 모두가 그리움의 속삭임이었다.
　인경은 여전히 지석을 사랑하고 있었다. 진호가 나타난 후로 자신도 모르게 잊혀져가는 지석에게 미안한 마음이 들었다. 미안한 마음을 넘어 죄책감 같은 것도 느꼈다. 이러다가 지석이 마음속에서 잊혀 버릴 지도 모른다는 생각도 했다. 그리고 공주병원의 정기 검진 날짜도 가까워졌다. 인경은 불현듯 지석을 만나야겠다는 생각에 공주로 향했다. 차창가로 지나치는 풍경들을 바라보며 지석과 나누었던 편지와 전화 통화내용 등을 회상했다. 모두가 과거의 추억 사진을 보는 느낌이었다.
　그녀가 공주에 도착했을 때 나는 집에 혼자 있었다.
　"인경 씨, 연락도 없이 갑자기 웬일이에요?"
　"공주병원에 외래도 볼 겸해서 왔어요."
　활짝 웃는 모습으로 인경은 말을 건넸다. 아무 말도 할 수가 없었다. 너무도 갑작스런 인경의 방문에 조금은 당황스러웠다. 여름에 내가 그녀의 집에 갔다가 그냥 돌아온 사실을 인경은 알 리가 없었다. 그래서 내가 또다시 인경을 잊기 위해 노력하고 있었다는 사실도 모르고 있었다. 나의 표정이나 인경을 향한 태도는 밝지 못했다. 인경은 아직도 내가 이별 편지를 보낼 당시의 심정이 남아 있으려니 생각 할 뿐이었다.

"계룡산에나 다녀올래요?"

나는 어떤 식으로 인경을 대할 지가 난감해서 둘 만의 공간을 탈출하고 싶었다. 둘 다 말이 없었다. 그들이 처음 만났던 국립 공주결핵병원 앞을 지나다 차를 멈춰 섰다.

"지석 씨, 저 병원이 아름다워 보여요. 우리에게 사랑을 준 병원이잖아요."

잠시 두 사람은 몇 달 전의 추억에 잠겼다.

"참, 순임이 얼마 전에 죽었대요."

두 사람을 만나게 해 준 곳이 바로 앞의 동화 속의 하얀 궁전 같은 곳이었지만 좋은 기억만 떠오르는 곳은 아니었다. 그래도 두 사람의 기억 속에는 사랑의 요람 같은 곳이었다. 자동차는 다리를 건너 계룡산 갑사 쪽으로 좌회전해서 삼십여 분 달렸다. 갑사의 오솔길은 두 사람의 만남을 위해 가을 냄새를 물씬 풍기며 준비하고 있었다. 갑사의 단풍은 이미 시작되었고 산은 마치 붉은 분홍치마를 둘러 입고 있는 듯 생명력을 느끼게 했다. 그동안 그들의 그리움의 열정은 잘게 쪼개져 가을 산사의 단풍잎에 물들여져 있어서 두 사람의 마음을 대신 표현하고 있었다. 그러나 그 아름다운 가을 단풍의 경치도 상념을 잊고 산사를 걷는 두 연인의 마음보다 더 아름답고 행복할 수는 없었다. 그렇게 두 사람은 얼마동안 가을 산에서 예전의 마음으로 되돌아가 있었다.

"어서 와."

누나가 인경을 반가이 맞았다.

"안녕하셨어요?"

"네가 오니까 지석이 얼굴에 해가 떴다 얘."

지석의 얼굴도 어느 새 밝아져 있었다.

"저도 그래 보이지 않아요?"

"둘이 그렇게 좋아? 큰 일 났구나."

누나는 지석의 속마음을 아는 듯 모르는 듯 분위기를 바꾸어 놓았다.

"얘들아, 그런데 두 사람 같이 있으면서 지킬 것은 꼭 지켜야 해. 그렇게 하지 못할 거면 아예 지금 헤어지는 게 나아. 사랑이 두 사람을 살릴 수도 있지만 둘 다 죽일 수도 있다는 거 잘 알고 있지?"

"누나, 인경이나 내가 더 잘 알고 있어요. 명심 할게요."

이튿날 인경과 나는 국립 공주결핵병원에 외래를 갔다. 인경은 외래 결과 완전히 건강한 상태가 되었다는 말에 기뻐했다. 그러나 나에게 문제가 발견되었다.

"정지석 씨, 왼 쪽은 깨끗해 졌네요. 그런데 여기 오른쪽 중앙에 또 병변으로 보이는데……."

"오른쪽이 감염이 되었다고요? 지금까지 오른쪽은 깨끗한 걸로 알고 있었는데요."

"C.T 촬영을 해야 정확히 알 수 있겠어요. 기관지가 양쪽으로 갈라지게 되는데 반대쪽으로 감염되는 것은 시간문제지요. 어쨌든 좌측 폐 부분 절제술은 성공적입니다."

나와 인경은 병원을 나서서 커피숍으로 들어갔다.

"지석 씨, 그래도 수술로 오랫동안 앓았던 좌측이 깨끗해졌으니 얼마나 다행이에요. 고질적이던 공동이 이젠 없잖아요. 힘들어도 공동이 또 생기기 전에 오른쪽도 일부 절제수술을 받는 것이 어때요?"

인경의 말이 옳았다. 그 전까지 오른쪽엔 병변이 없었다. 누나와 상의를 하고 바로 수술하기로 결심했다. 첫 번째 수술 후 5개월이 지났다. 국립 공주결핵병원의 어느 의사도 수술을 권장하거나 막지도 않았다. 의사도 확신은 할 수 없었기 때문이었다. 이번에도 을지로 B 병원에 입원을 했다. 흉부외과의 김 박사는 수술은 적극적인 치료방법 중의 하나라고 설명했다. 이번 역시 좌측 수술 때처럼 김 박사가 수술 집도를 맡아줬다.

"지난 번 수술이 잘 되었는데 오른 쪽에서 또 씨앗이 컸으니 이 부분도 자르면 아무래도 빨리 나을 수 있을 거야. 일반 가슴사진에는 보이지 않지만 C.T단층사진을 보면 여기에도 조그만 공동이 생기기 시작했어. 상태를 보니 약이 어느 정도 듣는 것 같으니 깨끗이 잘라 줄게. 그리고 내과 염 박사를 찾아 가보게."

지석은 또 한 번의 긴 수술을 받았다. 도대체 얼마나 힘든 수술인데 8시간이나 걸리는 걸까? 인경은 긴 수술 동안 식사도 걸은 채 수술실 앞을 지켰다. 의식도 없이 가슴을 절개하고 누워있는 지석을 생각하면 밥을 먹을 수 없었다. 누나가 교대해서 식사를 하자고 해도 인경은 꿈적도 하지 않았다. 수술이 끝난 지석의 얼굴은 퉁퉁 부어있었고 눈물자국이 범벅이 되어 있었다. 무의식의 수술 중에도 눈물이 흐른 모양이었다. 인경도 얼굴이 반쪽이 되었다. 병원에서 지석을 간호하는 동안 인경의 얼굴은 그렇게 병색이 돌 만큼 야위었다. 옆구리에 구멍을 뚫고 호스를 넣어 공기와 수술 잔해 물이 섞여있는 피를 받아 내었다. 그런데 지석이 중환자실을 나와 하루가 지나자 고열이 나기 시작했다. 폐렴이 온 것이었다. 엑스레이 사진은 하얗게 보였다. 수술 후에 2차 감염의 위험은 항상 따른다. 큰 수술을 마치면 면역력이 매우 약해져 쉽게 감염이 올 수 있다. 다행이 폐렴은 수일에 걸쳐 치료가 잘 되어 지석은 고비를 잘 넘겼다. 분명 지석은 인경 덕분에 두 차례의 폐엽 절제술을 잘 받았다. 이번엔 가슴 통

증이 무척 심했다. 모르핀도 회수를 더해감에 따라 효과가 줄어들기 때문에 많이 주지 않았다. 통증이 심할 때마다 인경이 옆에서 손을 잡아 주었고 용기를 주었다.

"조금만 더 참아 내세요. 그러면 병에서 해방 될 수 있어요."

그런 인경의 말 한마디는 정말 나를 강하게 만들었다. 이번에도 수술은 잘 되었다. 우측 폐는 3개로 나뉘는데 가운데에 공동이 생겼었고 중엽(가운데 폐엽) 의 일부분만 자르는 고 난이도 수술이라고 했다.

"인경 씨, 정말 고마워요. 만약 내가 완치된다면 기적이 될 겁니다. 그리고 모두 인경 씨 덕분이고요. 처음 발병해서 여러 병원을 다니며 의사 선생님들로부터 들었던 말이 뭔지 아세요?"

"솔직히 말하면 당신은 현재로서는 약이 없는 병입니다."

나는 침대에 비스듬히 누웠던 자세를 일으키며 진지한 얼굴로 말을 이었다.

"맞아요. 약제 내성검사의 결과를 보고 의사 선생님들이 이구동성으로 말했어요. 당신은 암과 같이 치료가 힘든 난치성이라고 했어요. 솔직히 고치기 힘들다고 말해 주더군요. 내가 그때부터 삶의 의욕을 잃고 죽음의 공포를 느끼게 되었고요. 그것도 결핵을 잘 본다는 병원에서 듣게 되니 더 이상 다른 병원을 찾을 마음이 없어졌지요. 진작 이런 병원에서 치료를 했더라면 벌써 완치됐을 겁니다. 인경 씨 내가 한 가지 약속할게요."

"뭔데요?"

"만약 10년 후에 내가 정상인이 되어 건강하게 살고 있다면 인경 씨에 대한 고마운 마음을 표현할 수 있는 선물을 준비할 겁니다. 선물 만드는 데 최소 1년에서 몇 년이 걸릴 수도 있어요."

"무슨 선물인데 그렇게 오래 걸려요? 기대되네요."

"제가 나을 수 있었던 가장 큰 요인은 인경 씨가 저에게 준 사랑일 겁니다. 거짓 없이 나누었던 인경 씨와의 사랑을 글로 적어보고 싶어요."
"지석 씨, 그 약속 꼭 지켜야 해요!"

며칠 후 친구 영복이 찾아 왔다. 영복은 해외 유학을 떠나기 전 나와 함께 마지막 술을 마신 친구였다. 이튿날 나는 삼 일을 일어나지 못했고 그로 인해 병원에 가서 발병을 알게 되었었다. 영복은 1년에 한 번쯤은 귀국했는데 마침 나의 수술 소식을 듣게 되었다. 영복은 몇 년 전부터 사귀던 여자 친구와 함께 왔는데 변함없는 그들의 사랑이 보기 좋았다. 이 후로도 영복은 병원에 자주 들러 친구의 완쾌를 기원 해주었다. 대학 친구들도 어떻게 알았는지 나를 찾아 주었다. 인경은 병원에서 나의 친구들을 처음 보게 되었다. 친구들이 찾아오면서 나는 마치지 못한 대학 생활이 그리워졌고 재기해서 다시 공부해야겠다는 욕심이 생기기 시작했다. 아프고 난 후 친구들과 완전히 연락을 끊었었다. 남들처럼 늙어서 죽는 것이 소망이었던 나에게 다시 현실 세계의 동경은 마음의 안정에 도움이 되지 못했다. 침대에 누워 생각에 잠겼다. 힘들었던 과거를 잊고 분에 넘치는 생각을 하고 있지는 않은가 하는 자책을 했다.
"지석 씨, 평상심을 잃지 마세요. 공부는 완쾌되고 시작해도 늦지 않아요. 지석 씨는 아직 정상이 아니에요. 건강한 몸을 만드는 것에만 전념 하세요."
아플 때는 나에게 건강하다는 자신감을 심어주던 인경은 이제 반대로 아직 정상이 아니라고 말했다. 인경이 옆에서 한 번씩 해주는 말이 나에게 정말 힘이 되었다.
"지석 씨, 이제 내과 진료를 받아 봐야 하지 않겠어요?"
인경과 나는 호흡기 내과의 염 박사에게 특진을 신청했고 그간의 경과

를 얘기했다.

"정지석 씨 같은 젊은 사람을 내가 고친 적이 있어요. 이 간호사! 그 친구 이름이 뭐였지?"

염 박사는 나와 같이 다제 내성균을 가진 사람을 완치시킨 경험이 있다는 말로 나에게 희망을 주었다.

"아직 내성균을 잡을 수 있는 약은 나오지 않았지만 내 말대로 치료를 잘 받아보세요. 약의 양은 그 사람의 체중에 비례해서 처방을 합니다. 그렇지만 정지석 씨 같은 경우는 약이 잘 듣지 않기 때문에 정상인에게 처방하는 것보다 1.5배를 씁니다. 단, 절대 함부로 이렇게 처방하지 않아요. 그렇지만 정지석 씨 같은 경우는 정상적으로 치료가 힘들기 때문에 예외적으로 처방하는 것이니 마지막 방법이라고 생각하시고 이겨내야 합니다. 나을 수 있느냐는 자신에게 달려 있어요. 일단은 많은 약을 투약하면 부작용이 많이 나타날 수 있어요. 간에도 무리가 가게 되고 소화도 힘들 겁니다. 때로는 구토도 있을 수 있어요. 이 모든 부작용을 이겨내야만 살 수 있습니다."

결핵에 대해 많이 알고 있다고 자부하고 있었지만 치료에 새로운 국면을 맞게 되었다. 왜 이런 의학 지식이나 경험들이 병원이나 의사마다 개인차가 클까 하는 생각을 했다. 치료할 수 있음에도 죽어가는 사람이 얼마나 많은가! 이제 나는 큰 희망을 갖게 되었다. 그토록 사랑한 인경도 같이 옆에 있었다. 퇴원 할 날짜가 며칠 남지 않았다. 나와 인경은 병원 건물을 내려와 따뜻한 햇볕을 즐기기도 하고 옥상에서 내려다보며 정상인이 되어가고 있음에 행복해하고 있었다.

성공적으로 두 번째 수술을 잘 받고 퇴원을 했다. 인경도 남은 간호사 과정을 마치러 다시 동해로 갔다. 이제 나에게는 한 가지의 과제만이 남아 있었다. 음식을 잘 먹고 많은 양의 약을 견뎌야 하는 것이었다.

진호의 사랑

 수술 간병을 끝내고 인경이 동해로 돌아온 지 한 달이나 지나고 있었다. 두 차례나 그의 수술을 지켜보고 간병해 주었다. 그로인해 지석에게 가졌던 왠지 모를 미안함을 조금은 덜 수 있었다. 그 미안한 마음은 진호를 냉정하고 단호하게 거부하지 못했다는 죄책감이었다. 자신도 진호의 마음을 읽고 있으면서 모른 채하고 있을 뿐이었다. 단지 진호에게 어떤 감정 표현도 하지 않았다는 것으로 자신이 속물이라는 그물을 피하고 있었다.
 지석에게 이별 편지를 받은 이후에 인경이 동해에서 버텨낼 수 있었던 것은 친구 민숙이 있어서였다. 민숙과 더불어 어울리면서 자연스럽게 진호를 알게 되었었다. 그리운 사람에 대한 애절한 마음으로 힘들 때에 진호가 인경에게 보여준 호의와 관심이 인경의 아픈 마음에 다소나마 위안을 준 것은 사실이었다.
 예전처럼 지석과 인경은 전화와 편지로 사랑을 속삭이지 않았다. 인경이 가끔 지석에게 전화를 하는 정도였다. 마지막 잎사귀가 매서운 겨울바람을 기다리고 있을 즈음, 그들의 사랑은 미묘한 감정의 미궁으로 빠져 들었다.
 한편, 진호의 인경에 대한 사랑은 점점 커져만 갔다. 인경이 과거의 병력 때문에 자신 없어 한다는 것을 진호는 잘 알고 있었다. 진호는 그런 인경이 자신 없어 하는 것들까지 모두 사랑할 수 있다는 마음이었다. 월급을 받으면 먼저 인경을 위해 소 다리뼈를 사서 달방으로 가지고 올라 왔

다. 비타민이나 영양제 같은 것도 잊지 않았다. 몇 개월 동안 지속된 진호가 보여 준 인경에 대한 사랑의 표현은 인경과 인경의 가족들을 감동시키고 있었다. 점차 지석과 떨어져 있는 시간이 길어지면서 간혹 인경의 지석에 대한 사랑은 의무감처럼 느껴지기도 했다. 지석의 사랑은 마음속에 간직하는 사랑이 되고 있었다. 그러나 진호의 사랑은 항상 느낄 수 있는 사랑이었다. 지석이 더 이상 인경에게 편지나 전화를 하지 않는 것도 인경과 진호의 사랑이 깊어가는 것을 도왔다.

그러던 어느 날 차 집에서, 친구 민숙이 인경에게 진지하게 진호의 이야기를 했다.

"진호 씨가 너를 진심으로 사랑하는 것 같애. 놀라지 마. 진호 씨는 너하고 결혼하고 싶어 해. 너도 알다시피 그런 사람 드물어 얘."

"나도 알아."

인경은 짤막하게 대답하고 눈을 내렸다.

"물론 지석 씨를 잊는 게 싶지 않은 거 알아. 그렇지만 너도 할 만큼 했잖아. 두 번 씩이나 수술하는 거 간병 다하고."

민숙은 말을 끊고 잠시 인경의 표정을 살폈다. 그리고 다시 말을 이었다.

"사실 몸이 약한 사람끼리 사랑 하나만 가지고 살기가 쉽겠니? 결핵은 재발할 수 있다면서. 이런 말 하기는 그렇지만 만약에, 만약에 말야, 기분 나쁘게 오해하진 말고 들어 줘. 예를 들어 만약에 말이야, 둘 다 아프게 되면 어쩌니? 한 사람이라도 건강해야 보살펴 줄 수 있잖아."

"민숙아, 네가 하는 말 무슨 말인지 알아. 나 위해서 하는 말인 것도."

"지석 씨와의 사랑을 모욕하는 건 아니야. 그렇지만 사랑과 현실은 다르잖아? 사랑이 너의 모든 것을 지켜주고 책임실 수 있을까? 또 사랑이란 변할 수 있는 건데. 몸이 다 낫는다고 쳐도 당장 어떻게 살아 갈 거야. 반듯한 직장이 보장되어 있는 것도 아닐 텐데. 사랑한다고 꼭 결혼해야 하는 것은 아니잖아. 나는 사랑과 결혼은 다른 것이라고 생각해. 많은 연인들이 사랑해서 결혼한다지만 그들 중 많은 사람들이 이혼하는 이유가 뭘까?"

"그래, 알았어. 그만 해."

"지석 씨도 건강해지고 있다면서? 지석 씨나 너나 서로 건강한 사람을 만나는 것이 서로를 진정 사랑하는 게 아닌가 해."

끈질기게 설득하던 민숙의 마지막 말은 닫혔던 인경의 마음을 열기 시작했다. 집에 돌아와서도 인경은 민숙이 한 말 가운데 마지막에 한 말이 계속 머리에 맴돌았다. 댐가에 앉아 지석과 자신에 대해 생각했다. 그리고 병원에서 듣고 본 아픈 사람들의 사랑을 생각했다. 아름다운 사랑들이 안타까움으로 끝나는 사례를 여럿 보았었다. 사랑은 사랑으로 끝내자. 지석 씨를 배반하는 것이 아니다. 지석 씨를 위해서라도 여기서 끝내야 한다. 그래, 지석 씨도 나보다 건강한 여자를 만나서 행복해야 한다. 인경은 지석을 잊는 쪽으로 마음이 기울고 있었다.

그때, 막내 동생이 뛰어 오면서 소리쳤다.

"누나! 뭐 해? 선생님 오셨어."

인경 네 가족들은 모두 다 진호를 선생님이라 불렀다. 그 날도 진호는 종이 쇼핑백을 들고 왔다.

"이거 은행인데요, 기관지와 폐를 튼튼하게 해 준답니다. 심심할 때 구워서 드셔도 되고 삶아서 물을 먹어도 좋답니다. 잊지 말고 드세요."

진호가 비닐봉지를 인경에게 내밀었다.

"고맙습니다."

인경은 정말 진호의 마음을 느낄 수 있었다. 그런 인경의 마음을 읽었는지 진호는 그 날 상여금을 받았으니 저녁을 사겠다고 했다. 두 사람은 묵호 시내로 내려왔다. 그리고 2층의 레스토랑으로 들어갔다. 레스토랑의 안쪽

에는 준비된 테이블이 있었고 거기에는 장미꽃이 한 아름 꽂혀 있었다.

"어머 이거 생화 같아요?"

인경은 테이블의 꽃을 보고 말했다.

"진짜 생화 맞아요. 제가 준비했습니다."

"정말요? 이렇게 많이요."

잠시 후 웨이터가 케이크를 들고 왔다.

"생일 축하합니다."

진호가 인경에게 말했다.

"제 생일 어떻게 알았어요? 고마워요."

"선물도 준비했는 걸요."

진호는 주머니에서 조그만 반지함을 꺼냈다. 그리고 인경의 앞에 밀었다.

"인경 씨, 정말 사랑합니다. 평생 후회하지 않게 해드리겠습니다. 반지 받아 주세요."

인경은 정말 감격했다. 결핵을 앓았다는 것을 알고도 자신을 사랑해주는 진호에게 사랑 같은 것을 느꼈다. 인경은 고맙다는 말로 진호의 프러포즈를 받아들였다. 그 날 진호는 예쁘게 포장된 포장지를 뜯고 반지를 꺼내 인경의 손에 끼워 주었다.

" 인경 씨! 우리 봄에 결혼식 해요."

진호와 인경은 정식으로 양가 부모님께 인사를 올렸다. 진호의 부모님도 크게 반대하지는 않았다. 인경은 진호의 부모님이 혹시 자신의 병력을 싫어 하실까봐 걱정을 하고 있었다. 그러나 진호의 어머니도 요즘에 결핵은 약이 좋아 쉽게 고치는 병으로 알고 있어 편견을 내세우지 않으셨다. 가족이나 친구들도 모두 진호와 결혼할 것이라고 믿고 있었다. 인경은 마음이 안정되는 것 같았고 아팠던 날들의 고통이 행복감으로 보상되고 있었다.

그나별을 찾아서

긴 장마 뒤에 햇살이 반짝이는 아침처럼, 진호와의 결혼은 기정사실이 되어가고 인경에게는 행복의 날들만 기다리고 있었다. 이제 남들처럼 건강하고 평범하게 살 수 있다는 것이 꿈만 같기도 했다. 어떤 때는 주제 넘는 행복이 아닐까하는 생각도 들었다. 몸에 너무 큰 정장을 걸쳐 입고 발에 큰 구두를 신고 있는 느낌이었다.

때 이른 하얀 눈이 소복이 쌓여 세상을 깨끗하게 색칠하고 있었다. 나무에 눈꽃이 피어나는 것을 보면서 인경은 공주병원에서 지석과 눈 놀이 하던 기억을 떠올렸다. 그리고 지난겨울에 멀리 떨어져 지석과 나누던 그 아름다웠던 날들을 추억했다. 다사했던 일 년 동안의 일들은 하얀 눈 속에 묻히고 있었다.

인경은 며칠 사이 늦게까지 잠 못 이루는 날들이 잦아졌다. 새로운 사랑에 대한 설레임은 분명 아니었다. 아플 때 소망했던 것이 평범한 보통의 삶이 아니었던가! 그 소망이 눈앞에 펼쳐지고 있다. 무엇이 문제일까? 그러나 인경의 마음속은 분명 채워지지 않은 무엇인가가 있었다. 소망하던 것에 대한 행복감이 가슴 속에 꽉 채워져야 하는데 혼자 있는 시간이 되면 그렇게 허전할 수가 없었다.

인경의 행복감은 오래 가지 못했다. 행복을 도둑질한 심정이랄까? 자신이 살아가고 있는 현재의 모습이 너무 작아 보이고 때로는 남처럼 느껴지기도 했다. 동해 D병원에서 자신을 도와주었던 주위 사람들을 생각했다. 개고기 튀김을 해서 갖다 준 의사 선생님, 그들에게 할당된 비싼 주

사를 자진해서 자기에게 놓아주라고 했다던 진폐 환자들, 먹고 싶다면 무엇이든 사다준 친구들과 가족들, 모두가 정말 평생 잊지 못할 사람들이었다. 인경 자신이 이렇게 건강해질 수 있었던 것은 주변 사람들의 큰 사랑이었다. 모든 이들에게 사랑받을 때는 그것이 행복이고 사랑인 줄 몰랐다. 인경의 마음은 삶에 초연했던 당시로 되돌아가고 있었다. 자신이 사람들에게 받았던 사랑을 언젠가는 다시 실천 해야겠다고 마음먹었던 사실도 기억해 냈다.

사랑도 받아 본 사람이 사랑을 할 수 있고 자신이 경험한 그 사랑의 폭만큼 타인의 사랑도 이해할 수 있는 법이다. 사랑을 받아 보지 못한 이는 사랑할 줄 모르고 사랑을 경험하지 못한 사람은 남의 사랑을 이해하지 못한다. 사랑의 고통도 마찬가지다. 그 고통을 느껴보지 못한 사람은 상대의 고통을 짐작할 수 없다.

자꾸만 진호와의 결혼이 자기 자신을 저버리는 짓 같은 기분이 들었다. 인경은 마음속에 여전히 진호를 채울 수 없었다. 진호는 현실에서만 느낄 수 있는 사람이었다. 그리고 진호와의 사랑도 받기만 하는 사랑이 아닌가!

창문에는 달빛이 휘영청 밝았다. 인경은 밖으로 나왔다. 차가운 바람은 그녀의 잠자던 영혼을 다시 불러내었다. 댐이 내려다 보였다. 댐가로 걸어갔다. 깊은 산중에 인공의 빛은 완전히 소등된 겨울밤이었다. 물속엔 달도 있었고 별 빛도 보였다. 그 속에는 달과 별 말고 또 하나가 느껴졌다. 그것은 자신이 던진 지석의 전기면도기가 울리고 있는 환청이었다. 아침에 면도할 때마다 자신을 생각해 달라며 지석의 면도기를 댐 물에 던졌었고 대신 인경은 지석에게 새 면도기를 주었다. 인경의 마음을 간직한 지석의 면도기는 물속에서 아직도 수 천 년 묵은 보물처럼 느껴졌다.

하늘을 올려다보았다. 반사적으로 북극성을 찾았다. 그리고 지석과 자신이 이름 지어준 그나별도 찾았다. 사랑을 맹세했던 그나별은 그대로였다. 별빛사이 지석이 미소를 머금고 내려다보는 것 같았다. 그제야 인경의 가슴 속에 다시 생명이 살아 숨쉬기 시작했다. 채워지지 않던 그 빈자리에서. 가장 불행하다고 느꼈던 시간들 속에 때로는 가장 행복한 추억이 새겨지게 되는 것처럼, 인경은 가슴 속에서 어떤 힘이 꽉 차오름을 느꼈다. 인경은 방으로 들어가 진호가 준 반지를 빼고 차분하게 공주로 떠날 채비를 시작했다.

그녀와의 인연은……

두 번째 수술도 마쳤고 인경은 다시 동해로 떠났다. 그 후 나는 믿기지 않을 정도로 새로운 생활을 하고 있었다. 서서히 몸은 체중이 늘기 시작했고 결핵균 도말검사에서도 음성을 나타냈다. 그러나 밤이 되면 인경 생각에 마음이 착잡해져 반드시 해야 하는 결단을 미루고 있었다. 계속 인경과 통화를 했지만 더 이상 사랑의 편지는 없었고 그녀의 목소리에서도 예전 같은 간절한 그리움은 느낄 수 없었다. 인경에게 다른 사랑이 접근해 있다는 직감을 할 수 있었다. 마음속에서는 인경을 진정 사랑한다면 인경을 포기해야 한다는 자아와 이제 자신도 건강해지고 있으니 인경을 사랑할 자격이 있다고 애걸하는 또 다른 자아가 계속해서 다투고 있었다. 어느 날 새벽에 평소보다 일찍 잠이 깬 지석은 입을 굳게 다물고 어금니에 힘을 주었다. 인경의 보다 나은 삶을 위해 인경을 보내 주어야 한다는 자아가 마음에서 머리로 올라와 냉철하게 판단을 내려 주었다.

'여기까지가 인경과의 인연이었다면 받아들이자. 최소한 나의 몸이 완치 판정을 받고 그녀를 사랑할 수 있는 조건을 갖추게 되면 다시 인경을 찾아 볼 수도 있다. 정말 그녀와 내가 운명적인 인연이라면 다시 만날 수도 있지 않을까? 지금 인경에게 필요한 사람은 내가 아니다. 그녀를 아껴줄 수 있는 사람이어야 한다. 내가 그녀를 위해 해줄 수 있는 것이 마음 외에는 아무것도 없지 않은가. 매일같이 맛있고 영양 많은 음식도, 몸에 좋은 건강식품도 풍족하게 해줄 수도 없다. 몸이라도 건강하고 튼튼하다면 젊음의 객기라도 내세울 텐데 내 몸도 확신 못하는 처지이다. 사랑만

가지고 현실을 살아갈 수는 없지 않은가!'

병원을 탈출해서 형주와 나누었던 사랑 타령이 생각났다.

'이제는 나도 원숙한 금빛 사랑을 해야 한다. 간절하고 소중했던 우리의 빨간색 사랑은 마음 속 깊이 영원히 간직하자.'

'난치병의 굴레에서 벗어날 수만 있다면' 하는 소망이 있었을 때는 그것 외에 다른 것들은 생각할 수 없었다. 강물에 빠져 허우적거리는 사람이 살아서 물 밖에 나온 후를 생각할 수 없는 것처럼. 그 소망이 이루어지면서 현실이라는 보이지 않던 큰 벽을 느껴야 했다. 쉽지 않을 것 같은 앞으로의 험난한 현실로 인경을 데리고 갈 수는 없다. 그것은 그녀에게 희생을 강요하는 거나 다름이 없었다.

매형의 빌라건축이 완성되었지만 분양이 계속 늦어지자 어음을 막지 못해 결국 부도가 나고 말았다. 얼마의 기간 동안이라도 그녀와 함께 의지할 곳도 마땅치 않았다. 누나 네도 채권자들을 피해 이사를 해야 하는 상황이었다. 주변 상황까지 인경과의 이별을 결심하도록 진행되어 갔다. 동해에는 인경을 사랑해주는 사람이 있다는 것이 그나마 그녀를 잊을 수 있는 위안이 되었다.

고독과 외로움의 선율을 실은 가을바람이 잠자던 영혼을 살며시 깨운다. 짝 잃은 영혼은 이미 다가오는 그리움을 두려워하고 있다. 짝의 영혼을 사무치게 보고 싶어 할 땐 어찌 달래 주어야 할까? 보내지도 못할 편지만 낙엽과 함께 쌓여간다. 멀리서 보지도 듣지도 못하며 말할 수 없는 이 사랑은 무슨 색일까? 가슴속 열정이 채 식지 않은 빨간색 사랑인 것 같다. 아직도 사랑의 호르몬은 거침없이 쏟아져 나온다. 나의 병과 영혼을 치료해 주었던 사랑의 호르몬이 이제는 심부에 꽂힌 가시처럼 사랑의

고통을 준다.

올 겨울동안 따뜻한 아랫목에 빨간색 사랑을 묻어 놓으면 새 봄 쯤엔 금빛을 띠게 되리라.

4월이 오기만을 기다린다. 수수꽃다리 꽃향기라도 맡아 보고 싶어서이다. 그러나 새 봄엔 멀리서 꽃만 바라볼 참이다. 나는 그 꽃내음 속에 스며있는 그녀의 체취와 그리움을 이겨낼 자신이 없다.